신쌤의 시네마 통합논술

20편의 영화로 재미있게 배우는 통합논술의 기술

초판 1쇄 발행 | 2007년 12월 3일
초판 2쇄 발행 | 2008년 1월 10일

지은이 | 신진상
펴낸이 | 김선식
펴낸곳 | 다산북스
출판등록 | 2005년 12월 23일 제313-2005-00277호

PM | 김계옥
기획편집1본부 | 임영묵 신혜진 최소영 김상영 박경순 정지영 김다우 선우지운
기획편집2본부 | 유경미 이선아 박혜진 조경인
저작권팀 | 이정순
마케팅본부 | 유민우 곽유찬 민혜영 이도은 신현숙 박고운
커뮤니케이션팀 | 우재오 서선행 한보라 강선애
디자인팀 | 김희림 손지영 이동재
경영지원팀 | 방영배 허미희 김미현 이경진 고지훈
외부 스태프 | 기획진행 씽크풀(xoproject@naver.com), 디자인 d-box, 교정 이연경

주소 | 서울시 마포구 염리동 161-7번지 한청빌딩 6층
전화 | 02-702-1724(기획편집) 02-703-1723(마케팅) 02-704-1724(경영지원)
팩스 | 02-703-2219
e-mail | dasanbooks@hanmail.net
홈페이지 | www.dasanbooks.com

표지 · 본문 출력 | 엔터
종이 | 신승지류유통
인쇄 · 제본 | 주식회사 현문

값 | 13,000원
ISBN | 978-89-92555-62-3 (53810)

신쌤의
시네마
통합논술

신진상 지음

다산초당

서문

영화는 최고의 통합논술 교과서다!

교육인적자원부가 오는 2012년부터 고등학교 2·3학년 국어 과정에 '매체 언어' 과목을 신설한다고 하는군요. 인터넷 언어를 포함해 신문·잡지·라디오·사진·영화·텔레비전 등 대중매체의 언어를 배우는 과목이라고 합니다. 화법, 작문, 독서 같은 국어과 선택 과목이 될 것 같습니다. 문자를 압도하는 영상 세대라는 대세를 더 이상 부인하지 않고 8차 교육 과정에서는 매체 읽기 교육을 강화하겠다는 의지로 풀이됩니다.

요즘 아이들은 영화를 정말 좋아합니다. 제가 수업 시간에 아이들에게 묻는 질문이 있습니다. "책 좋아하는 사람 손을 들어 봐." 한 명도 손을 들지 않습니다. "그러면 영화 좋아하는 사람은?" 전부 손을 듭니다. 인터넷 극장 덕분인지 요즘 아이들은 정말 영화를 많이 봅니다. 저는 수업 시간에 영화를 자주 인용하는 편인데 희귀한 마니아 성 영화를 본 학생도 한 반에 한두 명은 꼭 있었습니다. '우리들의 행복한 시간' 이나 '매트릭스' 같은 작품은 예외 없이 거의 모든 학생들이 영화를 보았더군요. 책 읽고 토론을 하라면 꿀 먹은 벙어리가 되는 아이들이 영화이야기만 나오면 모두가 철학자요, 시인이 됩니다. 게다가 토론을 통해 상대방의 말에 집중하고 이해를 하는 과정에서 소통과 관계에 눈을 뜨게 됩니다. 영화를 보고 나면 질문과 호기심도 많아집니다. '매트릭스' 1편으로 '진실과 거짓' 이라는 수업을 한 날 한 학생은 집에 들어가자마자 매트릭스 2편과 3편을 보고 나서 제게 메일로 질문을 던져 왔습니다. 저도 그 질문에 답하기 위해 그 영화를 다시 봐야만 했지요. 글쓰기라면 학을 떼는 아이들도 영화를 보고 쌤이 논제를 내주면 군말 없이 숙제를 해옵니다. 학생들은 쓰기 자체를 싫어하지만 자기가 감동을 받은 영화나 드라마를 보고 느낌을 표현하는 것은 좋아합니다. 영화를 통해서 자신의 감정을 정리하고 표현하는 일이 너무나 자연스럽게 이루어집니다. 영화가 읽기 능력 못지않게 쓰기 능력을 키워줄 수 있다는 이야기지요.

제가 이 책을 내게 된 동기는 제가 가르치는 학생뿐 아니라 다른 학생들에게도 시네마 통합 논술의 힘과 매력을 전하고 싶어서였습니다. 영화 보기가 학생들의 독해력과 사고력 그리고 표현력을 얼마나 올릴 수 있는지 제 목소리만 전하는 게 아니라 아이들의 목소리와 아이들이 직접 쓴 글을 갖고 논술 교육에 관심 있는 모든 이에게 보여주고 싶었습니다.

이 책의 1부는 영화와 논술이 어떻게 연결이 되는지, 논술에 도움이 되려면 영화를 어떻게 봐야 하고 어떤 영화를 골라야 하는지에 관해 실제 수업 장면처럼 꾸며 보았습니다. 2부는 시네마 통합 논술의 읽기 파트입니다. 실제 수업 시간에 학생들과 수업해 본 영화 중에서 20편을 골랐습니다. 한국 영화, 외국 영화 사이좋게 10편씩 골랐으며 '매트릭스'와 '가타카'를 제외한 18편의 영화는 2006년도 이후에 개봉된 최신 영화들입니다. 영화에서 키워드를 뽑고 그 키워드에서 논술 시험이나 구술시험에 나올 수 있는 쟁점들을 3개 내지 4개를 뽑아 영화 줄거리와 동서양 사상가와 고전을 엮어가며 현장 강의처럼 풀어갑니다. 영화 읽기 말미에는 영화와 같이 읽으면 좋은 책들을 소개하고 있습니다. 책을 싫어하는 아이들도 영화를 보고 비슷한 책을 읽으라고 쌤이 권하면 관심을 내서 읽는 경우를 종종 목격했습니다. 3부에서는 20편의 영화에서 가능한 독후 활동들을 단계별로 소개하고 있습니다. 글쓰기의 기초인 얼개를 짜는 일, 서론-본론-결론 등 글의 형식을 쪽글을 통해 익히기, 통합논술 시대에 새롭게 등장한 600~800자 형 단문 쓰기, 영화를 활용한 실전 논술 문제 도전하기 순으로 구성되어 있습니다. 아마 영화를 읽기에서 머물지 않고 쓰기까지 확장시킨 책은 이 책이 대한민국 최초일 것이라고 자부합니다.

　2012년이 되면 대한민국 공교육에서도 매체를 활용한 교육 혁명이 일어날 겁니다. 요즘 학생들은 논술 때문이 아니라 미래 사회에 살아남기 위해서라도 대중매체를 제대로 읽고 제대로 보는 능력을 키워야 할 겁니다. 이 시대에 필요한 창의성 교육의 모든 것이 시네마 통합 논술에 있습니다.

2007년 겨울
신쌤 신진상

시네마 통합논술

차례

1부: 시네마 통합논술, 넌 누구냐? 019

영화랑 논술이 무슨 상관이 있나요? 020

2부: 시네마 통합논술, 이렇게 읽자!

20편의 영화로 풀어보는 20개의 논술 키워드 037

01 '미녀는 괴로워' 와 외모지상주의 038

"내 외모를 바꿀까, 잘못된 사회를 바꿀까?"

쟁점1 : 현대 사회는 외모가 경쟁력인가? 038

쟁점2 : 외모지상주의는 무엇이 만들었는가? 040

★ 이 영화를 보고 이 책을 읽자 042

02 '스파이더 맨3' 와 선택 043

"세익스피어와 스파이더, 알고 보니 많이 닮았네!"

쟁점1 : 스파이더맨은 기존 영웅과 무엇이 다른가? 044

쟁점2 : 내가 할 수 있는 최선의 선택이 무엇일까? 046

★ 이 영화를 보고 이 책을 읽자 047

★ 레빈의 갈등 이론 048

★ '선택' 과 대학 입학 논술 시험의 관계 049

03 '불편한 진실' 과 지구 온난화   051
   "인간도 살고 자연도 살려면, 먼저 탐욕을 버려라!"

   쟁점1 : 진실을 알고 나서 어떻게 달라져야 할까?   052
   쟁점2 : 소중한 것을 잃어본 사람은 어떻게 달라지는가?   054
   쟁점3 : 보다 근본적인 변화란 무엇인가?   056
   ★ 이 영화를 보고 이 책을 읽자   058

04 '데자뷰' 와 시간   059
   "남자 주인공이 도대체 산 거야, 죽은 거야?"

   쟁점1 : 데자뷰는 미래, 현재와 어떤 관계가 있는가?   059
   쟁점2 : 데자뷰의 배경 이론은 무엇인가?   062
   쟁점3 : 서양과 동양의 시간 관념은 다르다?   065
   ★ 이 영화를 보고 이 책을 읽자   067

05 '천년학' 과 세계화   069
   '서편제' 와 '천년학' 사이에 놓인 14년의 세월

   쟁점1 : '서편제'의 성공, "가장 한국적인 것이 세계적이다"   070
   쟁점2 : '천년학'의 실패, "가장 세계적인 것이 한국적이다"   071
   ★ 이 영화를 보고 이 책을 읽자   073

06 '내 생애 가장 아름다운 일주일' 과 사랑　075
"이기적인 이 시대에 사랑이 필요한 이유는…"

쟁점 1 : 사랑은 한눈에 반하는 것인가, 점진적인가?　076

쟁점 2 : 사랑은 같음에 끌리는가, 다름에 끌리는가?　078

쟁점 3 : 사랑은 반드시 정열을 동반하는가?　079

쟁점 4 : 사랑은 반드시 희생을 필요로 하는가?　080

★ 이 영화를 보고 이 책을 읽자　082

07 '가족의 탄생' 과 대안가족　083
"가족은 탄생하는가, 만들어지는가?"

쟁점1 : 가족의 붕괴와 대안 가족의 탄생은 어떤 관계?　083

쟁점2 : '대안 가족' 이라는 용어는 정당한가?　086

★ 이 영화를 보고 이 책을 읽자　087

★ '가족' 과 대입 논술 시험의 관계　088

08 '행복을 찾아서' 와 가난　090
"왜 성공한 흑인들은 운동선수 아니면 연예인일까?"

쟁점 1 : 크리스 가드너의 가난은 누구의 책임인가?　091

쟁점 2 : 크리스 가드너의 가난 탈출은 무엇 덕분에 가능했는가?　093

쟁점 3 : 크리스 가드너는 성공한 흑인인가, 성공한 미국인인가?　094

★ 이 영화를 보고 이 책을 읽자　097

09 '용서받지 못한 자' 와 군대   098
　　　"군대 다녀오면 정말 사람이 될까?"

　　　쟁점1 : 군대의 단점은 무엇인가?   098

　　　쟁점2 : 군대의 장점은 무엇인가?   100

　　　★ 이 영화를 보고 이 책을 읽자   102

10 '엑스맨 3' 과 화이부동   103
　　　"엑스맨과 인간 사이에 어떤 다리가 필요할까?"

　　　쟁점1 : '엑스맨3' 에서 군자와 소인은 누구인가?   104

　　　쟁점2 : 상호 인정과 대화 외에는 길이 없을까?   105

　　　★ 이 영화를 보고 이 책을 읽자   107

11 '우리들의 행복한 시간' 과 소통   108
　　　소통은 상처를 치유하고 서로를 구원한다

　　　쟁점1 : 윤수와 유정이의 공통점은 무엇이었나?   109

　　　쟁점2 : 둘을 가깝게 만들어 준 계기는 무엇인가?   110

　　　쟁점3 : 소통하면 당사자에게는 무엇이 남는가?   111

　　　★ 이 영화를 보고 이 책들을 읽자   112

12 '왕의 남자'와 권력   **114**
"조선은 왕의 나라였는가, 중신의 나라였는가?"

쟁점 1 : 조선시대 왕의 권력은 어느 정도였는가?   **116**

쟁점 2 : 왕의 권력은 무엇으로 지탱됐는가?   **117**

쟁점 3 : 연산의 권력은 왜 무너졌는가?   **118**

★ 이 영화를 보고 이 책을 읽자   **120**

13 '슈렉 3'과 정체성   **122**
"해피엔딩? 그건 스스로 만드는 거야"

쟁점 : 자리와 역할이 정체성을 만들까?   **123**

쟁점 : 현대는 어떤 정체성의 시대일까?   **124**

★ 이 영화를 보고 이 책을 읽자   **126**

14 '괴물'과 한국인   **127**
가족주의＋무능한 정부＋혐오스런 지도층＝괴물

쟁점1 : 가족 외에는 믿을 게 없다?   **128**

쟁점2 : 정부에 대한 불신은 어디서 기인하는가?   **130**

쟁점3 : 왜 한국 사람들은 지도층에 냉소를 보내는가?   **131**

★ 이 영화를 보고 이 책을 읽자   **134**

15 '판의 미로 : 오필리아와 세 개의 열쇠' 와   꿈과 현실   135
   오필리아에겐 지옥 같은 현실보다 꿈 같은 죽음이 행복하다?

      쟁점1 : 오필리아에게 동화는 왜 현실이 되었을까?   136

      쟁점2 : 오필리아가 공포를 이기는 방법은 무엇이었을까?   137

      ★ 이 영화를 보고 이 책들을 읽자   139

16 '매트릭스' 와 진실   140
   "진실은 쾌락의 기억이 아니라 사랑 속에 숨어 있다"

      쟁점 1 : '사이퍼' 의 배신에 관한 진실은 무엇인가?   141

      쟁점 2 : '빨간 약' 과 '파란 약' 의 진실은 무엇인가?   143

      쟁점 3 : '네오' 의 운명에 얽힌 진실은 무엇인가?   145

      ★ 이 영화를 보고 이 책을 읽자   147

17 '바이센테니얼 맨' 과 로봇   148
   "죽음을 선택한 로봇은 인간이 될 수 있을까?"

      쟁점 1 : 로봇의 3원칙이 의미하는 것은?   149

      쟁점 2 : 앤드류는 왜 인간이 되고 싶었을까?   151

      쟁점 3 : 인간과 로봇의 정체성은 어떻게 달라질까?   153

      ★ 이 영화를 보고 이 책을 읽자   155

18 '가타카' 와 생명공학   157

"인간의 의지가 유전자를 극복할 수 있을까?"

쟁점1 : 유전자가 모든 걸 말해주면 도대체 환경은 뭐냐?   158

쟁점2 : 자유의지와 꿈, 유전자와 환경 중 어느 게 더 셀까?   160

쟁점3 : 미래는 디스토피아인가, 유토피아인가?   162

★ 이 영화를 읽고 이 책을 읽자   164

19 '천하장사 마돈나' 와 젠더   166

"내 인생도 동구처럼 뒤집기가 가능할까?"

쟁점1 : 동구는 왜 여성이 되고 싶었을까?   167

쟁점2 : 동구가 씨름에 매료된 까닭은?   169

쟁점3 : 한국 사회에 여성은 남성 뒤집기에 성공했을까?   171

★ 이 영화를 보고 이 책을 읽자   173

20 '비열한 거리' 와 조폭 시스템   175

"조폭이 사회를 배웠을까, 사회가 조폭에게 배웠을까?"

쟁점1 : 조폭은 뭘 하는 사람을 가리키는가?   177

쟁점2 : 병두는 왜 조폭이 되었는가?   179

쟁점3 : 우리 사회 조폭은 조폭뿐일까?   181

★ 이 영화를 보고 이 책을 읽자   183

3부: 시네마 통합논술, 이렇게 쓰자!　　　　185

1단계 **얼개를 짜자**　　　　186

01 브레인스토밍 : 자유연상　　　　187
　　'미녀는 괴로워' 를 보고 생각나는 단어 20개를 적어 보기

02 마인드맵　　　　190
　　'스파이더 맨' 3를 보고 선택과 갈등이라는 키워드로 마인드맵을 만들어 보자

03 항목화　　　　192
　　'불편한 진실' 을 보고 지구 온난화라는 관점에서 주요 항목들을 만들어 분류해 보자

04 육하질문에 답하기　　　　194
　　'데자뷰' 를 보고 사건의 흐름에 따라 내용을 정리해 보자

05 개요짜기　　　　196
　　'천년학' 과 세계화에 관한 신쌤의 글을 읽고 역개요를 짜보자

2단계 **쪽글에 도전하자** (200자~400자 내외 짧은 글 쓰기)　　　　200

06 요약해 보기　　　　201
　　영화 '내 생애 가장 아름다운 일주일' 속에 드러난 6가지의 사랑의 형태를 개념화한 뒤 원
　　고지 200자 내로 요약해 보자

07 서론 써보기   **205**

'가부장제의 문제점' 이란 주제로 논술문을 쓸 때 영화 '가족의 탄생' 을 인용하면서 서론을 써보기(200자)

08 본론 써보기 ① : 원인 규명하기   **208**

'가난은 사회 책임인가, 개인 책임인가' 라는 주제로 논술문 쓸 때 영화 '행복을 찾아서' 를 보고 가난의 원인을 규명하는 본론 한 단락 써보기(300자)

09 본론 써보기 ② : 영화에서 우리 사회 문제점 찾기   **211**

인권과 관련된 논제가 나왔을 때 영화 '용서 받지 못한 자' 를 본론에서 인용하며 우리 사회의 문제점에 대해서 써보기(400자)

10 본론 써보기 ③ : 대안 써보기   **213**

'사회적 갈등의 해법은 공존' 이라는 주제로 논술문을 쓸 때 '엑스맨 3' 를 대안으로 인용해 본론 한 단락 써보기(300자)

11 결론 써보기 : 본질적 가치를 강조하기   **215**

사형제도의 폐지를 촉구하는 논술문의 본론을 보고 영화 '우행시' 를 인용하며 적절한 결론을 채워보자(200자)

3단계 **통합논술 형식에 적응하자**   218

12 찬반형 논술   219

13 비판형 논술   222

14 분석형 논술   225

15 조건형 논술   231

16 설득형 논술   234

17 변론형 논술   239

4단계 **실전 논술에 도전하자**   242

18 논술 모의고사에서 영화를 활용한 실제 사례   243

19 기출 문제 풀어보기 (1000자 단문형)   247

20 한 편의 완성된 논술문 써보기 (1600자 장문형)   252

시 네 마 통 합 하 는 술

1부:
시네마 통합논술,
넌 누구냐?

　　논술 공부를 위해 영화를 어떻게 활용하면 좋을까요? 일단
영화 수첩을 만들어 보세요. 저는 영화를 보면서 생각나는 것들, 그리고
인상적인 장면과 기억에 남는 대사를 적습니다. 영화를 보고 나서 제가
메모한 것들을 보면서 그것과 연관된 다른 것들을 떠올립니다. 대개 신
문 기사와 제가 읽은 책들이지요. 그것들을 모으면 글감이 됩니다. 이후
쟁점을 정하고 글감들을 배치하는 단계를 거쳐 시네마 논술 원고가 탄생
합니다. 독서량이 부족한 여러분에게는 가능하면 영화 보기에서 멈추지
말고 영화와 관련된 책 읽기에 도전해 보라고 당부드리고 싶습니다. 영
화와 비슷한 주제의 책을 함께 읽으면서 둘 사이의 공통성과 차이점 등
을 찾아보세요. 논술에서 가장 중요한 영역전이형 사고를 키우는 데 아
주 효과적입니다.

영화랑 논술이
무슨 상관이 있나요?

 : 이번 여름 방학 특강엔 너희들과 영화를 보면서 논술을 하려고 해. 너희들 영화 좋아하지?

: 예.

: 그렇게 바쁜 너희들도 영화 볼 시간은 있단 말이구나. 주로 무슨 영화들을 보니?

: 극장 갈 시간이 없어서 인터넷에서 다운로드해 컴퓨터로 영화를 봐요.

: 저는 되도록이면 극장에서 영화를 보려고 해요. 엄마하고 가끔 극장을 같이 가기도 하고요. 극장 개봉을 놓친 영화는 DVD를 빌려 집에서 봐요.

: 영화를 보는 데도 남학생과 여학생의 차이가 이렇게 드러나는구나. 남학생은 주로 혼자 보겠지. 게임을 하듯이 말이야. 여학생은 극장을 혼자 갈 일은 없으니까 친구와 보든지, 아니면 집에서 가족과 함께 보든지 하겠군. 맞지?

: 맞아요. 그런데 쌤? 컴퓨터로 보는 것과 극장에서 보는 게 무슨 차이가 있나요?

: 컴퓨터로 보는 영화엔 관객이 빠져 있잖아. 극장에선 관객과 함께 보는 거고. 다른 사람과 함께 큰 대형화면에 영화를 보면 그만큼 영화에 빠져들기 쉬울 거야. 다른 관객들의 반응을 살피면서 볼 수 있어 좋지만 영화를 보는 주위 사람의 반응에 민감하다 보면 영화를 놓칠 수도 있겠지. 그리고 영화보다는 영화를 보는 상황의 분위기에 휩쓸릴 가능성이 높아. 컴퓨터로 보는 건 영화에 그만큼 집중할 수 있어 좋지만 다른 사람의 반응을 확인하기 어렵다는 점에서 영화 보기가 딱딱해지고 그만큼 재미없어질 수도 있어. 가장 좋은 건 둘을 병행하는 것 아니겠니?

: 쌤은 어떻게 보세요?

: 개봉영화는 극장에서 보고 개봉이 끝난 영화는 DVD가 아니라 컴퓨터로 보는 편이야. 희연이와 길중이의 중간 형태라고나 할까?

: 논술 때문에 보는 영화라면 극장이 아니라 집에서 컴퓨터로 봐야겠네요.

: 왜?

: 그만큼 집중해야 하니까요.

: 맞았어. 재미로만 따지면 극장에서 큰 화면으로 영화를 보는 것만 못하겠지. 하지만 영화를 공부처럼 생각한다면 컴퓨터가 더 좋을 수도 있어. 쌤은 이미 본 영화를 너희들과 수업을 하기 위해 다시 보는데 그때는 꼭 컴퓨터로 영화 속도를 수시로 조절하면서 본단다. 분석적으로 영화를 보려면 컴퓨터로 보는 게 좋겠지.

: 그런데, 쌤. 영화를 보는 게 논술이랑 무슨 관계가 있어요.

: 오늘 수업할 내용이 그거야. 쌤이 부산일보에 썼던 칼럼인데 읽어 볼래(쌤은 학생들에게 프린트 물을 나눠 준다. 2분 동안 시간을 주고 대강 읽어 보라고 한다. 그리고 한 단락씩 학생들에게 읽어 주면서 강의를 계속한다. 다음은 그 내용이다).

시네마 논술의 매력

제가 기억하는 부산은 영화의 도시였던 것 같습니다. 1996년 우리나라에서 최초로 국제 영화제가 부산에서 열렸지요. 800만 관객을 동원한 곽경택 감독의 '친구'는 부산이 배경이었습니다. 그래서일까요? 부산 지역 고등학생들은 영화에 대해서 특별한 애정과 관심을 갖고 있으리라는 기대를 갖게 됩니다.

플린 효과라는 심리학 용어가 있습니다. 컴퓨터와 영화 같은 매체를 어려서부터 접할 수 있는 환경 덕분에 현대인들의 IQ가 전세대보다 많이 높아졌다는 이론이지요. 흔히 컴퓨터 게임과 영화는 학습에 방해가 된다고 걱정하시는 부모님들이 많지만 적어도 영화만큼은 공부, 그중에서 논술 공부에 많은 도움이 된다는 점을 자신 있게 말씀 드릴 수 있습니다.

그 이유는 교양 논술에서 통합 논술로 바뀌면서 그림과 표 등 시각 자료의 해석 능력이 아주 중요해졌기 때문입니다. 이미지를 문자로 치환할 수 있는 능력이 필요해진 것이지요. 영화 읽기는 이미지 해석 능력을 키우는 데 큰 도움을 줍니다. 물론 분석 능력도 키워줍니다. 영화를 보고 줄거리를 정리하거나 등장인물의 성격을 분석하는 일이 쌓이면 논술 시험에서 가장 중요한 논제분석과 제시문 독해 능력이 길러지는 것이지요.

배경지식을 억지로 외우지 않고 자연스럽게 체화할 수 있는 경험을 하는 길이 영화 보기에는 있습니다. 영화에는 다양한 공간, 다양한 시간이 담겨 있습니다. '왕의 남자'를 통해 조선시대 권력 구조를 배울 수 있고 '행복을 찾아서'를 보고 미국 사회의 사회 보장 시스템과 부에 대한 가치관을 엿볼 수 있습니다. 이런 지식들을 책으로도 얻을 수 있겠지만 눈으로 보고 귀로 들은 지식만큼 생생하지는 못하겠지요. 논술에서 가장 중요한 사고력은 어떨까요? "이 영화의 문제의식은 뭘까?", "이 장면에서 감독이 말하고자 하는 메시지는 뭘까?"를 고민하는 것 자체가 사고력 훈련이 되는 것이지요.

이제 방법론 차례입니다. 논술 공부를 위해 영화를 어떻게 활용하면 좋을까요? 일단 영화 수첩을 만들어 보세요. 저는 영화를 보면서 생각나는 것들, 그리고 인상적인 장면과 기억에 남는 대사를 적습니다. 영화를 보고 나서 제가 메모한 것들을 보면서 그것과 연관된 다른 것들을 떠올립니다. 대개 신문 기사와 제가 읽은 책들이지요. 그것들을 모으면 글감이 됩니다. 이후 쟁점을 정하고 글감들을 배치하는 단계를 거쳐 시네마 논술 원고가 탄생합니다. 독서량이 부족한 여러분에게는 가능하면 영화 보기에서 멈추지 말고 영화와 관련된 책 읽기에 도전해 보라고 당부 드리고 싶습니다. 영화와 비슷한 주제의 책을 함께 읽으면서 둘 사이의 공통성과 차이점 등을 찾아보세요. 논술에서 가장 중요한 영역전이형 사고를 키우는 데 아주 효과적입니다.

학부모님도 방학 기간 동안 자녀와 함께 좋은 영화를 감상해 보세요. 저는 자녀와 함께 영화 보기가 논술을 위해서 부모가 해줄 수 있는 최고의 선물이라는 믿음을 갖고 있습니다. 제 경험상 자녀와 친해지기 위해 영화를 함께 보고 대화를 나누는 것보다 더 좋은 방법은 없더군요. 논술공부도 되고 인성교육도 되는 영화 보기의 매력을 그 누가 거부할 수 있을까요?

: 모두 6단락의 글이야. 각 단락마다 요지를 살펴볼까? 그 과정에서 영화가 어떻게 논술에 도움이 되는지 이유가 자세히 설명될 거라고 봐. 쌤이 다른 책('신쌤의 통합논술 완전정복')에서도 밝혔지만 글을 쓴 사람의 의도를 파악하는 것이 논술문 쓰기의 첫 걸음이며 논술 시험에서 가장 중요한 법이야. 일단 서론부터 살펴보자. 쌤은 왜 서론을 이런 식으로 시작했을까?

: 부산 지역 고등학생들이라는 타깃을 정해 놓고 그들의 관심을 끌 만한 방법으로 친근하게 서론을 시작하신 것 같아요.

: 맞았어. 글을 읽는 고등학생들이 친근감을 느낄 수 있도록 부드럽게 시작한 거지. 내가 아는 기억과 글을 읽는 학생들이 공유하고 있는 기억을 통해 읽는 이의 공감을 꺼내려고 한 거지. 너희들이 금방 찾아낼 수 있었다면 내 의도는 충분히 전달이 된 거라고 할 수 있지. 본론은 모두 4단락이잖아? 전체적으로 무슨 이야기를 한 것 같니?

: 영화가 논술에 도움이 되는 이유?

: 조금 더 구체적으로 말해 볼래.

: 영화를 보는 게 구체적으로 논술에 어떻게 도움이 되는지 그것을 읽는 이에게 설득하려고 하는 것 같은데요.

: 맞아. 이 글은 설득하는 글이잖아? 설득당하면 좋은 글이고 설득당하지는 않아도 무슨 소린지 알아듣겠다 싶으면 적당한 글, 설득 당하기는커녕 이게 무슨 소린지 모르겠다는 글은 나쁜 글이야. 쌤이 논술 시험에서 적용하는 기준은 이래. 이 글이 좋은 글이라면 너희들은 이 글이 무엇을 말하는지 한 번 읽고 요지를 파악할 수 있어야 하고 이 글이

성공적인 논술문이라면 그 논증에 설득을 당해야 하지. 본론 4단락에서 나는 여러분들, 정확히는 부산지역 고등학생 독자들을 설득시켜야 하는 거야. 설득하고자 하는 것은 바로 영화가 논술에 도움이 된다는 거지. 4단계로 쌤은 논의를 확장시키고 있어. 하나하나 살펴보자. 본론 첫 단락에서 쌤이 왜 미국의 심리학 이론을 들고 나왔을까?

🧑‍🏫 : 우리나라 사람들이 워낙 미국을 좋아하니까 미국 이론이라면 일단 사람들이 신뢰를 하고 관심을 보이기 때문 아닐까요?

🧑‍🏫 : 독심술사가 따로 없네. 그런 의도로 인용했어. 특히 영화 보기에 회의적인 사람들이 학생들이 아니라 부모이기 때문에 미국의 이론을 들먹일 필요가 더했지. 속물근성에 기댄다고 해야 하나. 정확히는 권위에 호소하는 거지. '바보 상자의 역습'이란 책을 보면 실제 플린 효과 때문에 IQ가 높아졌다는 수치와 통계 자료가 제시돼 있어. 쌤은 구체적으로 수치까지는 인용하지 않았지. 컴퓨터 게임은 모르지만 영화는 분명 학습에 도움이 된다는 게 이 단락의 핵심이야. 그러면서 논의를 학습 전체가 아니라 논술 학습에만 맞추겠다고 밝히고 있지. 앞으로 논의 방향을 예고하고 있다는 점에서 본론 1은 서론의 기능도 어느 정도 하고 있는 셈이야. 본론 2에서는 어떤 내용이 나와야 글의 아귀가 맞을까?

🧑‍🏫 : 가장 본질적인 이유가 앞에 나와야 하지 않을까요?

🧑‍🏫 : 약한 이유부터 시작해서 가장 강한 이유를 맨 뒤에 배치해야할 것 같은데요.

🧑‍🏫 : 두 사람 의견 모두 일리가 있어. 하지만 쌤은 강한 것부터 제시하기로 했어. 영화가 논술에 도움이 됐다면 예전에는 왜 영화를 논술 교

육에 잘 활용하지 않았냐, 시각 매체를 선호하는 학생들 입맛에 억지로 맞추는 것 아니냐는 반론이 당연히 나올 것이라고 생각하고 논술 시험이 달라졌기 때문이라고 강하게 치고 나간 거야. 통합 논술 시대에는 문과와 이과의 통합만이 중요한 게 아니라 문자와 이미지의 통합도 중요하다는 걸 강조하고 있는 거지. 실제 추세로도 증명이 되고 있고. 이 단락의 키워드는 해석과 분석인데 해석과 분석은 비판과 논증 이상으로 논술에서 중요한 방법론이야. 영화의 대사와 줄거리 읽기는 분석 능력을 키워주고 장면은 해석 능력을 키워주잖아? 이런 장점을 가진 매체가 또 어디 있느냐 이거지.

: 듣고 보니 그러네요.

: 영화가 분석에 도움이 되는 이유는 이래. 너희 책에서 주인공이나 주요 등장인물이 시간 순서대로 어떤 사건을 겪고 어떤 이야기를 했는지 책 안 찾아보고 정리할 수 있어?

: 책 찾아봐도 어려워요.

: 반면 영화에서는 그렇게 어렵지 않지. 장면 장면이 기억나니까. 그게 바로 영화의 힘이야. 영화는 책보다 한결 이해하기 쉬운 매체지. 그 다음 단락에서는 무얼 이야기하고 있니?

: 배경지식이네요. 영화를 보면 배경지식이 자연스럽게 습득된다는 말을 하고 싶으신 것 같아요.

: 정확하다. 그런데 쌤이 이 단락에서는 지금까지와 다른 방식의 논증을 사용하고 있지. 뭐니?

: 예를 드셨어요.

: 그래. 사례를 들었지. 무슨 영화를 사례로 들었지?

 : '왕의 남자' 와 '행복을 찾아서' 요.

 : 영화 두 편을 사례로 들었는데 쌤이 늘 하는 이야기지만 글 중에서 사례를 너무 자주 들면 글이 산만해지고 초점이 분산되는 경향이 있어. 사례는 한 번 정도만 사용하는 게 가장 효과적이야. 사례가 중요하다고 매 단락마다 사례 하나씩 인용하지는 마라. 과유불급이야. 그런데 왜 두 영화를 인용했을까?

 : 시간과 공간과 무슨 상관이 있는 것 같아요.

: 맞아. 두 편의 영화는 역사적 실화를 배경으로 한 극영화인데 영화를 보면서 우리와 다른 시간대와 공간대를 경험하게 된다는 거야. 그때 얻은 지식은 눈으로 보고 귀로 들은 것이기 때문에 책에서 읽은 것보다 강하게 남는다는 거지. 너희들이 논술문 쓸 때 읽은 책에서 사례를 뽑기보다 영화에서 사례를 뽑는 것이 훨씬 쉬운 이유도 그래서 그래. 물론 아직까지는 교수님들이 책에서 사례를 인용하는 걸 더 좋아하지만 그렇다고 영화를 인용한다고 해서 감점을 받는 것은 아니거든.

: 쌤? 쌤은 한 단락에서는 하나의 이야기만 해야 한다고 하셨잖아요? 생각이 바뀌면 단락도 바뀌어야 한다고. 그런데 이 단락에서는 배경지식을 이야기하면서 뒷부분에는 사고력 이야기를 하셨잖아요? 쌤이 실수하신 것 같은데요?

: 예리한 지적이다. 그런데 실은 생각이 있어서 그랬던 거야. 혹시 누가 쌤의 생각을 대신 말해 줄 사람 있어?

: 배경지식과 사고력은 분리할 수 없다는 전의 쌤의 말씀이 기

억나요.

: 감동 받았다. 바로 그거야. 논술에서는 배경지식과 사고력이 따로따로가 아냐. 아는 만큼 쓸 수 있고 아는 만큼 생각할 수 있는 게 논술이야. "논술에서 사고력이 중요하기 때문에 배경지식이 필요없다"는 말은 여러분의 입장에서 하는 소리가 아니라 이미 배경지식이 충분한 사람들이 하는 배부른 말이니 귀 담아 들을 필요가 없다는 게 쌤의 생각이야. 이런 잘못된 믿음이 유포된 데에는 너희들 잘못도 있어. 평소 생각하는 습관 없이 배경지식은 달달 외우고 논술문 쓸 때가 되어서야 생각을 끄집어내려고 하니 그게 어디 쉽겠어? 마치 영어 단어만 열심히 외우고 일상생활에서 사용하지 않으면서 영어 회화 실력이 늘기를 기대하는 심리와 똑같은 거지. 내가 볼 때 '그런 일이 있었구나'를 알면서 동시에 그 일에 대해서 생각하는 습관을 들이면 돼. 꼭 논술문 쓰기 위해 논제를 받을 때 그 생각을 하는 게 아니라 영화를 볼 때 이 장면과 내가 기존에 알고 있었던 것들을 연결시키는 습관을 가지면 되는 거지.

: 그런데 저희도 그렇게 생각하면서 살아요. 저희라고 아무 생각 없이 사는 것 아니거든요. 그런데 그때뿐이잖아요? 생각이란 건.

: 그래서 내가 그 다음 단락에서 메모의 중요성을 강조한 거야. 영화가 논술에 도움이 되는 이유를 알았다, 이거지. 그렇다면 궁금한 건 어떻게, 방법론 아니겠어. 너희들이 논술 시험 칠 때 그렇게 어려워하는 대안, 해결책이지. 쌤은 어떤 대안을 제시하고 있니?

: 영화 수첩을 만들자고 하셨네요?

: 왜 만들라고 했을까?

: 영화 보면서 생각나는 것들을 적으라고 하셨네요. 인상적인 대사도 적고. 그 필요성은 충분히 인정해요. 그런데 저희가 영화를 보는 목적은 공부 때문이 아니라 잠시 공부를 잊으려고 하는 건데 이렇게까지 하면 영화 보기가 지겨워지지 않을까요? 쌤, 너무 힘들어요.

: 예원이가 정곡을 찔렀다. 교과서와 참고서를 지겹게 공부하는 것도 힘든데 영화까지 공부하듯 봐야 하니 숨이 막히겠지. 이해해. 책이 아니라 영화 갖고 논술 한다니까 공부 안 하는 것 같아 좋았는데 그게 아니지? 그런데 이렇게 생각해 보면 어떨까? 어차피 논술을 해야 할 거라면 영화 보면서 하는 게 책 가지고 하는 것보다 재미있잖아? 뭐든지 상대적으로 생각하자고.

: 쌤? 이건 쌤의 방법론이잖아요? 저희에게도 적용할 수 있을까요? 우린 쌤처럼 영화를 많이 본 것도 아니고 책을 많이 읽은 것도 아니고 글도 많이 쓴 편이 아닌데요, 어쩌죠?

: 그래. 나야 영화를 어려서부터 좋아했고 대학 시절에 영화 운동을 했고 기자 생활 하면서 영화 담당 기자를 하기도 했지만 너희는 그게 아니지. 쌤은 하루에 한 권의 책은 읽어왔는데 너희들은 그럴 시간도 없고 기본적인 독서량이 부족한 상태고. 신문은 더더욱 보기 어렵잖아? 그럴 땐 이렇게 해보면 어떨까?

: 어떻게요?

: 교과서 내용을 떠올리는 거야. 예를 들면 정체성에 관한 영화를 볼 때 도덕 교과서를 떠올리고 SF 영화를 볼 때는 과학 교과서를, 사극을 볼 때는 역사 교과서를 떠올리는 거야. 분명 관련되는 게 있을 거

야. 그러면 공책에 '왕의 남자' — 국사 교과서 어디쯤에서 본 '연산 이야기' 이런 식으로 연결 고리만 메모를 해놓아도 나중에 역사 관련 논술문을 쓸 때 자료로 쓸 수 있는 거지. 영화 수첩이라기보다는 독서 수첩이나 논술 수첩에 가깝긴 한데 이 방법이 너희에게는 가장 현실적인 것 같아.

: 쌤? 쌤이 글에서 쓴 영역전이형 사고가 지금 쌤이 말씀하신 내용과 연결이 되나요? 자꾸 연결시키라고 했잖아요?

: 맞아. 통합교과형 논술은 다른 영역, 다른 교과의 지식들을 연결해서 문제를 해결하는 능력을 체크하는 시험이야. 그래서 교과서에서 배운 걸 신문에 적용해 보라고 하잖아? 교과서에서 배운 걸 신문에는 적용하면서 왜 영화에는 적용 못 하니? 발상의 전환이 필요하지 않을까? 여기서 영화는 극장용 영화뿐 아니라 다큐멘터리나 드라마 등의 TV도 포함되는 광의의 개념이란다.

: 쌤 말씀 중에 독서량이 부족하니까 영화를 보고 나서 영화와 관련된 책, 예를 들면 원작 소설 같은 것을 반드시 읽어보라고 하셨잖아요? 그게 말이 쉽지, 가능할까요? 너무 이상적인 것 같아요.

: 이거 봐. 40 넘은 쌤보다 스물도 안 된 너희들이 더 현실적이라니까. 일단 인정해. 책 읽을 시간이 없다는 건. 그래서 '가능하면'이란 단서를 붙인 거야. 창의성 위주의 교육, 진정한 논술 교육이 이루어지려면 학업량을 지금보다 많이 줄여줘야 할 거야. 그건 정치를 하시는 어른들이 해결해 주어야 할 일이겠지. 요 단락에서 너희들이 놓친 게 있어.

: 뭔데요?

: 내가 영화를 보는 방식이야. 나는 영화에서 키워드를 뽑아 그 키워드를 중심으로 쟁점을 만들지. 쟁점과 관련한 다양한 이론, 사상 등을 책과 신문에서 찾고 내 의견을 붙여서 글을 완성한다고 했잖아? 결국 쌤은 논술을 위해서 영화를 볼 마음을 굳게 먹었다면 재미나 시간 때우기가 아니라 쟁점 중심으로 영화를 봐야 한다는 거야.

: 영화에서 쟁점을 찾으라는 소리군요.

: 그래. 앞으로 쌤이 2부에서 강의하는 내용은 영화의 쟁점을 철저하게 파헤치는 방식으로 갈 거야. 영화 이야기가 아니라 영화 속에 숨은 쟁점 찾기라고 할 수 있지. 앞에서 분석하기는 책보다 영화가 쉽다고 했는데 영화에서 쟁점 찾기는 책이나 신문에서 찾는 것보다 쉽지가 않아. 쌤이 보기에는 신문이 제일 쉽지. 사설이나 칼럼에서는 "내 주장이 이거다"라고 분명히 밝히니까. 소설에서도 지문 등으로 작가가 직접적으로 말할 수 있는 방법이 있는데 말이야. 그런데 영화에서는 감독이 직접 출연해 "이 장면에서 나는 무엇을 말하고 싶었소"라고 개입하는 경우가 드물잖아?

: (이구동성으로) 그래요.

: 그게 바로 카메라나 미장센(영화상의 화면 배치)에 의도가 숨어 있기 때문이거든. 어려서 했던 숨은 그림 찾기가 너희에게 관찰력이나 집중력을 키워주듯이 영화는 일종의 움직이는 숨은 그림 찾기거든. 관객을 자연스럽게 관찰자로 만들어 카메라를 보면서 "왜 그럴까"를 고민하게 하거든. 그래서 영화는 집중력을 키워주는 데 도움이 된다고 생각해. 너희 영화를 아주 분석적으로 보는 친구들은 잔상을 찍어 내는 능력이

아주 뛰어난 경우가 많아.

🧑 : 그런데 쌤, 잔상이 뭔가요?

🧑 : 잔상이란 방금 전에 봤던 걸 눈 감고 그대로 떠올리는 거를 말해. 영화 필름은 연속되는 게 아니라 1초에 24프레임으로 나눠져 있는데 사람들은 그걸 인식 못하잖아. 잔상이 남기 때문에. 실제 참선 훈련을 할 때 잔상 훈련이란 걸 많이 하거든. 잔상 훈련이란 정해진 글자나 이미지를 응시한 뒤 흰 여백에 잔상을 남기는 연습을 말해. 예를 들면 8자의 위아래가 만나는 지점을 5초 내지 10초 동안 응시한 다음 시선을 하얀 여백으로 옮겨 잔상을 만들어 보는 거지. 너희들도 해보면 검은색 글자도 흐릿한 하얀색으로 보일 거야. 이 잔상 훈련은 기억력 강화에도 큰 도움이 된다고 해. 좌뇌가 문자 단위로 글을 기억한다면 우뇌는 이미지를 통째로 기억하기 때문에 기억의 양과 속도에서 발군의 효과를 얻을 수 있다는 거지. 우뇌가 발달한 사람들은 칠판에 적힌 단어들을 외우지 않고 한 장의 사진으로 머리에 저장하기 때문에 마치 눈으로 칠판을 보고 있는 것처럼 단어들을 기억할 수 있다고 하거든. 일반적으로 천재라고 불리는 사람들은 정보를 이미지로 저장하는 우뇌의 기능이 뛰어나다는 거지. 게임은 공부의 집중력을 흐트러뜨리고 산만하게 하지만 영화는 그렇지 않아. 처음부터 끝까지 몰입해서 볼 경우를 아이들에게는 집중력이 생길 수 있어. 우리 딸이 그렇거든. 어려서부터 영화를 좋아해서 잔상이 흑백이 아니라 칼라로 찍혔어. 집중력과 기억력이 아주 좋은 편이야.

: 그 이야기는 기사에는 안 쓰셨네요. 지금 쌤의 말은 엄마들이 무척 좋아할 것 같아요.

: 그렇지. 엄마들은 내 아이가 집중력을 끌어 올릴 수 있다면 그것이 공부를 잘 하는 힘이 될 수 있다는 걸 본능적으로 알고 있어. 영화에는 공부를 잘 할 수 있는 힘이 있는 거야.

: 마지막 단락에서 쌤의 말의 요지는 "어머니들이여! 이렇게 공부, 논술 공부에 도움이 되는 영화에 대해서 어떤 편견 같은 것이 있다면 단번에 날려 버려라"라는 뜻으로 비치네요. 안 그런 엄마들도 얼마나 많은데요. 저희 엄마는 영화를 무척 좋아하세요.

: 저희 어머니도 그러세요. 제가 영화를 전공했으면 하는 바람도 갖고 계세요.

: 요즘 386 엄마들은 의식이 많이 깨인 편이구나. 공부 이야기만 했지만 영화 클리닉이란 말도 있듯이, 영화가 성격이나 정서 교육에도 도움이 많이 돼. 좋은 영화 보고 감동 받으면 그것 자체만으로 나에게 많은 변화가 일어날 수 있는 거야. 지금까지 쌤은 영화가 논술에 도움이 되고 어떻게 도움이 되는지 어떻게 영화를 봐야 하는지, 영화를 보고 나서 무엇을 해야 하는지 등에 대해서 이야기했어. 어떻게 영화를 봐야 하는지는 2부에서, 영화를 보고 나서 무엇을 해야 하는지에 대해서는 3부에서 이야기하려고 해. 그런데 빠진 게 있지?

: 어떤 영화를 봐야 할지가 빠진 것 같아요. 쌤이 논술을 위해서 영화를 고르는 기준은 뭔가요?

 : 단도직입적으로 말하면 2부에 소개된 영화들이 논술에 도움이 되는 영화들이야. 너희들이 아무래도 성장하고 있는 청소년이니까 정체성을 다룬 영화들을 많이 보았으면 해. 그리고 가족의 진정한 가치에 대해서 깨닫게 해주는 영화들도 좋은데 이 영화들은 정체성을 다룬 영화들에 포함시킬 수 있지. 그 다음에 도움이 되는 것은 관계에 대해서 눈 뜨게 해주는 영화야. 나와는 다른 존재에 대한 다양한 관계가 있잖아? 갈등, 신뢰, 공존, 소통 등 여러 관계들이 있을 거야. 그런 관계들을 밀도 있게 그린 영화들이 좋아. 정체성과 관계에 대해서 어느 정도 통찰을 얻었다면 이제는 우리 사회로 관심을 돌려야지. 쌤은 우리 사회에 대

영화보기와 관련돼서 읽기를 병행하면 효과가 극대화 된단다.

일석 이조!
一石二鳥

해서 비판적으로 바라보고 있는데 그런 시각을 키워 줄 수 있는 영화들을 가능하면 너희들이 많이 보았으면 좋겠어. 아마 조금 고통스러울 수도 있어. 현실 문제를 풀어가는 방식이 리얼리즘이기 때문에 지루하게 느껴질 여지가 있거든. 하지만 너희들에게 논술에 가장 도움이 되는 영화가 뭐냐고 묻는다면 쌤은 주저 없이 이런 사회파 영화들을 꼽고 싶어. 그 다음에 역사에 대해서 관심을 가져 줘. 다양한 사극을 보면서 오늘날과 과거가 어떻게 연결이 되는지 그것이 또 미래와는 어떻게 연결이 될 수 있는지 고민해 보는 거지. 마지막으로 SF 영화들을 통해 미래에 대한 전망, 진보에 대한 의지 같은 것을 얻을 수 있으면 좋겠어. 2부에서 쌤이 고른 영화들은 이런 기준에 입각해서 골랐어. 최신 영화들 위주여서 너희들과 소통하는 데 그렇게 어렵지 않을 거야. 그리고 쌤이 읽은 책 중에서 너희들 눈높이에 맞는 영화와 딱 어울리는 책들을 추천도서로 선정했거든. 시간 나면 이들 책들도 구해서 읽어보도록 해. 그 정도면 아마 어떤 논술 시험이 나와도 자신 있게 답안을 쓸 수 있을 거다. 그럼 2부 시네마 키워드 논술에 들어가 보자.

2부:
시네마 통합 논술,
이렇게 읽자!

20편의 영화로 푸는 20개의 논술 키워드

'미녀는 괴로워'와 외모지상주의 | '스파이더 맨3'와 선택 | '불편한 진실'과 지구 온난화 | '데자뷰'와 시간 | '천년학'과 세계화 | '내 생애 가장 아름다운 일주일'과 사랑 | '가족의 탄생'과 대안 가족 | '행복을 찾아서'와 가난 | '용서받지 못한 자'와 군대 | '엑스맨3'와 화이부동 | '우리들의 행복한 시간'과 소통 | '왕의 남자'와 권력 | '슈렉3'와 정체성 | '괴물'과 한국인 | '판의 미로:오필리아와 세 개의 열쇠'와 꿈의 현실 | '매트릭스'와 진실 | '바디센테니얼 맨'과 로봇 | '가타카'와 생명공학 | '천하장사 마돈나'와 젠더 | '비열한 거리'와 조폭 시스템

01 '미녀는 괴로워'와 외모지상주의

"내 외모를 바꿀까, 잘못된 사회를 바꿀까?"

미녀는 괴로워(2006) | 장르: 코미디 | 멜로 | 애정 | 감독: 김용화

쌤이 오늘은 너희들에게 코미디 영화 한 편을 추천해 줄까 해. 코미디 영화가 수험생에게 좋은 이유는 뭐가 있을까? 일단 스트레스 해소에 도움이 되지. "웃으면 복이 와요"라는 말처럼 웃음은 정신적 건강을 보장해 줘. 그리고 웃음의 사회적 기능(연대 2004년도 정시 논술 고사 주제이기도 했단다)이라는 측면에서도 이유가 있어. 바로 우리 사회의 고정관념과 편견을 보여준다는 점이야. 오늘 쌤이 소개할 영화가 그래. 한국 코미디 영화 중에 흥행 1위를 기록한 김용화 감독의 '미녀는 괴로워'라는 영화야. 영화적 완성도는 그렇게 높지 않지만 우리 사회의 대표적인 고정관념과 편견을 보여주고 있다는 점에서 논술 공부에 어느 정도 도움이 돼. 그 고정관념은 바로 '외모지상주의'란다.

쟁점 1 : 현대 사회는 외모가 경쟁력인가?

영화는 전형적인 신데렐라 스토리야. 목소리는 예쁘지만 몸매와 얼굴은 꽝인 여자 한나(김아중 분)가 전신 성형 수술을 통해 미녀 제니로 거듭나.

추녀라고 거들떠보지도 않던 사람들이 이제는 그녀를 미녀로 떠받들어 모시지. 코미디 영화에는 대개 과장이 따르는 법인데 이 영화에서 과장의 극치는 교통사고를 당한 택시 운전사(이범수 분)가 머리에서 피가 비 오듯 쏟아지면서도 그녀의 미모 때문에 고통을 못 느끼고 황홀해하는 장면이었어. 뚱보에서 미녀로 대변신하면서 한나에게는 여러 가지 기회가 찾아 와. 가장 큰 변화는 처다보지도 않았던 짝사랑 상대(주진모 분)가 그녀에게 연애감정을 느끼게 된 것과 미모에 가창력까지 갖춘 덕분에 얼굴 없는 가수에서 일약 톱스타로 성장하게 된 점이지. 하지만 그럴수록 뚱보 한나와 미녀 제니 사이에서 정체성 혼란을 겪게 돼. 결국 주인공은 콘서트 장에서 자기가 뚱보였음을 밝혀. 하지만 그녀에게 시련은 닥치지 않았어. 이번에는 미모가 아니라 용기와 솔직함이 대중을 사로잡은 거지. 예쁘면 모든 것이 용서되는 걸까?

'외모지상주의' 와 짝패로 움직이는 용어가 있지. 바로 성형에 대한 욕망이지. 성형은 변하고 싶은 욕망, 완전을 향한 인간의 욕망으로 볼 수 있어. 변하고 싶은 욕망, 완전을 향한 욕망이 현대에 접어들어 더 간절해진 까닭은 뭘까? 바로 현대 사회는 외모가 경쟁력인 사회이기 때문이지. 미국 사회에서는 미모 프리미엄이라는 말이 있어. 잘 생긴 사람은 남자나 여자 할 것 없이 평균 10% 이상의 월급을 더 받는다는 조사가 있었어. 특히 비만이 문제인데 비만인 여성은 정상 체중의 여성에 비해 무려 25%나 임금이 낮았다는 거야. 우리나라 역시 마찬가지야. 취업에 실패한 사람의 10%가 외모 때문이라고 대답한 여론조사 결과가 있었어. '얼굴' 이라는 키워드를 네이버에 검색창에 입력해 보면 자동검색어로

'얼굴 작아지는 법'이 뜬단다. 예쁜 얼굴도 모자라 이제는 작은 얼굴이 경쟁력이 되는 세상이지. 외모 지상주의를 합리화할 수는 없지만 외모 때문에 차별받고 있는 현실은 엄연히 존재해. 성형을 하려는 사람들의 입장은 영어를 비싼 학원에서 공부하거나 재수 삼수를 해서라도 명문대에 진학하려는 사람들의 심리와 다를 바가 없는 셈이지. 예뻐지려는 게 아니라 살아남으려고 성형을 한다는 점에서 쌤은 이들의 처지에 측은지심을 느껴. 자신에게 불리한 현실을 극복하려는 시도는 충분히 인정을 받아야 한다는 생각이야.

쟁점 2 : 외모지상주의는 무엇이 만들었는가?

하지만 외모지상주의가 자신에게 불리한 현실이라는 사실을 깨닫고 고민하는 이라면 이것이 불합리한 현실이라는 점에도 눈을 떠야 하지 않을까? 외모지상주의의 가장 큰 문제점은 자신을 끝없는 욕망의 노예로 만든다는 점이야. 옛날 사람들은 거울을 보면서 자기가 못생겼다고 생각했다면 요즘 사람들은 TV에 등장하는 탤런트를 보면서 자신이 못생겼다고 생각해. 실제로 자신은 추하고 못생긴 게 아닌데도 탤런트와 비교해 자신을 지나치게 비하하는 거지. TV를 볼 때마다 자신의 외모가 자신 없어지고 그때마다 성형에 대한 욕망이 생긴다면 어떤 일이 벌어질까? 자신의 현재에 만족스럽지 못한 끝에 성형을 밥 먹듯이 하는 이른바 성형중독에 이르게 되지. 평생 성형을 해야 하고, 평생 다이어트 클럽에 다녀야 하고, 평생 비만을 맞는 주사를 맞아야 한다면…. 개인의 삶은 사라지고 몸만 남아 언젠가는 쇼윈도에 걸린 마네킹처럼 되겠지. 이것은 자기혐오에 이르는 지름길로서 없던 병도 생기게 만든다. 자기혐오는 자신에 대한 부정인데, 마이클 잭슨을 봐. 성형을 밥 먹듯이 한 결과, 흑인이면서 백인의 피부를 갖게 되는 병(백반증)을 갖게 되었잖아?

예뻐지고 싶은 욕망 뒤에는 획일화가 작용하고 있어. 한국 사회가 외모지상주의에 빠져 있다는 말은 그만큼 획일화된 사회라는 사실을 반증하는 거지. 선진 사회일수록 다양한 가치관이 존중받는 사회잖아? 경제가 아무리 발전해도 다양성이 보장되지 못한 사회는 영원히 후진 사회일 수밖에 없는 거야. 여기서 한 가지 질문. 미와 추는 개인적 관념일까, 사회적 관념일까? 앞에서 TV탤런트를 보고 성형 수술에 대한 유혹을 느끼는 대다수의 사람들에게는 미는 사회적 가치관처럼 보이겠지. 이들에게는 '미'는 플라톤의 이데아처럼 도달해야 할 절대적인 가치라고 정의할 수 있을 거야. 하지만 미는 주관적이고 상대적인 관념이라고 봐야 해. 백이면 백이 다 다른 게 정상이지. "제 눈에 안경"이라는 말이 바로 미에 대한 관념을 뜻하는 거야.

우리 사회의 '외모지상주의'와 비슷한 게 '학벌지상주의'야. 이 둘은 누구나 다 아름다워지고 싶다. 누구나 다 명문대를 가고 싶다는 욕망, 결국 '누구나 다'의 문제 아닐까? 문제는 누구나 다 아름다워질 수 없고 누구나 다 명문대를 갈 수 없는 현실이 있다는 점이잖아? 당장 외모 때문에 취업에서 불이익을 당할 사람들에게 외면의 미보다 내면의 미가 더 중요하다고 해봐야 통하지 않을 거야. 거울 볼 시간에 책을 읽으라, 책 속에는 삶의 지혜가 담겨 있다는 말을 아무리 해봐야 잘 생긴 사람들과의 비교에서 느끼는 슬픔과 좌절을 이기게 해줄 힘을 줄 수는 없을 거야? 그렇다면 대안은 뭘까? 자신의 외모보다는 잘못된 현실을 바꾸는 노력이 더 필요한 것이 아닐까?

이 영화를 보고 이 책을 읽자

쌤이 추천해 주는 책은 《뚱보 내 인생》(바람의 아이들 펴냄)이라는 아주 재미있는 프랑스 소설이야. 이 책은 짝사랑하는 여학생의 관심을 얻기 위해 필사적으로 살을 빼는 뚱보 남학생이 주인공이야. 주인공은 필사적으로 다이어트를 하지만 그 사랑이 받아들여지지 않아 고민을 하지. 결국엔 심리치료까지 받아. 하지만 주인공은 여학생과 친해지는 데 성공해. 그 비결은 무엇이었을까? 그녀에게 부담을 안 주고 자연스럽게 친구가 되려고 한 거야. 행복감과 만족감을 느낀 주인공은 마침내 먹는 것에 집착하지 않고 자기가 뚱보라는 사실도 더 이상 그를 괴롭히지 많았어.

《나는 누구의 아바타일까》(사계절 펴냄)라는 재미있는 성장 소설책도 권해 줄게. 뚱뚱하지만 감수성이 예민한 한 여고생 영주가 주인공이야. 집이 가난해 상고를 가게 됐고 취업을 준비해야 했어. 예쁜 아이들은 아무리 놀고 먹어도 데려가는 회사가 있지만 자기처럼 뚱뚱한 아이들은 성실함으로 승부를 걸어도 갈똥말똥이라는 걸 이미 알아버린 터라 의욕을 잃고 대신 글쓰기에 빠지게 돼. 글 쓰기를 통해 학교와 기성세대를 비판적으로 보게 돼. 글 쓰기는 결국 진정한 자신과의 대면이잖아. 영주는 자신의 몸을 혐오했지만 결국 중요한 건 자신의 몸이라는 사실을 깨닫게 돼.

02 '스파이더맨 3'와 선택

"셰익스피어와 스파이더맨, 알고 보니 많이 닮았네!"

스파이더맨 3 (2007) | 장르 : SF | 액션 | 모험 | 감독 : 샘 레이미

    오늘은 영웅 이야기로 시작해 볼게. 영웅은 공동체를 위한 개인의 희생을 전제로 해. 공동체를 위해 희생하는 개인이 바로 영웅이 되는 거지. 슈퍼맨, 배트맨, 원더우먼 등 영웅이 등장하는 영화 중에서 주인공이 공동체를 위해서 헌신적으로 봉사하지 않는 경우 봤어? 영웅이 등장하는 영화에는 언제나 악당이 나오지. 악당은 그야말로 악의 화신인데 온갖 비열한 방법으로 주인공을 괴롭히지만 결국에는 우리의 영웅인 주인공이 악당을 물리치고 정의를 지키는 내용으로 끝나. 선악의 대비가 분명한 이런 영화들의 주제를 가리켜 권선징악이라고도 하고 비판하는 쪽에서는 단순한 흑백논리라고도 해.

    그런데 쎔은 이런 생각을 해봤어. 개인의 삶보다 공동체의 운명을 언제나 우선하는 우리의 영웅들은 정말 자신이 원해서 그 자리를 맡은 걸까? 가끔은 '내가 왜 사서 고생을 하는지' 고민을 하는 순간이 있지 않을까? 영웅의 자리를 박차고 평범한 사람으로 돌아가고픈 욕망은 없는 걸까? 시네마 논술이 별 게 아냐. 오락 영화를 보더라도 이런 궁금증을 느끼고 해답을 찾아본다면 그게 바로 시네마 논술이 되는 거야.

쟁점 1 : 스파이더맨은 기존 영웅과 무엇이 다른가?

그래서 오늘은 영웅이 등장하는 오락 영화 한 편을 골랐어. 그런데 이 영웅은 조금 달라. 자의식이 강하고 끝없이 고민하는 햄릿형 영웅이야. 외로움도 많이 타고 무척 내성적인 편이지. 이런 영웅들은 슈퍼 히어로 보다는 안티 히어로에 가깝다고 볼 수 있어. 안티 히어로는 엑스맨, 헐 크, 데어데블 그리고 지금 쌤이 소개하는 스파이더맨이 있어. 이들은 마 블사라는 미국의 유명한 만화 회사에서 만들어낸 캐릭터들인데 이들이 등장하는 영화들은 주인공의 복잡한 내면 갈등과 주변 사람들과의 밀고 당기는 긴장 관계가 돋보여.

최근 개봉된 샘 레이미 감독의 영화 '스파이더맨 3' 역시 그랬어. 전편들을 능가하는 화려한 액션을 제공하지만 쌤은 주인공의 내면과 주 변 인물과의 관계에 주목했단다. 사실 이 시리즈는 교육적으로도 의미 가 크다는 게 쌤의 생각이야. '해리포터' 처럼 질풍노도의 시기를 구가 하는 청춘의 '성장통' 이 드러나 있기 때문이야. 단점도 있는데 지루하 게 느껴진다는 점과 동시 다발적으로 갈등이 진행되기 때문에 산만하다 는 점을 들 수 있지. 하지만 주제는 명료하게 드러나는 편인데 1편은 '책임' , 2편은 '개인과 사회의 관계' 로 분명해. 3편에서는 '선택' 이라 는 키워드로 모아지지. '용서' 와 '질투' , '복수' , '교만' 등의 키워드도 눈에 띄는데 이는 '선택' 을 빛내주는 조연급 키워드란다.

이 영화에서 드러난 '선택' 을 제대로 이해하려면 먼저 갈등 구조부 터 파악해야 해. 왜냐하면 선택이란, 갈등 상황에서 발생하기 때문이야.

갈등이란 이러지도 못하고 저러지도 못하는 상황에서 마음이 혼란스러운 상태를 말하지. 갈등에는 두 가지 유형이 있는데 내적인 갈등과 외적인 갈등이 있어. 내적인 갈등은 내 안에서 나와 또 다른 나가 대립하는 꼴이야. 외적인 갈등은 나와 타자 사이에서 벌어지는 갈등이지. 이 영화에서 본질적인 갈등구조는 스파이더맨(피터 파커)과 블랙 스파이더맨 사이에서 벌어지는 내적인 갈등이야. 마인드맵으로 정리하면 이를 축으로 스파이더맨과 뉴 고블린(친구 해리 오스본), 스파이더맨과 샌드맨, 스파이더맨과 베놈의 갈등이 한 쪽 가지를 이루고 다른 쪽 가지에서는 스파이더맨과 여자친구인 메리 제인의 갈등이 자리 잡고 있어. 전자는 영웅과 악당이라는 전형적인 선악의 대립이고 후자는 주인공의 내적인 갈등과 긴밀하게 연결이 되어 있지.

스파이더맨과 메리 제인의 갈등을 한 마디로 정의하면 '접근—접근' 갈등이라고 할 수 있어. 긍정적인 유인가(당근)를 지닌 두 개의 목표가 동시에 있는 경우에 나타나는 갈등이야. 같은 방송시간에 방영하는 프로야구와 게임 대회 중계 둘 다 보고 싶으나 하나만 선택해야 하는 경우에 이 갈등이 발생할 수 있지. 1~2편에서 스파이더맨은 자신의 능력으로 사람을 구조해야 하는 책임에 강한 부담을 느낀 반면 3편에서는 그걸 즐기게 돼. 미모의 여자 아나운서와 즉석 키스 쇼를 벌일 정도로 스타 의식, 쇼맨십이 형성된 거야. 그걸 목격한 메리 제인은 당연히 피터 파커가 변했다고 생각하게 되지. "너 왜 그렇게 변했니? 넌 누구니?"라고 묻잖아. 하지만 피터 파커는 여전히 메리 제인에게 충실하고 싶은 욕망도 있어. 둘 사이에서 줄다리기를 하던 피터 파커는 어떤 선택을 했을까? 다음과 같은 과정을 거쳐 메리 제인을 선택했지.

쟁점 2 : 내가 할 수 있는 최선의 선택이 무엇일까?

메리 제인과의 갈등에 친구인 뉴 고블린과의 갈등이 얽혀 있어. 알고 보니 친구도 메리 제인을 사랑하고 있었던 거야. 스파이더맨에게는 가장 친한 친구였기 때문에 배신감과 질투도 그만큼 컸지. 자신의 아버지(고블린)를 스파이더맨이 죽인 것으로 오해했던 친구는 그를 미워했지만 오해를 풀면서 굉장히 어려운 선택을 해. 스파이더맨을 도와 샌드맨, 베놈과 싸우기로 결심한 거란다. 그는 우정과 사랑 사이에서 우정을 선택한 거지. 이처럼 친구와 갈등이 풀리면서 메리 제인과의 갈등도 풀려. 대개 세상일이란 그래. 한 가지 일이 풀리면 다른 일도 잘 풀리게 되어 있고 한 가지 일이 꼬이면 다른 일도 덩달아 꼬이는 법이란다.

　　스파이더맨은 갈등 상황마다 또 다른 선택을 해야 했어. 선택을 하기 위해서는 뭐가 필요할까? 바로 결정을 내려야겠지. 그것도 스스로 내려야 해. 누군가에게 의존해서는 안 되는 거란다. 그런 의미에서 선택은 자유의지이며 자립이라고 할 수 있어. 삼촌을 죽인 샌드맨과의 갈등이 두 번째로 큰 갈등이었는데 스파이더맨은 용서로 그 갈등을 마무리해. 스파이더맨이 샌드맨을 용서하게 된 것은 샌드맨이 그럴 수밖에 없었던 처지를 이해했기 때문이야. 샌드맨은 어쩔 수 없는 선택이었다고 변명을 했지. 하지만 스파이더맨은 "당신은 다른 선택을 할 수도 있었다"면서 "내가 할 수 있는 최선의 선택이 무엇인지 생각하면서 살 수 있는 존재가 인간"이라고 충고해. 쌤이 이 영화에서 가장 인상적인 장면은 "당신을 용서한다"는 스파이더맨의 말을 들은 샌드맨의 존재가 모래처럼 사라져버리는 장면이었어.

그런 의미에서 이 영화에서 가장 불행한 인간은 베놈으로 변해 스파이더맨을 괴롭히다 베놈과 함께 죽음을 맞은 피터 파커의 직장 동료 에디 브룩이야. 그는 어떤 선택을 했을까? 그는 마지막 순간에도 진실 대신 힘을 선택했어. 막강한 힘을 가져 본 그는 힘을 잃는 것이 죽음보다 더 싫었기 때문에 베놈이 운명을 고하는 순간, 죽을 줄 뻔히 알면서도 베놈과 합체를 시도한 거지.

사랑 대신 우정을 선택한 뉴 고블린, 피해자의 용서에 뉘우침을 선택한 샌드맨, 최후의 순간까지도 힘을 선택한 베놈… 너희라면 같은 상황에서 어떤 선택을 했을까?

이 영화를 보고 이 책을 읽자

셰익스피어의 책들을 추천해 줄게. 셰익스피어와 스파이더맨이 무슨 관계가 있을까? 셰익스피어는 스파이더맨에게 많은 흔적을 남겼어. 등장인물의 심리와 갈등 구조에서 특히 그래. 셰익스피어는 위대한 심리학자라고 해. 음모, 복수, 광기, 질투 등 인간의 본원적인 감정이 잘 드러나고 있어. 지금도 여전히 셰익스피어가 읽히는 이유는 가정생활이나 일과 관련된 문제에서 우리 자신과 다른 사람들을 이해하는 데 매우 도움이 되기 때문이라는 주장도 있어. '스파이더맨'과 가장 비슷한 인물은 '햄릿'이야. 앞에서도 쌤이 스파이더맨을 '햄릿'형 영웅이라고 했는데 책을 읽고 둘의 공통점을 찾아보는 것도 논술 공부하는 데 도움이 될 거야. 베놈은 권력을 추구하다 권력과 함께 종말을 고하는 맥베스를 닮았어. 스파이더맨과 뉴 고블린의 관계는 어떨까? "우정은 불변이라고 해도 좋으나, 여자와 사랑이 뒤얽히면 이야기가 달라진다"는 말은 누가 했던가? 바로 셰익스피어야.

레빈의 갈등 이론

미국의 사회심리학자 레빈(Lewin)은 갈등 유형을 접근-접근 갈등(approach-approach conflict), 회피-회피 갈등(avoidance-avoidance conflict), 접근-회피 갈등(approach-avoidance conflict), 이중 접근-회피 갈등(double approach-avoidance conflict)으로 구분하고 있어.

앞서 말한 접근-접근 갈등은 스파이더맨과 메리 제인 사이에서 발생하는 갈등이지. 회피-회피 갈등은 그 반대로 둘 다 피하고 싶은 상황에서 발생하는 갈등이야. 스파이더맨이 샌드맨과 베놈과의 마지막 대결투에서 느끼는 갈등이겠지. 접근-회피 갈등은 스파이더맨과 친구인 뉴 고블린 사이의 갈등이야. 한 편으로는 우정을 느끼면서 한 편으로는 한 여자(메리 제인)를 놓고 질투 때문에 싸워. 이중 접근-회피 갈등은 두 가지 목표가 있으며, 각각의 긍정적인 측면과 부정적인 측면이 엇박자로 작용하는 경우야. 스파이더맨과 피터 파커 사이의 갈등이 그렇지. 스파이더맨으로 인기를 누리고 싶으면서도 고달픈 스파이더맨을 그만두고 피터 파커로 편안하게 살고 싶은 욕망이 동시에 작용하잖아? 스파이더맨을 삶을 선택하면 영웅으로서 대접받지만 피터 파커가 누릴 수 있는 평범한 삶은 포기해야 하고, 반대로 피터 파커의 평범한 삶을 선택하면 영웅으로서 누리는 혜택은 포기해야 하기 때문에 괴로운 거지.

'선택' 과 대학 입학 논술 시험의 관계

'선택' 이란 논제는 2007년 동국대 수시 1차 시험이 전형적이란다. 논제를 볼까?

* 우리나라가 '형평성과 효율성의 동시 추구 모델' 을 선택할 경우, 중점적으로 추진해야 할 과제와 이를 위한 방안에 대해 논술하시오.

흔히 상식적으로는 형평성과 효율성 중에서 어느 한 쪽을 포기할 수밖에 없다고 하잖아. 형평성을 추구하면 효율성이 줄고 효율성을 추구하면 형평성을 잃기 쉬운 법이지. 좀 더 쉬운 말로 바꾸면 분배를 추구하자니 성장이 울고 성장을 추구하자니 분배가 위기를 맞는 상황이야. 논제는 둘을 조화시킬 수 있는 방법을 묻고 있는 거지. 북구 유럽 국가들이 이 둘을 조화시킨 성공 사례로 꼽히고 있는데 이를 '노르딕 모델' 이라고 해. 이들 국가는 시장 경제라는 골조를 유지하면서도 세제를 통해 분배 정의를 실현하고 있단다. 서울대 2008년도 모의고사 1차 예시문항 3번 문제도 이와 비슷한 '선택' 의 딜레마였어. 우리 삶을 시장 경제에 전적으로 맡겨 두는 경우와 국가의 조정이나 통제를 선택해야 할 경우에 어떤 문제점이 있을 수 있는지 묻고 있어. 이 논제들은 결국 '갈등론' 의 입장에서 바람직한 선택이 무엇인지 묻고 있는 거야. 너희들 사회 시간에 '갈등론' 에 대해서 배웠을 거야. '갈등론' 이 뭐냐고? 사회 문화 현상을 긴장과 대립 관계로 보는 관점이 바로 '갈등론'

이야. 반면에 조화와 통합의 관점에서 이해하는 입장을 '기능론'이라고 하지.

사회적 갈등과 내적 갈등을 연결해서 생각해 보기를 요구하는 논제도 있어. 갈등이 몰고 온 '불안' 심리를 다룬 2006년 연대 정시 문제가 그렇지. 어려운 문제 같지만 사회적 갈등과 내적 갈등의 관계를 이해하면 해결의 실마리가 보여. 사회적 갈등이 지속되면 내면에서는 불안이 지속되겠지. 불안이 지속되면 그 불안을 해소하기 위해 인간들이 노력하지 않겠니? 불안을 느낀 인간들이 불안을 해소하기 위해 노력한 결과, 인간은 진보할 수 있는 거야. 자유의지를 지닌 인간은 스파이더맨의 말처럼 언제든 다른 선택을 할 수 있어. 하지만 피할 수 없는 선택이라면 거부하는 것보다는 묵묵히 받아들이는 게 나아. 즐길 줄 알면 더 좋고. 불안과 갈등을 부정적으로 보기 쉬운데 관점을 달리 하면 그렇게 부정적인 것만은 아니란다. 사회도 마찬가지야. 그 사회에 어느 정도 긴장과 갈등이 있어야 발전도 있는 법이니까.

03 '불편한 진실'과 지구 온난화

"인간도 살고 자연도 살려면, 먼저 탐욕을 버려라!"

불편한 진실(2006) 장르: 다큐멘터리 | 감독: 데이비스 구겐하임

너희들과 수업을 할 때마다 느끼는 일이지만 가장 수업하기 어려운 주제가 환경이야. 어렵다기보다는 할 말이 없다는 게 솔직한 표현이겠지. 도무지 관심이 없으니 모두가 꿀 먹은 벙어리가 돼. 억지로 말을 시키면 "지속가능한 개발이 해답인데 생태주의도 필요하다"는 식으로 횡설수설하기 일쑤야. 대안을 내놓으라면 "쓰레기 덜 버리자", "기름을 많이 쓰는 자동차를 규제하자", "환경 정책을 강화해 환경을 오염시키는 기업에 압력을 가하자" 같은 진부한 이야기를 늘어놓는데 그 말에 진정성이나 어떤 울림은 없어. 속으로는 "그게 나랑 무슨 상관이야?"라고 묻고 있는 기색이 역력해. 환경이 시사적인 이슈이기 때문에 그럴 수도 있겠지. 그런데 너희가 세상사에 관심이 없지는 않잖아? 내신대란이나 죽음의 트라이앵글이 나오면 눈에 쌍심지를 키고 달려드는 게 너희들 아니니? 그런데 왜 환경 문제에 대해선 발언을 자제할까? "그건 어른들의 문제일 뿐"이라고? 그럴 수도 있겠지. 그런데 문제는 어른 세대가 일으킨 문제의 피해는 여러분 세대가 입는다는 점이야. 지구를 망친 어른들의 책임을 나중에 묻기 위해서라도 여러분들은 지금의 환경 문제에 관심을 가져야 하는 거란다.

쟁점 1 : 진실을 알고 나서 어떻게 달라져야 할까?

오늘은 환경, 그중에서도 전지국적 환경 문제로 평가받는 지구 온난화를 다룬 다큐멘터리 영화 한 편을 소개할게. 데이비스 구겐하임 감독의 '불편한 진실' 이라는 작품이야. 미국의 부통령이었던 환경운동가 앨 고어의 강연을 주로 보여주면서 그의 개인사와 사생활을 군데군데 고명으로 얹었지. 영화 '매트릭스' 편에서도 말하겠지만 진실을 만나는 것은 여간 불편한 일이 아니야. 진실을 안 이상 달라져야 하는데 그게 쉽지 않기 때문이지. 앨 고어는 진실을 알고 달라진 사람이라고 할 수 있어. 어떻게 달라졌냐고? 2000년 미국 대통령 선거에서 부시에게 아깝게 패배한 후 화려한 정치인의 길을 포기하고 그는 환경 운동가라는 음지의 길을 선택했거든. 원래 그는 환경에 관심이 많았던 사람이기는 했어. 하원의원 시절 최초로 환경청문회를 마련하기도 했고 부통령 시절에도 여러 국제 환경 회의를 주도했다고 해. 대통령의 꿈을 접고 환경운동가로 변신한 후에는 자료들을 발로 뛰면서 수집했어. 강연을 위해서 직접 슬라이드 쇼를 만들었고 전 세계를 돌아다니면서 한 사람이라도 더 진실을 알게 하려고 노력을 했지. 그 땀과 노력의 결실이 《불편한 진실》이라는 책이었어. 이 다큐멘터리 영화는 그 책을 바탕으로 하고 있단다.

영화는 지구 온난화가 어떤 현상인지 기본 원리를 친절하게 설명해 주는 장면으로 시작해. 앨 고어는 선정적인 접근법을 단호히 거부하는데 지구 온난화가 앞으로 어떤 미래를 가져올지 함부로 예측하지는 않아. 대신 지구 온난화의 심각성을 인식시키기 위해 다양한 설득 기법을 동원하고 있어. 이때도 사실과 증거에 바탕을 둔 논리적 추론에 의존하고 있어. 그의 논증은 "허구와 사실을 구별한 뒤에 확실한 사실만 받아들여야 한다"는 말로 요약될 수 있지. 맨 처음 그가 시도한 것은 확실한 자료로 명토를 박아두는 전략이었어. 대기 중 이산화탄소 농도와 지구 평균 기온의 상승이라는 수치자료는 지구온난화의 움직일 수 없는 증거지. 앨 고어에 따르면 이산화탄소 농도가 지금보다 높았던 때는 없었다고 해. 지금까지 가장 더웠던 해 10번이 모두 1990년 이후라는 사실도 보여 줘. 허리케인 카트리나가 미국 남서부를 휩쓸고 지나간 지난 2005년은 대기 온도 측정이 이루어진 이래 가장 더운 해였어. 한 가지 재미있는 사실은 신자유주의 시대에 지구 온난화 역시 양극화 현상을 초래하고 있다는 점이야. 어떤 곳에서는 폭우가 내리는 반면 다른 쪽에서는 지독한 가뭄에 시달리고 있다는 거지.

그 다음에는 전문가의 권위를 빌리고 있어. 지난 10년간 온난화 문제에 관한 학술 논문이 모두 982편이 나왔는데 그중에서 10%의 표본 조사를 무작위로 해본 결과 모든 논문에서 지구 온난화의 위험을 경고하고 있다고 해.

세 번째는 감정에 호소하는 전략이야. 만년설이 뒤덮고 있던 예전의 킬리만자로와 눈이 대부분 사라진 킬리만자로 정상의 모습을 대비해서 보여주고, 얼음을 찾아서 물속에 뛰어든 북극곰이 익사를 하는 장면을 애니메이션으로 처리한 장면에서 사람들의 마음은 흔들리기 쉽겠지.

쟁점 2 : 소중한 것을 잃어 본 사람은 어떻게 달라지는가?

마지막으로 앨 고어는 자신의 경험, 자기가족사를 인용하고 있어. 자신의 아들이 교통사고로 목숨을 잃을 뻔했던 기억과 애연가였던 누나가 폐암으로 죽은 사연—딸이 죽자 앨 고어의 아버지는 대대손손 이어왔던 담배 농장 경영을 그만 두었다고 해—이었어. 앨 고어는 자신의 누이의 죽음을 회고하면서 "인간은 갑작스런 충격에는 경계를 하고 대비를 할 수 있지만 점진적 변화에는 무감각하다" 면서 "100% 확신할 때까지 기다리다가는 늦다" 고 말하고 있어. 소중한 것을 잃어 본 사람만이 소중한 것의 가치를 깨닫는다는 교훈이지. 자신의 진솔한 체험 고백은 논술문에서 가장 설득력 있는 논거가 될 수 있다는 점을 앨 고어로부터 배우자!

그의 강연을 보면 '명강사의 존재감'을 느끼게 해 줘. 그는 "나와 청중의 소통을 가로막는 장애물이 무엇인가"를 순간순간 고민하면서 가장 쉬운 말로 자신의 메시지를 전달할 수 있는 능변의 달인이었어. 확신에 찬 말투와 적절한 시점에서 분위기를 부드럽게 풀어주는 농담 역시 친밀감과 신뢰도를 함께 높여 주고 있어. 논리와 심리 양면에서 호소해 들어가는 그의 전술은 지구 온난화에 대해서 별 생각이 없었던 일반 대중들의 관심을 끌어 모으는 데 분명 성공했을 거야. 그는 대중들은 환경 문제를 정치 문제가 아니라 윤리 문제로 접근하자고 주장해. 그런데 내 견해는 조금 달라. 환경운동은 정치성과 뗄려야 뗄 수 없고 앨 고어의 환경운동 역시 정치성을 띠고 있다는 게 내 생각이거든.

우선 그는 "테러 외에 다른 위협에도 대비해야 한다"는 말로 환경 문제를 등한시하는 부시 정부를 꼬집고 있어. 실제 부시 정부는 환경 전문가도 아닌 사람을 백악관 환경정책 담당 보좌관으로 뽑아놓고 환경 평가서를 검열, 편집할 전권을 그에게 부여했다고 해. 그가 사임하고 취임한 직장이 바로 엑슨모빌이었어. 대표적인 환경오염 기업과 공화당 행정부 사이의 추한 커넥션을 보여주는 사례였지. 그의 말대로 테러보다 환경 문제가 더 심각한 것은 사실이야. 실제 카트리나의 피해 규모는 9·11 테러의 10배였다고 해. 공화당과 공화당 지지자들은 환경운동가들이 사실을 왜곡·과장하고 있다고 주장하는데 그는 위기를 위기라고 인정하는 것에서 해결책이 보인다고 반박하고 있어.

그렇다면 앨 고어는 어떤 대안을 제시하고 있을까? 환경 운동가들은 이 지점에서 두 가지 입장으로 갈려. '환경주의냐, 생태주의냐'라는 갈림길이지. 환경주의자들은 차선이 아닌 차악을 택하자는 쪽이야. 이들은 자본주의 시스템과 환경 사이에서 통합을 추구하는 이들이야. 너희들이 환경 하면 반사적으로 떠올리는 '지속 가능한 개발'이 바로 이들의 목소리지. 그린벨트, 국토균형발전 등 우리 정부의 환경정책도 대부분 이 연장선상에 있어. 이들은 자연을 대상으로 보고 어떻게 관리할 것인지에만 주목한다는 비판을 받곤 해. 앨 고어는 이 입장에서 한 걸음 더 나아가 좀 더 근원적인 변화를 역설하고 있어. 이 영화에서 앨 고어가 이런 입장을 직접적으로 드러내고 있지는 않아. 다만 "우리 모두가 환경 문제의 원인"이라면서 "우리가 어떻게 하느냐에 따라 미래는 달라진다"고 결론을 내린 점에서 그가 좀 더 근원적인 해결책을 꿈꾸고 있는 게 아니냐고 유추할 수 있지.

쟁점 3 : 보다 근본적인 변화란 무엇인가?

환경 문제는 이 지점에서 세계관과 가치관의 문제로 진화하게 되는 거야. 환경주의자들과 갈라선 생태주의자들은 "자연을 대상으로 보는 관점이 틀렸다, 우리가 자연 속의 대상이 되어야 한다"는 말로 인간 중심의 세계관을 바꿀 것을 요구해. 이들은 환경파괴를 가져오는 삶의 방식 자체를 바꾸자고 주장하는 거란다. 이들의 논리는 다음과 같은 흐름 위에 있어. 지구온난화의 원인은 화석 연료 사용이 급증한 결과, 온실가스가 늘어난 탓이잖아? 온실 가스 배출을 줄이기 위해서는 대량 생산과 대량 소비를 줄일 수밖에 없는 거지. 그런데 그것은 소비가 미덕이라는 자본주의 계명과 정면충돌하잖아? 따라서 '자본주의 대안 경제 체제'의 선택 문제와도 필연적으로 연결이 되는 거야. 자본주의 체제하에서 생태환경이 보존될 수 있을까? 앨 고어는 이 대목에서 미국의 진보적인 작가 업튼 싱클레어의 "경제와 환경은 양립될 수 없다"는 말을 인용하고 있어. 미국의 부통령까지 지낸 사람이 노골적으로 반자본주의를 선동하기가 그렇잖아? 대신 우회적으로 생태주의자의 손을 들어준 듯해. 자본주의를 포기하지 않는 한 생태계 보전은 불가능해. 그 이유는 엔트로피 법칙 때문이야. 환경오염엔 엔트로피의 법칙이 적용되기 때문이란다. 환경은 일단 오염되면 원래 상태로 되돌릴 방법을 찾기는 불가능해.

그렇다면 추가 질문. 생산을 먼저 줄여야 할까, 아니면 소비를 먼저 줄여야 할까? 영화에서는 이에 대한 해답을 제시하고 있지는 않아. 내가 보기에는 소비를 줄이는 게 먼저일 것 같아. 탐욕적인 소비를 줄여야 해. 생존을 위한 건전한 욕망과 타인과 자연을 해치는 불건전한 탐욕을 구분해 탐욕은 스스로가 조절하고 통제하는 것 외에는 근본적인 치유책이 없는 셈이야. 결국 간디의 말처럼 탐욕을 버려야 인간도 살고 자연도 살 수 있는 거야. 간디는 "자연은 지구상 모든 사람의 필요를 충족시켜 주지만 단 한 사람의 탐욕도 만족시켜 주지 않는다"고 했단다.

엔딩 자막이 올라가면서 감독은 환경 문제를 해결하기 위해 개인들이 할 수 있는 구체적인 대안들을 '지구 온난화 방지를 위한 생활 속 실천 방안'이라는 타이틀로 정리해 주고 있어. 그중에서 가장 인상적이었던 것은 "기도하면서 동시에 실천하자"는 아프리카 속담이었어. 진실을 받아들이기는 쉬워. 이 영화를 본 학생은 "저 멀리 북극에서 무슨 일이 벌어지든 그게 나랑 무슨 상관이냐"라는 방관자의 태도는 더 이상 갖기 어려울 거야. 중요한 건 실천이지. 환경주의, 생태주의, 아니면 제 3의 길 중에서 어떤 것을 선택해 실천할 것이냐는 문제는 각자의 세계관과 스스로 설정한 양심의 기준에 따라 정해질 수밖에 없어. 왜냐하면 여러분은 자유의지를 지닌 인간이니까. 다만 큰 틀에서는 생태주의에 동의하지만 당장 먹고 사는 일이 중요하니 환경 문제는 나중이라는 식으로 발뺌하지는 말자.

이 영화를 보고 이 책을 읽자

헨리 데이비드 소로를 추천하는 데 이의를 제기할 사람은 아무도 없을 거라고 믿어. 그의 책 중에서 《청소년을 위한 월든》(돋을새김 펴냄)을 추천하고 싶어. 500쪽에 이르는 방대한 분량의 원문을 청소년들이 읽기 쉽게 풀어 쓰고 절반 정도 분량으로 압축했어. 이 책은 간디와 스콧 니어링 부부, 마틴 루터 킹 등 수많은 추종자를 양산한 최초의 녹색서적으로 불리는 책이야. 소로는 28세가 되던 해에 자연 속의 생활을 직접 체험하기 위해 월든 호숫가에 오두막을 짓고 2년 동안 살았어. 경제 활동을 직접 해결하면서 대부분의 시간을 자연을 관찰하고 교류하는 데 보냈지. 그의 주장은 "삶을 단순하게, 더욱 단순하게 만들라"는 것과 자연의 위대함에 동화되라는 요구로 압축될 수 있어. 생활을 소박하게 만들수록 우주의 법칙은 더욱 명쾌해질 것이란 이야기란다.

시집도 하나 권해 줄게. 시인들만큼 자연에 대해서 고민하고 성찰하는 존재는 없을 거야. 시인들은 태생적으로 자연의 아픔을 가만 두고 볼 수 없는 사람들이야. 양선희 시인의 시집 《그 인연에 울다》(문학동네 펴냄)에서 화자들은 '바람 계곡의 나우시카'의 주인공 나우시카처럼 식물과 교감하고 대지의 아픔을 자신의 아픔으로 느끼는 존재야. 그녀의 시에서 자주 등장하는 어머니와 대지는 구별되지 않고 하나로 합일되지. 모성의 복원을 통해 생태계 전체의 부활을 꿈꾸고 있다는 점에서 그녀는 일본의 애니메이션 감독 미야자키 하야오와 비슷한 꿈을 품었다고 할 수 있지.

04 '데자뷰'와 시간

"남자 주인공 도대체 산 거야, 죽은 거야?"

데자뷰 (2006) | 장르: 스릴러 | 액션 | 모험 | 감독: 토니 스콧

"Don't hang on. Nothing lasts forever but the earth and sky. It slips away. All your money wouldn't another minute buy."

"집착하지 마세요. 하늘과 땅을 제외한 그 어느 것도 영원하지 않답니다. 모든 것은 사라지는 거예요. 당신이 가진 모든 돈을 준다한들 단 1분의 시간도 더 살 수 없답니다."

오늘은 70년대 미국의 대표적인 프로그레시브 록 그룹 캔자스의 'Dust in the wind'라는 노래에서 인용했어. 노장 사상과 불교의 영향을 강하게 받은 노래란다. 인생이란 '바람 속의 먼지' 같다는 거지. 인생이 덧없는 이유는 여러 가지가 있겠지만 가장 본질적인 이유는 사라짐, 바로 시간 때문인 것 같아.

쟁점 1 : 데자뷰는 미래, 현재와 어떤 관계가 있는가?

흔히 시간을 강물에 많이 비유하잖아? 왜 그런 비유가 등장했을까? 둘 다 흘러간다는 공통점이 있지. 흘러간 것은 주워 담을 수 없다는 공통점도 있어. 오늘 흐르는 물이 어제의 물이 아니듯이 시간은 흘러가면 다시는 돌이킬 수 없는 거야. 시간이 흘러가면서 인간에게는 무엇이 남을까? 바로 기억이지. 기억은 두 가지 형태가 있어. 좋았던 기억은 향수로, 잊고 싶은 기억은 후회로 남아. 타임머신이 있으면 과거로 돌아가 과거를 바꾸고 싶다는 공상을 해본 사람들은 필시 향수보다는 후회가 많은 사람들일 거야.

토니 스콧 감독의 '데자뷰(Deja Vu)'라는 영화는 과거로 돌아가 영향을 줌으로써 운명을 바꾼다는 내용이야. 할리우드에서는 그런 영화가 많았지. '타임 라인', '백 투 더 퓨처', '나비 효과' 등 셀 수 없이 많아. 방화 중에서도 고소영이 주연했던 '언니가 간다'라는 영화가 있었어. 하지만 오늘 쌤이 소개할 '데자뷰'란 영화는 이들 영화와 차원이 달라. 리얼리티, 영화적 완성도, 배경을 이루는 철학의 깊이 그리고 극적인 재미에 있어서도 이전의 시간여행을 다룬 영화보다 진일보했어.

'데자뷰'라는 말은 기시감이라고 하는데 '어디선가 본 것 같은'이란 뜻이야. 어떤 장소에 처음 올 때, 전에 와 봤던 느낌이 든다든지, 처음 본 사람인데도 예전에 만난 것 같은 느낌이 든다든지 하는 느낌을 말해. 물론 비슷한 사람, 비슷한 장소를 오인한 착각일 가능성이 높아. 마음속의 소망이 드러난 것이라고 보는 사람도 있고 불교에서 말하는 전생의 기억일 수도 있어. 하지만 이 영화에서는 데자뷰를 미래에서 현재로 던져 준 어떤 메시지로 해석하고 있단다.

이 영화의 메시지를 한 마디로 요약하면 과거와 현재 미래가 연결돼 있고 서로 영향을 준다는 거야. 과거가 현재에, 현재가 미래에 영향을 준다는 것은 누구나 동의할 수 있어. 그런데 어떻게 미래가 현재에 영향을 줄 수 있을까? 그 의문에 대한 답을 찾기 위해 영화 줄거리를 따라가 볼까?

뉴올리언스에서 일어난 페리호 폭발 테러 사건의 범인을 잡으려는 수사 요원 더그 칼린(덴젤 워싱턴 분)이 이 영화의 주인공이야. 그는 정부가 비밀리에 추진하고 있는 '백설공주'라는 이름의 시간 여행(정확히는 시간 재현) 프로그램을 이용해 범인의 단서를 발견하려고 해. 물리 시간에 시간이라는 것은 물질의 빛이 전달되는 속도라고 배웠잖아? 예를 들면 우리는 밤하늘의 별자리에서 630광년 전의 북극성을 보고 있어. 지금 현재의 북극성은 빛의 속도에 따라 630광년 뒤에나 볼 수 있는 거지. 이 기계의 작동원리는 다음과 같아. 과거의 공간과 공간에 있었던 물질은 제각각 빛을 내고 있고 이 백설공주라는 기계는 과거의 시간과 공간에서 발산되는 빛을 추적해 그대로 재현할 수 있는 프로그램이야. 비디오 테이프의 되감기 기능을 생각하면 돼. 되감은 시점에서부터 다시 재현이 되잖아. 현실에서 그게 가능할지 모르겠지만 영화에서는 가능하다고 보고 이야기를 전개하고 있지. 칼린은 사건 전에 발생한 한 여자의 죽음에 이상하리만치 집착하게 되고 그 여자의 죽음과 테러 사건이 긴밀하게 연결돼 있다는 느낌은 시간이 지날수록 확실해져. 느낌이 맞았어. 차가 부서져 새 차를 구하려던 범인에게 그 여자는 죽임을 당한 거야. 그 여자가 그 남자에게 죽은 것은 우연이고 우발적인 사건이지. 그런데 그렇지 않았어. 미래가 현재에 개입하면서 우연이 필연이 된 거야. 죽은 여자에게 끌리는 주인공의 마음은 다음과 같은 대사에서 극명하게 드러

나. 죽은 여자의 살아있는 모습을 지켜보면서 주인공은 "누가 말 좀 해
봐. 이 여자 살아있는 거야, 죽은 거야?"라고 해.

물리학자들은 백 번 양보해 과거를 볼 수는 있어도 바꿀 수는 없다
고 하잖아. 이 영화는 영화적 상상력을 극한까지 밀어붙여 그 과거를 바
꿀 수 있는 것으로 보고 있어. 어떤 방법이냐면 현재의 시점에서 과거의
주인공에게 경고의 메시지를 보내는 거야. 미래가 현재에 영향을 미친
거지. 그런데 여기서 '우연'이 개입해. 주인공 대신 주인공 친구가 그
메시지를 읽고 홀로 테러범을 체포하려다 죽게 되지. 그 과정에서 차가
부서진 테러범은 다른 차를 구하려고 했고 중고차 시장에서 접촉한 것
이 바로 죽은 여자의 트럭이었어. 결국 그 여자의 죽음은 그가 자초했던
거야. 그에 대한 사랑과 죽은 테러 희생자들을 살려보겠다는 마음에서
주인공은 물리학자(백설공주 프로그램의 발명자)의 도움을 받아 테러 사건이
일어나기 직전의 과거로 돌아가는 데 성공해. 물질을 어떻게 과거로 보
낼 수 있겠어? 말도 안 되는 일이 계속해서 벌어지는데 영화는 그럴 듯
해보여. 과학적 사실성의 확보는 어떻게 해서 가능했을까?

쟁점 2 : 데자뷰의 배경 이론은 무엇인가?

일단 영화라는 매체가 갖는 힘 덕분인 것 같아. 영화에서는 대화체를 구
사하기 때문에 어려운 전문용어를 그대로 쓸 수가 없잖아. 말로만 설명
하면 사람들이 지루해하기 때문에 언어를 이미지와 영상으로 치환하려

고 노력해. 어려운 주제라도 영화나 다큐멘터리를 보면 이해가 되는 것은 영상매체가 가진 그런 장점 때문이야.

기시감은 이 영화에서는 평행우주론으로 설명하고 있어. 이 세상에는 수많은 우주가 있는데 일시적으로 그 구조가 왜곡됐을 때(웜홀), 우주가 우연히 교차하면서 생기는 현상이 '데자뷰'라는 것이지.

평행 우주론은 상대성 이론에 바탕을 두고 있어. '상대성 이론'은 다 알지? 시간과 공간이 4차원의 시공간으로 결합돼 있고 이 시공간이 물질이나 에너지에 의해 휘거나 꼬일 수 있다는 게 핵심이야. 시간은 절대적인 개념이 아니라 공간에 따라서 상대적이라는 거지. 실생활에서 예를 들어볼게. 딸이 "아빠, 게임 해도 돼"라고 말하면 아빠들은 딸들에게 이렇게 이야기하지. "30분만 해." 그러면 딸들은 "아빠, 긴 30분이야, 짧은 30분이야?"라고 묻는단다. 아이들도 게임을 할 때 30분과 공부를 할 때 30분은 같지 않다는 점을 알고 있는 거지.

상대성 이론에 따르면 절대 시간과 절대 공간이 없어지고 수많은 상대시간과 상대공간이 등장하잖아. 이것이 바로 '평행우주론'이 등장한 배경이야. 쉽게 풀면 이렇게 설명할 수 있어. 한 우주에서는 지금의 '나'가 존재하고 있고 다른 우주에서는 10년 뒤의 '나'가 존재하고 있다고 쳐. 그 이유는 모르겠지만 우연히 시간과 공간이 왜곡되면서 웜홀이 생겼고 10년 뒤의 '나'가 10년 전의 우주, 즉 지금의 우주로 갔어. 지금 여기서 5년 뒤에 알 사람(그 우주에서는 5년 전부터 아는 사람이겠지)을 만났다면 둘은 전혀 만난 적이 없음에도 불구하고 미래에 만날 예정(운명)이기 때문에 전에 만난 적이 있는 것 같은 느낌을 갖게 된다는 거지.

대개 시간은 과거와 현재 미래로 구성되고 있는데 과거는 이미 발생했고 미래는 오지 않았다는 점에서 현재만이 존재한다고 하잖아. 하지만 평행우주론에 따르면 과거의 기록들이 사라지는 게 아니라 매 시점마다 누적되어 수많은 우주가 존재할 수 있는 거야. 10년 전의 나, 5분 전의 나, 30초 전의 나, 이런 식으로 끝없이 존재할 수 있지. 왠지 무한과 미적분이 생각나지 않니?

철학에서는 이것을 가능세계라고 해. 미적분을 발견한 독일의 철학자 겸 수학자인 라이프니츠가 '가능세계' 라는 개념을 주장했어. 수많은 가능세계 중에서 우연과 우발에 의해서 어떤 것만이 현실화된다는 거야. 우리는 그것을 이미 일어난 것 즉 '역사' 로 배우지. 나머지는 가상의 역사 혹은 대체역사 소설로 우리들의 상상 속에서만 존재할 수 있는데 평행우주론에 따르면 그 각각의 상상들이 하나의 세상을 이룰 수 있는 거야. 어떤 우주에서 히틀러가 정치가가 되지 않고 화가로서의 재능을 최대한 살려 화가로 성공했다면 제2차 세계대전이라는 참화를 겪지 않을 수도 있지.

'가능세계론' 이나 '평행우주론' 은 어디까지나 이론이지 법칙은 아냐. 솔직히 영원히 법칙으로 진화하지 못한 이론으로 끝날 수 있다는 생각도 들어. 왜냐하면 그 누구도 미래에서 온 사람을 보지 못했기 때문이지. 시간 여행이 가능하다면 지금 현 시점에서 미래에서 온 누군가가 나타나 앞으로 벌어질 이야기를 해줄 텐데 그런 이야기는 영화나 소설 속에서나 가능했지, 실제로는 없었잖아? UFO도 마찬가지지만 그것을 보았다고 주장하거나 사진을 찍은 사례들이 수없이 많다는 점에서 '평행우주론' 과는 개연성에서 비교가 안 되는 거야.

쟁점 3 : 서양과 동양의 시간 관념은 다르다?

영화에서는 현재에서 과거로 돌아가도 어떤 것도 변한 게 없었어. 그런데 주인공이 테러리스트에게 죽음을 당하기 직전의 여자 주인공을 살리면서 변화가 생기게 돼. 우여곡절 끝에 테러를 막아 530여 명의 죽을 목숨을 구하거든. 그 남자의 사랑과 희생이 530여 명의 운명을 바꾼 셈이지. 그러면 미래는 어떻게 될까? 주인공이 과거로 가서 이미 일어난 테러 사건을 막았다면 주인공이 과거로 떠난 당시 미래는 달라져야 하잖아. 그런데 이미 일어난 일이 어떻게 달라질 수 있겠어? 역설이 벌어지는 거지. 또 하나의 역설이 있어. 미래에서 온 주인공은 사랑하는 여자와 530명의 테러 사망자를 구하고 죽지만 그 시점에서 존재하고 있는 주인공은 여전히 살고 있잖아? 잠깐 동안이지만 현실에서는 똑같은 사람이 둘 존재했던 거야. 정확히 똑같지는 않지. 미래에서 온 주인공이 며칠을 더 살았으니까. 영화의 배경을 이루는 '평행우주론' 을 이해하지 못한 친구라면 물속에서 폭발과 함께 죽은 주인공이 다시 나타나는 것을 보고 "도대체 남자 주인공이 산 거야, 죽은 거야?"라고 헷갈릴지도 몰라. 두 역설도 '평행우주론' 에 따르면 설명이 돼. 운명이 달라진 그 시점부터 다른 세상이 펼쳐진다는 거야. 주인공이 테러를 막은 그 시점부터 분기점, 시간을 강에 비유하면 지류가 생겨 새로운 세상이 펼쳐진다는 거야. 가능세계가 하나의 현실세계가 된 거야. 서로는 서로에게 가능세계일 뿐이고.

영화의 결말도 인상적인데 바로 '데자뷰'에 대한 작가와 감독의 해석이 드러나는 부분이기도 했어. 여자 주인공이 죽은 남자 주인공을 떠올리며 울고 있을 때 사건을 조사하기 위해 나타난 주인공은 그 여자를 보고 "어디서 본 것 같다"고 느낌을 이야기하지. 여자가 예쁘니까 작업 멘트를 날렸을 수도 있고. 꿈보다 해몽이라고 쌤은 이렇게 해석했어. 미래의 '나'와 운명 같은 끈으로 이어진 여자이기 때문에 이런 느낌이 드는 것 아닐까라고. 이게 바로 인연일 수도 있고. 이런 상상도 가능해. 테러 사건이 일어나지 않았다면 주인공이 주인공을 과거로 보내 준 물리학 박사를 만날 일도 없어지잖아? 그런데 만약에 주인공이 그 물리학자를 만나게 될 경우, 둘은 동시에 "어디선가 본 것 같다"는 말을 주고받을 것 같지 않니? 그게 바로 '데자뷰' 아닐까? 최신 외신 기사를 보니 '데자 뷰'를 일으키는 뇌의 특정 부위가 있다고 하는데 '데자뷰' 자체에는 신비감이 그대로 있었으면 해. 그게 사는 재미 아니겠어? 사족이지만 이 영화를 보고 쌤이 느낀 것은 서양인들의 시간관념과 동양인들의 시간관념이 다르다는 거였어. 서양 사람들은 시간을 화살에 비유해. 한 방향으로 날아가잖아. 과거에서 미래로 시간은 흐른다는 거지. 과거에서 미래로 흐르는 시간이 바로 운명이야. 운명은 인간으로서는 어떻게 할 수 없는 것, 돌이킬 수 없는 '불가항력'이라고 하지. 이런 의미에서 '운명의 장난'이란 말은 지극히 서구적인 관점에서 나온 말이야. 반면에 동양에서는 시간을 원에 비교해. 시간은 순환한다는 거야. "돌고 도는 물레방아 인생"이라고 하잖아. 그러다보니 유형이 생긴다는 거지. 주역에 따르면 삶의 패턴은 수없이 다양한 것 같지만 수십 혹은 수백 가지 정도로 한정돼 있다고 해. 그 유형을 알면 어느 정도 운명에 대처할 수 있다고 보는 거야. 서구 사회는 인간의 의지를 강조하고 있고 동양 사회는 운명을 수동적으로 받아들이고 체념을 강조한다고 말하는 사람들 역시 '오리엔탈리즘'의 시각에서 크게 벗어난 것 같지는 않아.

이 영화를 보고 이 책을 읽자

우선 짐 알칼릴리라는 영국의 물리학자가 쓴 《블랙홀, 웜홀, 타임머신》(사이언스북스 펴냄)이라는 책을 추천하고 싶어. 현대 물리학의 주요 테마들을 공식을 사용하지 않고 비유와 사례로써 정말 쉽게 설명하고 있어. 쌤도 이 글을 쓰기 위해 이 책을 읽고 열심히 공부했단다. 개념에 대한 이해를 바탕으로 어려운 과학 이론의 본질을 쉽게 설명하고 있는데 여러분은 공간을 우선 '차원'이라는 개념으로 이해를 해야 해. 그 다음에 공간을 지배하는 법칙인 중력을 이해하고 그 중력으로 설명할 수 없는 왜곡된 공간으로서 '블랙홀' 개념을 배운단다. 그러고 나서 시간과 아인슈타인, 시간여행에 대해서 흥미로운 탐색을 펼쳐.

세계에서 가장 유명한 대중 과학자 칼 세이건의 《코스모스》(사이언스북스 펴냄)도 여러분에게 도움이 될 거야. 쌤이 특히 좋아하는 책인데 분량이 워낙 두꺼우니 여러분들은 시간이란 주제를 다루고 있는 '8장'이라도 읽기 바란다. 그 사람 역시 시간을 빛의 속도로 보고 있어. 아인슈타인이 상대성이론을 어떻게 생각해냈는지 자세히 소개하고 있어. 그는 현재의 뿌리는 과거에 묻어 있고 공간과 시간은 뒤얽혀

있다는 말로 상대성 이론의 핵심을 정리하고 있어. 칼 세이건은 타임머신은 불가
능하다고 주장하고 있어. 이미 일어난 일은 어떤 식으로도 되돌릴 수 없다는 거야.
여러분은 어떤 생각인지 궁금하구나.

05 '천년학' 과 세계화

'서편제' 와 '천년학' 사이에 놓인 14년의 세월

천년학(2007) | 장르: 드라마 | 감독: 임권택

부산의 동서대학교가 지난 7월26일 임권택 감독의 이름을 딴 '임권택 영화예술대학' 을 신설한다는 기자회견을 열었단다. 큰 업적을 남긴 사람 이름을 딴 대학으로서는 첫 번째 사례라고 해. 임 감독은 90년대까지만 하더라도 거장이면서 동시에 흥행 감독이었어. 하지만 2000년대 들어서 흥행에선 별 재미를 보지 못했단다. 그가 100번째로 연출한 최신작 '천년학' 도 전국 관객 15만 명이라는 참담한 패배를 맛본 바 있지. 전작이라고 할 수 있는 '서편제' 는 14년 전에 서울 관객만 100만 명을 끌어 모은 영화였거든. 작품성을 보면 '서편제' 에 비해 떨어지는 편은 아니었어. 그런데도 흥행에 실패한 이유는 뭘까?

임 감독의 말대로 젊은 세대들이 극장을 찾지 않아서 흥행이 저조했을 거야. 이 영화에 공감할 연령층은 40대와 50대 관객들인데 그들은 요즘 거의 극장을 찾지 않는다고 해. 극장을 주로 찾는 10대와 20대 관객들에게 특유의 남도 사투리는 영어보다 더 외국어처럼 들렸을 것이고 시각매체의 홍수 속에서 음악도 듣는 것이 아니라 보는 것으로 받아들이는 그들에게 소리와 득음의 경지란 도무지 이해하기 힘든 세계였을 거야. 하지만 이것들은 부수적인 요인이고 본질적인 요인은 아니라는 생각이야. 무엇일까? 바로 세계화야. 말이 나온 김에 정확히 개념을 알고 지나가자. 교과서 이상이 없단다. 너희 교과서에선 세계화를 어떻게 정의하고 있을까?

> "세계화는 표면적으로는 전 세계가 하나로 통합되어 가는 과정을 의미한다. 그러나 이러한 과정에서 각 지역이 다른 지역에 비해 경쟁력을 가지려면 그 지역만의 고유한 특성을 가져야 한다. 이러한 상황에서 가장 지역적인 것이 결국은 세계적인 것이 된다. 따라서 무엇이 지역적이며 그것을 어떻게 세계적인 것으로 연결시키는가 하는 점이 중요하다." ―《사회》 (중앙교육진흥연구소 펴냄)

쟁점 1 : '서편제' 의 성공, "가장 한국적인 것이 세계적이다"

'서편제' 가 개봉된 93년의 시대적 분위기를 떠올려 볼게. 김영삼 대통령은 '세계화' 라는 이슈를 국가 어젠다로 제기해 놓은 상황이었어. 1년에 영화 한 편 볼까 말까 했던 김 대통령은 이 영화를 보고 울었다고 해. 세계화와 함께 각광받던 것이 바로 문화산업이었어. 영화 '쥬라기 공원' 이 전 세계적으로 거둔 이익이 현대자동차 150만 대를 수출한 것과 맞먹는다면서 영화를 산업으로 인식하기 시작했던 시기였으니까.

'서편제' 의 100만 명은 지금처럼 수백 개 영화관에서 상영된 게 아니라 단성사라는 극장 한군데에서 기록한 수치라는 점에서 남다른 평가가 필요하다고 봐. 사회적 파급력만 따지자면 지난 해 1300만 관객을 동원한 '괴물'에 결코 못지않았어. 이 영화가 대성공하면서 언론 지상에 가장 많이 오르내렸던 구호가 있었어. 뭐냐고? "가장 한국적인 것이 세계적이다"라는 말이었어. 이어 "우리의 것이 좋은 것"이라는 '신토불이'라는 말이 대유행했고 서태지는 2집 '하여가'에서 판소리와 랩을 절묘하게 섞은 새로운 장르의 음악을 선보여 200만 장 가까운 판매고를 올리기도 했어. 전통을 강조하는 우리 것 열풍은 '서편제'에서 시작된 거라고 볼 수 있어.

그로부터 14년이 지났어. 그리고 '서편제'의 후속작인 '천년학'이 개봉됐어. 영화 평론가들은 극찬을 했지만 흥행은 참담했고 네티즌의 평가도 그렇게 우호적이지 못했어. 세계화와 문화산업의 중요성은 여전한데 왜 이런 일이 생겼을까? 그 이유는 세계화는 여전히 중요하지만 그 내용이 달라졌기 때문이야. 어떻게 달라졌냐고? "가장 세계적인 것이 한국적이다"라는 말로 주어와 술어가 자리바꿈을 했단다.

쟁점 2 : '천년학'의 실패, "가장 세계적인 것이 한국적이다"

'괴물'을 예로 들어 볼게. '괴물'은 배경이 한강이고 한국 사람들이 주로 등장한다는 점을 빼면 기존의 한국 영화보다는 '에일리언'이나 '고지라' 같은 미국 영화와 더 가까워. 대중들이 '괴물'에 열광한 배경에는 우리도 이제 할리우드 대작과 비슷한 영화를 만들 수 있다는 자부심 같은 것이 작용하고 있었어. 삼성전자 휴대폰이 우리의 자랑거리이듯이 미국 사람이 봐도 재미있는 영화를 우리나라 감독이 만들었다는 자신감을 얻게 된 거야. 한국인들이 봐서 재미있는 영화가 아니라 미국 사람들이 봐도 재미있는 영화가 '세계적인 동시에 가장 한국적인 영화'로 평가 받게 된 것이라고 할 수 있지 않을까? '올드 보이'도 그래. 근친상간, 잔인한 복수, 상식과 도덕으로부터 일탈 등 박찬욱 감독이 즐겨 쓰는 코드는 전혀 한국적인 정서가 아니야. 그럼에도 불구하고 세계 영화계에서 박 감독의 영화를 극찬하자 우리 관객들도 그를 환영하기 시작했어. 심형래 감독의 '디 워(D-War)'가 영화계의 평가와 달리 네티즌으로부터 극찬을 받는 이유는 "우리도 할리우드처럼 할 수 있다"는 희망이나 자신감을 영화의 CG에서 발견했기 때문이라고 할 수 있지 않을까? 이무기, 우리의 전통이 세계화될 수 있다는 희망은 아닌 것 같거든.

임 감독이 간과했던 것은 14년 전과 달리 지금의 우리는, 더 이상 못살던 지난 날과 잘 사는 현재를 대비해서 자신감을 얻지 않는다는 점이었어. 어려운 말로 하면 자신감의 근거는 통시성에서 공시성으로 바뀌었던 거야. 우리와 동시대에 살고 있는 외국, 그것도 선진국들과 우리자신을 비교하는 습성이 생긴 거지. 이는 지금의 10대~20대뿐 아니라 30대, 아니 50대에게서 나타나기 시작한 양상이야. 아무리 잘 만든 영화라도 한 많고 못 살던 지난 시절을 회고하는 방식으로 관객의 정서에 호소했다간 외면당하기 쉽다는 거지. 14년 전에는 우리의 정서와 역사를 가장 잘 반영하고 있는 것을 찾아 이를 억지로 '세계화'하려 했다면 이제는 세계에 내놓아도 부끄럽지 않은 것을 찾아 그것을 '우리 것'으로 포용하려고 한다는 거야. 개념적으로 설명하면 예전에는 특수에서 보편을 찾았지만 지금은 보편에서 특수를 찾는 게 일반적 추세라고나 할까?

이 영화는 가장 세계적인 것이 한국적이 되기 위해 그동안 우리가 버린 것들이 무엇인지 알려주고 있어. 순수, 영원, 꿈, 고향의 그리움, 정성, 진지함 같은 것들이야. 이 가치들은 14년 전이라면 어른, 아이 할 것 없이 누구나 공감했을지 몰라. 하지만 지금은 순수가 아니라 불순이 각광받는 세상이고, 누가 영원을 이야기하면 사기를 치는 게 아닌지 의심부터 먼저 해. 꿈을 갖고 살기보다는 꿈을 잊고 사는 현실에 더 익숙해졌어. 고향의 기억은 아이에게는 없고 어른들에게도 아련할 뿐이야. 정성들여 사는 삶보다는 되는 대로 대충 사는 삶이 훨씬 편해졌고 진지함은 재미없음과 지루함의 동의어로 전락한 지 오래야. 거장으로서의 솜씨는 녹슬지 않았지만 임 감독에게 부족했던 것은 바로 시대의 변화를 읽는 눈이 아니었을까?

이 영화를 보고 이 책을 읽자

이 영화의 원작은 이청준의 《선학동 나그네》(문이당 펴냄)라는 작품이야. 연작 소설인 《남도 사람들》 중 완결 편에 해당하지. 영화가 시간, 오누이의 부평초 같은 삶에 초점을 맞췄다면 원작은 공간 즉 자연과 인간의 교감에 좀 더 치중했어. 영화의 느낌은 오히려 애니 프루의 《브로크백 마운틴》(미디어2.0 펴냄)과 비슷해. 정주하지 못하고 떠도는 의붓 오누이의 삶이 브로크백 마운틴의 두 주인공과 유사하다고 할 수 있지. 먹고 살기 위해 70이 넘은 노인의 소실로 들어가는 누나 소화와 동성애 성향을 감추고 부잣집 데릴사위로 들어가는 책의 처지가 비슷하고 아내와 딸들에

게 정 주지 못하고 4년마다 동성애 애인을 찾는 에니스와, 누이를 마음속으로 사

모해 아내를 평생 외롭게 만든 동호가 비슷하지 않니? 애니 프루는 전통 경제가

붕괴하면서 표류하는 사람들의 일상을 섬세하게 묘사한 작가라고 해. 임 감독도

그래. 천대받는 소리꾼들의 애환이 원작소설보다 영화에서 더 자세하게 드러나는

편이거든.

06 '내 생애 가장 아름다운 일주일' 과 사랑

"이기적인 이 시대에 사랑이 필요한 이유는.."

내 생애 가장 아름다운 일주일(2005) | 장르 : 드라마 | 코미디 | 멜로 | 감독 : 민규동

　　오늘의 주제는 사랑이야. '사랑도 논술 시험에 출제될까?'라고 의아해 할 학생들도 있겠지. 사랑하면 누구나 감정을 떠올리지 논리를 떠올리지는 않잖아? 하지만 사랑은 논리의 세계가 아니라 감성의 세계라고 단정 짓는 것은 독단이야. 철학이 뭐니? 지혜를 '사랑' 하는 거잖아? 철학자들이 모여서 철학을 하던 모임을 가리켜 심포지엄이라고 하는데 그리스 시대 첫 심포지엄의 주제가 뭐였을까? 논리와 이성이 아니라 '사랑' 이었어. 소크라테스의 다음 말에서 그리스인들이 사랑을 얼마나 높이 샀는지 엿볼 수 있어. "지혜는 가장 아름다운 것이며, 에로스는 아름다운 것에 대한 사랑입니다. 따라서 에로스는 바로 지혜를 사랑하는 신입니다." 이때 사랑은 영원한 것에 대한 추구라고 봐야겠지. 그 사랑은 육체적인 사랑이라기보다는 플라토닉 러브에 가까울 거야.

　　논술 시험에서도 사랑은 자주 출제되는 편이란다. 유행가 가사처럼 "사랑이 무어냐"고 묻기보다는 공동체 문제를 풀 수 있는 해법, 대안으로 사랑의 가능성에 주목하고 있지. 이기주의와 이타주의를 대립시키고 있는 2006년 외대 정시 논술 고사가 대표적이란다. 개인적 사랑을 사회적 사랑으로 승화시키기를 요구한다고나 할까?

논술 때문이 아니라도 너희들은 사랑에 대해서 관심을 가져야 해. 왜냐하면 인간은 사랑을 할 수밖에 없는 존재니까. 육체는 음식을 먹고 움직이지만 영혼은 사랑을 먹고 움직인다고 해. 이왕 하려면 제대로 하자는 거지. 그래서 오늘은 사랑을 제대로 하는 영화를 한 편 골랐어. 민규동 감독의 '내 생애 가장 아름다운 일주일'이란 영화야. 주인공이 여럿이고 여러 스토리가 병렬적으로 전개되기 때문에 이런 영화들은 다중 스토리 혹은 옴니버스 영화라고 해. 이 영화의 매력은 각각의 사랑이 사랑의 전형적인 모습들을 보여주고 있는데다 그 사랑이 서로 연결이 된다는 점이야. 세상은 홀로 떨어진 외로운 섬이 아니라 사랑 때문에 행복한 공동체라는 거지. 보는 동안 재미있고 보고 나면 흐뭇한 좋은 영화였어. 쟁점을 중심으로 영화의 줄거리를 따라가 보자.

쟁점 1 : 사랑은 한눈에 반하는 것인가, 점진적인가?

이 쟁점은 "사랑이 연속적이냐, 비연속적이냐"는 질문이야. 너희들은 사랑이 어떻게 시작된다고 생각하니? 서양 영화에서 흔히 보듯 만나자마자 반해서 불꽃 튀기는 것을 사랑이라고 연상하지 않을까? 그게 바로 첫 눈에 반한 사랑인 거지. 그런데 그런 사랑은 영화에서나 흔한 거지, 현실에서는 그렇게 흔한 편이 아니야. 대화하다 보니 서로 느낌이 통해서 자주 만나게 되고 그것이 쌓여서 사랑으로 발전하는 게 오히려 정석에 가까울 거야.

이 영화는 사랑은 한눈에 반하는 것인가, 점진적인가라는 쟁점에서 후자의 입장을 취하고 있어. '내 생애 가장 아름다운 일주일'은 등장 당시부터 이미 커플이었던 김창후(임창정 분)와 하선애(서영희 분)를 제외하고 나머지 커플들은 만남이 쌓이면서 사랑으로 발전했다는 공통점이 있어. 정신과 의사 허유정(엄정화 분)과 강력계 형사 나두철(황정민 분) 커플처럼 한눈에 반하기는커녕, 개와 고양이처럼 서로 으르렁대다가 나중에 연인으로 발전된 경우도 있어. 사랑이 점진적이라고 할 때 허유정-나두철 커플은 인용하기 딱 좋은 사례야.

허유정은 페미니스트에 가까운 인텔리 여성이고 나두철은 마초적인 시골 남성이야. 서로는 서로의 이상형이 아니라 그 반대에 가까웠지. 허유정의 아들이 나두철에게 "이상하다. 엄마는 아저씨 같은 컨츄리 스타일 싫어하는데"라고 하잖아? 허유정의 전남편 조재경(천호진 분)은 조용하고 모던한 남성인데 나두철은 시끌법적하고 전근대적인 남성이잖아? 나두철도 목소리 크고 똑똑한 여성들을 싫어했지. 싫어했다기보다는 무서워한 거지. 이렇게 해석할 수 있을 거야. 허유정은 자신의 이상형이라고 생각한 남자를 만나 결혼에 성공했지만 열정이 없었기 때문에 그 결혼 생활은 오래 갈 수 없었던 거지. 새로운 남자를 만난다면 전남편과는 반대되는 남자를 만나기를 속으로 바랐을지도 몰라. 나두철은 무식하기는 하지만 열정적이잖아? 겉으로는 예전의 허유정 그대로였지만 속에서는 이미 변화가 진행됐고 본인은 그걸 의식하지 못했을 뿐이야. 나두철이 허유정에게 끌린 것도 자신에게 부족한 이성과 논리를 허유정이 완벽하게 갖추고 있어서였을 거야. 재미있는 것은 이지적인 허유정이 격정적인 나두철보다 먼저 달아오르고 먼저 열정적이 되었다는 거야. 여기서 다음 쟁점이 나와.

쟁점 2 : 사랑은 같음에 끌리는가, 다름에 끌리는가?

허유정-나두철 커플을 보면 사랑은 같음보다 다름에 끌린다고 보는 게 맞겠지. 하지만 무능한 남편과 청순한 아내로 설정된 김창후-하선애 커플은 다름보다 같음에 끌린 사랑이라고 봐야 하지 않을까? 그럴 가능성이 높아. 둘 다 때 묻지 않고 순수한 사람들이야. 부정적으로 본다면 세상 물정 모르고 생활력이 없다고 할 수 있지. 세상이 강팍해지고 순수한 사람을 발견하기 힘든 상황에서 서로는 서로의 순수에 이끌렸을 거야. 경제적 난관에도 불구하고 둘의 사랑은 변함이 없어. 반대일 수도 있어. 이들 부부는 사랑을 시작할 때는 달랐지만 이후에 비슷해진 거지. 오랜 부부들은 성격은 물론, 얼굴도 비슷해진다고 하잖아?

물론 모든 부부가 다 그런 건 아니야. 처음에는 다름에 끌렸지만 비슷해지지 못하고 결국 그 다름 때문에 헤어지는 부부도 많아. 그 차이는 어디에서 발생하는 걸까? 지속 가능한 사랑과 그렇지 못한 사랑의 차이는 정열에 대한 대응 때문에 발생하는 것 같아. 정열은 시간이 갈수록 줄 수밖에 없는데 그때 정열은 정과 권태로 변할 수 있는 가능성이 동시에 있거든. 정으로 바뀐 사랑은 친밀감과 책임감이 늘어나면서 동반자적 사랑으로 발전될 수 있지만 권태로 바뀔 경우, 깨지기 쉬운 법이지.

여기서 사랑에 관한 다음 쟁점이 나와. 바로 정열이야.

쟁점 3 : 사랑은 반드시 정열을 동반하는가?

바칼로레아 논술 시험에 나왔던 주제야. 이 영화에서 정열이 동반되지 않은 사랑은 사랑이라기보다는 이해에 가까운 조재경과 민태현(김태현 분)커플, 연민에 가까운 박성원(김수로 분)과 이작가(전혜진 분) 커플뿐이고 다른 사랑에는 모두 정열이 포함돼 있어. 전자는 동성애라는 코드가 부담스러웠을 테고 후자는 박성원과 그 딸 사이에서 전개되는 부녀 간의 사랑이 이들의 관계가 사랑으로 발전하는 것을 막고 있기 때문에 그래. 따라서 한눈에 반한 사랑이든 점진적 사랑이든 그것이 사랑인 한 정열이 포함될 수밖에 없다는 것이 내 생각이야. 사랑에 반드시 정열이 필요한 이유는 뭘까? 그 이유는 사랑은 사람의 마음을 움직이는 것이기 때문에 그래. 사람의 마음은 감정으로 구성되어 있고 감정의 최소치가 무관심 내지 냉정이라면 최대치는 정열이라고 할 수 있거든. 사랑을 하면 마음이 움직여서 감정이 요동하고 정열로 치달을 수밖에 없는 거지.

　이 영화에서 가장 정열적인 사랑은 곽만철(주현 분)과 오선희(오미희 분) 간의 로맨스 그레이였어. 곽만철은 극장 소유주지만 아주 인색한 사람이었어. 반면 오선희는 마음씨가 고우면서 감성도 풍부한 사람이었고. 역시 이 커플도 사랑은 같음보다 다름에 끌린다는 걸 보여주고 있는데 곽만철은 겉으로는 내색하지 않았지만 오선희를 오래 전부터 좋아했어. 그래서 기회를 보아 그녀에게 사랑을 고백하려고 했고 마침내 그는 청춘의 정열을 영화 속에서 재현하지. 그동안 캠코더로 그녀의 일상을 관찰하면서 영상에 담아 두고 있었던 거야. 곽만철 감독, 오선희 주연의 자작 영화를 '문 리버'(오선희가 가장 좋아하는 여배우 오드리 헵번이 주연한 영화 '티파니에서 아침을'의 주제곡)에 맞춰 일반 영화 상영이 끝나고 틀었어. 엔딩 자막은 "선희야, 사랑한다"였고.

그런데 정열은 쉽게 불 타 오르지만 쉽게 사그라질 수 있어. 미국의 유명한 심리학자인 로버트 스턴버그에 따르면 상대방에 대한 무조건적인 이끌림은 열정에 기반한 사랑이기도 하지만 소유욕과 욕정의 측면도 있다고 해. 소유욕과 욕정이 채워지면 열정은 언제든 권태가 될 수 있다는 거지. 하지만 곽만철과 오선희는 산전수전 공중전까지 다 치른 나이에 뒤늦게 발동 걸린 정열이라고 할 수 있지. 소유욕이나 욕정과는 거리가 먼 거야. 죽을 때까지 그 정열을 잊지 않고 살 커플 같아.

쟁점 4 : 사랑은 반드시 희생을 필요로 하는가?

사랑은 한눈에 반할 수도 있고 점진적일 수도 있어. 같음에 끌리기도 하고 다름에 끌리기도 하지. 대부분 정열을 동반하지만 반드시라고 할 수는 없어. 그렇다면 사랑에 꼭 들어가야 하는 요소, 이게 빠지면 사랑이 안 되는 것, 플라톤의 말을 빌면 '본질' 같은 게 사랑에 있을까? 있어. 내가 보기에는 '희생'이 바로 모든 사랑에 들어가는 본질인 것 같아. 모든 커플에서 다 드러나지만 가장 극명하게 드러나는 커플은 수녀 지망생 임수경(윤진서 분)과 한 물 간 스타 유정훈(정경호 분)이야. 이 에피소드의 제목은 '소녀의 기도'야. 임수경은 유정훈을 짝사랑했던 것 같아. 그런데 유정훈은 잘 나가고 있었기 때문에 임수경을 거들떠보지도 않았지. 그런데 정훈은 스타 기획사 사장(허유정의 전남편으로 나오는 조재경)의 배신으로 스타의 자리에서 밀려나고 자살 시도를 했다가 허유정이 일하고 있는 병원에 입원하게 돼. 자살 시도 후유증으로 하반신을 못 쓰고 임수경은 그 병원에 환자로 입원한 상태였지. 영화 속에서 임수경은 신부와 수녀 사이의 사생아였는데 주위의 쑥덕거림 때문에 정신병을 앓았던 것 같아. 임수경의 헌신적인 간호를 정훈은 거부했어. 그에게는 스타의 자리에서 밀려났다는 상실감만 중요하고 임수경의 존재 따위에는 관심도 없었거든. 그녀에게조차 "이런 내가 우습게 보이냐"는 식으로 화풀이했어. 그런데 수경은 묵묵히 기도한 거야. 내 헌신을 통해 그가 다시 육체적으로도 정신적으로도 살아날 수 있기를 신에게 빈 거지.

수경의 노력으로 정훈은 인생의 가장 깊은 밑바닥에서 탈출해 다시 일어설 수 있게 됐어. 수경의 사랑은 사랑하는 사람에게 모든 것을 바치는 아가페적인 사랑이지만 우리의 전통에도 그런 사랑은 있어. 논어에 보면 "누군가를 사랑한다는 것은 그 사람이 살게끔 하는 것"이라고 했는데 수경의 사랑이 바로 그렇지. 사랑의 본질이 희생이라면 이기적인 요소보다 이타적인 훨씬 더 많은 게 사랑 아닐까? 살아남기 위해 누구나 이기적이 되어야 하는 우리 시대엔 더더욱 사랑이 필요한 게 아닐까?

이 영화를 보고 이 책을 읽자

두 말 할 것도 없이 에리히 프롬의 《사랑의 기술》(문예출판사 펴냄)이야. 그의 다른 책은 고등학생이 읽기에는 어려운데 이 책은 술술 넘어가는 편이야. 사랑은 기술일까, 감정일까? 기술이라면 사랑에는 지식과 노력이 요구된다고 봐야 해. 반면 감정이라면 사랑은 특별한 노력이 필요 없을 거야. 행운만 있으면 누구나 '겪게 되는' 즐거운 감정이라고 해야겠지? 저자는 사랑을 감정보다 기술에 가깝다고 보고 있어. 모든 기술이 그렇듯 사랑에는 지식이 필요하다는 거야. 그에 따르면 사랑은 학습처럼 배우고 때로는 익혀야 해. 배우려면 제대로 배우자는 거지. 음악이나 그림이나 건축 또는 의학이나 공학의 기술을 배우려고 할 때 거쳐야 하는 것과 동일한 과정을 거치지 않으면 안 된다고 해. 그 과정은 첫째는 이론의 습득이고 둘째는 실천의 습득이야. 이 책은 주로 이론의 습득 방법에 치중하고 있어. 그에 따르면 인간은 분리에 대한 공포증을 갖고 있고 그것이 합일에의 욕구로 이어질 때 사랑이라는 감정이 생긴다는 거야. 그는 사랑은 수동적 감정이 아니라 능동적 활동이라고 정의를 내리고 있어. 사랑은 참여하는 것이지 빠지는 것이 아니라는 거야. 결론에서는 현대 사회에 사랑이 고갈된 이유는 이익과 교환이라는 자본주의적 가치가 사랑과 유대를 대체하고 있기 때문이라고 보고 있지. 결국 그는 사랑을 막는 사회적 조건을 바꿔야 한다는 주장으로 책을 마무리 짓고 있어. 바로 다음과 같은 주장이야. "인간이 경제적 기구에 이바지하지 않고 경제적 기구가 인간에게 이바지해야 한다."

07 '가족의 탄생'과 대안 가족

"가족은 탄생하는가, 만들어지는가?"

오늘은 '가족' 이야기로 시작을 해볼게. 가족은 교과서에서 뭐라고 배웠니? 개인이 사회생활을 하면서 만들어지는 감정을 풀어놓고 몸과 마음을 편히 쉴 수 있는 안식처와 같은 곳이라고 배웠을 거야. 아마 누구나 동의할 수 있는 정의일 거야. 가족하면 무엇을 느끼니? 나는 가족을 먹여 살리기 위해 고생하는 아버지와 자녀 교육을 위해 헌신적으로 뒷바라지하는 어머니의 모습이 떠올라. 아마 이 글을 읽는 너희들도 비슷할 거야. 가족하면 포근하고 긍정적 이미지뿐인데 가족의 해체니 위기니 하는 말들이 쏟아져 나오고 있어. '왜' 그럴까?

가족의 탄생(2006) | 장르: 드라마 | 감독: 김태용

쟁점 1 : 가족의 붕괴와 대안 가족의 탄생은 어떤 관계?

그 이유는 가족의 형태가 다양해지고 있기 때문이야. 흔히 정상가족과 비정상가족 내지는 정상가족과 대안 가족으로 구분하지. 정상 가족은 남녀가 만나 결혼을 하고 자녀를 낳아 이뤄진 가족을 뜻해. 대안 가족이란 반대로 결혼이나 출산을 제외한 다른 형태로 가족이 구성된 경우를

말해. 이혼율이 증가하고 재혼이 늘면서 핏줄이 아닌 형태로 맺어지는 가족이 급증한 결과, 가족의 붕괴니 해체니 하는 말들이 나오는 거야.

정상적인 가정 속에서 행복한 가족의 일원으로 살고 있는 대부분의 사람들은 대안 가족에 대해서 고민해 보지 않았을 거야. 나도 김태용 감독의 '가족의 탄생'이라는 영화를 보기 전까지는 그랬어. 하지만 이 영화를 보고 생각이 많이 바뀌었단다. 논술을 위해서는 남의 문제를 내 문제처럼 고민해 보는 자세가 필요해. 그런 의미에서 이 영화는 논술 교과서로 불러도 손색이 없을 정도로 생각 거리가 풍성해. 너희들에게 도움이 많이 되겠다는 생각이 들었어. 판타지에 익숙한 너희들에게 이런 식의 리얼리즘 영화가 조금 어렵고 지루할 수 있겠지만 끝까지 참고 보면 정말 많을 걸 얻을 수 있을 거야.

영화는 모두 세 편의 에피소드로 구성돼 있어. 첫 번째 에피소드는 누나-남동생 형태의 가족이야. 미라(문소리 분)는 군대 갔다 한참 만에 돌아 온 동생(엄태웅 분)과 그의 20살 연상녀 무신(고두심 분)을 새로운 가족으로 맞아. 거기에 무신의 전남편의 전처의 어린 딸이 찾아오면서 갈등이 증폭돼. 망나니 기질이 있으면서도 정이 많은 남동생은 같이 키우자고 큰 소리를 치지. 남동생은 이런 식이야. "내가 다 알아서 할게." 그러면서 책임질 행동을 하는 법은 없어. 그러다 동생은 집을 나가지. 그 후로 두 여자는 소녀를 키우며 함께 살아. 두 번째 에피소드는 과부가 된 후로 여러 남자와 연애를 하면서 구질구질하게 사는 엄마와 그에 저항하는 딸 선경이(공효진 분)의 삶 이야기야. 엄마는 죽을병을 지녔지만 딸은 그런 엄마를 결코 용서하지 않아. 엄마가 죽자 선경이는 엄마가 유부

남 사이에서 낳은 어린 남동생을 키워. 여기서도 무책임한 남자가 등장해. 엄마가 죽었지만 남동생을 아버지(유부남)가 아니라 선경이가 키웠다는 점에서 간접적으로 알 수 있지. 세 번째 에피소드는 착한 나라 신도인 채현(정유미 분)이와 그것을 못 견디는 그녀의 애인 경석(봉태규 분)의 이야기야. 자신보다 남을 더 챙기는 채현이를 경석이는 "이해할 수 없다"면서 "헤프다"고 비난하지. 1편과 2편은 전혀 다른 스토린 줄 알았는데 나중에 3편에서 하나의 스토리로 합쳐져. 알고 보니 경석이는 선경이의 배다른 동생이었어. 채현이는 집 나간 남동생 대신 '언니-자네'하며 두 여자가 키운 소녀였고, 채현이는 두 사람을 '엄마들'이라고 불러. 마지막 장면에서 경석이를 채현이의 엄마들이 환영하고 그때 십수년 만에 등장한 미라의 남동생을 채현이의 엄마들이 거부하면서 영화는 막을 내리지. 영화의 엔딩은 새로운 가족이 탄생하는 순간이야. 이 영화 영어 제목이 'Family Birth'가 아니라 'Family Ties'인 것은 핏줄이 아닌 형태의 새로운 가족을 염두에 둔 점이란 게 드러나지.

전문가들은 이 영화를 대안 가족의 현실을 잘 보여주고 있다고 평가해. 쌤이 보기에도 남성성에 대해서 부정적이고 여성성에 대해서 긍정적인 감독의 시선이 느껴져. 미라-무신-채현으로 이뤄진 가족은 피 한 방울 안 섞였지만 어느 가족 못지않은 사랑과 하모니를 보여주고 있어. 완벽한 대안 가족인 셈이지.

쟁점 2 : '대안 가족'이라는 용어는 정당한가?

이처럼 여성성에 기반을 둔 대안 가족은 남성 중심의 가부장적인 가족보다 더 가족다울 수 있어. 대안 가족을 우호적으로 바라보는 사람들은 페미니스트들인데 이들은 대안 가족을 통해 대안 사회가 구현될 수 있다고 주장해. 남성이 지배하는 사회는 자연을 착취하고 다른 인간도 착취하는 세상이지만 여성성이 지배하는 세상은 자연과 생명을 최우선하는 세상이 될 거라는 기대를 표현해. 대안 가족이나 대안사회를 부르짖는 이들은 "여성에게 권력을 주자"는 게 아니라 남성과 여성은 물론, 인간과 자연도 평화롭게 공존할 수 있는 세상을 만들자고 목소리를 높여. 이들은 지배계층이 바뀌는 세상이 아니라 지배와 피지배의 관계가 사라지는 세상을 꿈꾸는 이상주의자들이지.

이들에 대해서 비판적인 시각도 있어. 대표적인 사람이 '디지로그'의 이어령 교수지. 이어령 교수는 아버지가 없는 사회는 인간이 짐승으로 전락하는 사회라고 경고한 바 있어. 그는 "짐승들에게는 떼(群)는 있어도 가족은 없다. 동시에 새끼를 낳아 기르는 어미는 있어도 인간과 같은 아버지의 존재는 없다"고 했어. 법과 질서, 공공성 이런 가치들이 아버지가 있기 때문에 가능하다는 거야.

일단 이 교수의 우려는 기득권의 시각만을 대변하고 있다는 생각이 들어. 세상은 달라지고 있고 남자가 됐든 여자가 됐든 누구나 변화를 수용하는 자세가 필요해. 결국 호주제가 폐지되고 대안 가족이 정식 가족으로 인정을 받는 세상이 왔어. 하지만 나는 이런 의문이 들어. '대안 가족이란 용어는 정당한가? 라는 질문이야. 이 말은 기존 가족이 문제가 있어서 그에 대한 대안으로 등장했다는 인상을 주거든. 재혼 가정이나 독신 가족이나 동성애 가족이나 혼혈 가족이나 조손 가정이나 모두 가족의 형태로 인정해야 한다고 해서 이들에게 '대안 가족'이라는 말을 붙일 자격은 없다고 생각해. 이들을 비정상 가족으로 보는 견해만큼이나 대안 가족이라는 말도 편파적이라는 게 쌤의 생각이야. 정상과 비정상이라는 것은 상대적이잖아? 예전처럼 대가족 사회에서는 지금 같은 핵가족이 비정상 가족이었을 거야. 그렇다고 핵가족을 대가족의 대안 가족으로 부르지는 않았잖아? 이 영화를 보고 영화 속에서 드러난 가족들을 무엇이라고 불러야 할지, 그것부터 고민해야 하겠다는 생각이 들었어.

이 영화를 보고 이 책을 읽자

전인권의 《남자의 탄생》(푸른숲 펴냄)라는 책이 떠올랐어. 저자는 대학생들을 위해 집필했지만 고등학생도 내용을 공감하면서 읽을 수 있어. 저자는 사회과학자였지만 소설가 못지않게 글을 잘 써. 논리적인 글을 잘 쓰는 사람들로부터는 사유의 패턴을 배워야 해. 저자는 자신의 유년 시절의 기억을 통해 가족과 자아 그리고 국가의 관계를 파헤치고 있어. 핵심 개념은 아버지 공간과 어머니 공간이야. 유교에 바탕을 둔 전형적인 가족제도는 한국적 부자관계와 한국적 모자관계로 특칭할 수 있어. 가족은 아버지 공간과 어머니 공간이 확실히 구별되는 이분법적인 세계야. 전자에서 질서-책임-권위가 파생된다면 후자에서 배려-돌봄-사랑 등이 나오지. 남자들은 아버지를 통해 국가의 권위에 대한 맹목적인 추종을 배우고 어머니들의 분리 사랑을 통해 '동굴 속 황제'로 큰다고 해. 자기만 알고 자기가 속한 집단의 이익만 챙기는 어른들의 부정적인 모습은 아들을 황제로 키우는 왜곡된 가족제도에 기반을 두고 있는 셈이지.

게르드 브란덴베르그의 《이갈리아의 딸들》(황금가지 펴냄)은 페미니즘 소설이야. 너무 익숙해져서 보이지 않는 일상 속의 성차별을 깨닫게 해주는 책이야. 이 소설의 배경이 되는 이갈리아에서는 주권을 가진 여성들이 지배계급이고 '움'이라고 스스로를 불러. 반대로 남성은 내조를 하면서 가정을 지키지. 남자들이 살림과 육아를 맡고 있는데 '움'의 상대라는 뜻에서 '맨움'이라고 불리지. 우리가 얼마나 남성중심적인 시각에서 사물을 보고 생활을 하는지를 도착된 남녀 관계를 통해서 보여주고 있어.

'가족'과 대입 논술 시험의 관계

가족을 다룬 논제는 2004년도 건국대 정시 논술 고사가 대표적이야. 논제를 살펴볼까?

"지문 (가)의 논지를 근거로 하여 (나)와 (다)에 나타난 가족관의 차이를 밝히고 이에 대한 자신의 견해를 논술하시오."

가족 구성원은 독립된 인격체로서 서로 대등해야 한다는 것이 제시문 (가)의 입장이야. (나)는 여성을 가족의 울타리에서 벗어나 가정 밖의 일에서 행복을 찾을 수 있도록 해야 한다는 입장이지. (다)는 그 유명한 《모리와 함께 한 화요일》에서

인용됐는데 가족을 통해서 진정한 행복을 느낄 수 있다는 이야기야. 자식을 소유

물로 보지 말고 가족 서로 간에 독립된 인격체로 존중해 주라는 게 공통점인데 결

국은 그렇지 못한 한국 사회의 가족에 대해서 비판적인 시선을 요구하고 있는 셈

이지.

'가족의 탄생'을 이 논제에 어떻게 활용할 수 있을까? 구슬이 서 말이라도 꿰어야

보물이 된다고 내가 본 영화를 실제 논술 시험에서 논거나 배경지식으로 활용할

정도는 되어야 영화가 논술에 도움이 된다고 말할 수 있을 거야. 핏줄을 중시하는

한국적인 가족 제도가 대안 가족을 비롯해서 새로운 형태의 가족에 얼마나 차별적

일 수 있는지 비판의 논거로서 활용하거나 영화 속에 등장하는 무책임한 남자들을

통해 가부장제-혈주제의 허구성을 고발할 수 있겠지.

08 '행복을 찾아서' 와 가난

"왜 성공한 흑인들은 운동선수 아니면 연예인일까?"

행복을 찾아서(2006) | 장르: 드라마 | 감독: 가브리엘 무치노

'쩐의 전쟁' 이란 드라마가 2007년 여름 대히트를 했어. 가난에 한이 맺혀 돈에 복수하려다 돈의 노예가 되어 버린 한 남자의 이야기였지. 자본주의 사회에서 돈이란 사람을 노예로도 부릴 수 있는 힘이 있는 존재, 무서운 존재야. 우리 조상들도 그런 생각을 했던 것 같아. 한자 전(錢)을 보면 쇠 금(金) 옆에 창이나 싸움을 뜻하는 과(戈)가 두 개나 붙어 있거든. 전이란 단어에는 이미 전쟁이란 뜻이 포함돼 있는 셈이지.

자본은 어떨 것 같니? 자본의 한자 유래는 더 비정해. 자본의 자자는 재물 자(資)자란다. 위에 있는 글자는 차례 차(次)자야. 이는 사람이 죽으면 그 사람의 부인을 묻는 순장의 상황을 묘사한 글자로 입에 거품(冫)을 물고 순서를 기다리는 사람(欠)의 모습을 표상한 거라고 해. 밑에 패(貝)자는 조개로서 제물을 상징하지. 생매장되는 이가 재물을 바치며 목숨을 구걸하는 모습인 거지. 본(本)은 생식기를 드러낸 성인 남성을 뜻하는 글자로 근본과 본질을 뜻해. 이런 유래를 따져보면 결국 자본이 없으면 죽는다는 뜻일 거야. 생존을 위해 돈을 벌려고 노력하는 현대인들의 모습은 생매장을 당하기 전에 재물을 바치며 목숨을 구걸하는 고대 중국인들과 얼마나 달라졌을까?

이번 시네마 논술은 돈과 자본에 대해서 많은 것을 시사해 주는 영화를 골랐어. 윌 스미스가 자신의 아들과 함께 출연한 영화 '행복을 찾아서' 로 하는 경제 논술이야. 이 영화는 크리스 가드너(윌 스미스 분)라는 성공한 흑인 백만장자의 동명의 회고록을 바탕으로 하고 있지. 나는 가난한 한 남자의 처절한 가난 탈출기를 통해 '가난은 사회의 책임인가, 개인의 책임인가' 라는 쟁점에 대해 짚어 보려고 해. 첫 번째 쟁점부터 따져보자.

쟁점 1 : 크리스 가드너의 가난은 누구의 책임인가?

크리스 가드너는 고등학교를 졸업하고 의료기기 외판원 일을 하면서 가난 탈출을 꿈꿔. 그에게는 아내와 아들이 있었지만 아내와의 관계는 원만하지 못했어. 80년대 초 불황이 닥치면서 그에게도 위기가 찾아오는데 그가 팔던 뼈 스캐너가 고가 장비인 관계로 병원들이 구입을 망설이면서 그는 한 달에 단 한 대의 기기도 팔지 못하는 상황에 처한 거지. 돈을 못 벌어 오는 무능한 가장에 아내의 불만은 점점 쌓이게 되고 그런 아내에게 그는 '주식중개인' 이 되어서 인생 역전을 이루어보겠다고 회유하는데 아내는 "차라리 우주 비행사의 꿈을 꾸라"고 면박을 주지. 결국 아내는 참지 못하고 집을 나가. 이 순간부터 그에게는 모진 시련이 닥쳐. 집세를 못내 집에서 쫓겨나고 힘들게 스캐너를 한 대 팔았더니 그 즉시 계좌에서 세금이 빠져나가고, 모텔에서 쫓겨난 뒤에는 기차역 화장실에서 아들과 함께 자는 봉변을 당하게 되지. 화장실 문을 두 발로 막아 다른 노숙자들이 못 들어오게 막고 아들을 재우면서 크리스 가드너가 눈물을 흘리는 장면은 정말 슬펐던 것 같아.

감동으로만 따지면 이 영화는 올해 본 최고의 외화라고 할 수 있어. 하지만 메시지와 교훈만을 놓고 보면 이 영화는 TV의 성공시대나 인생 역전과 비슷한 수준으로 전락해. "힘들더라도 사회 탓하지 말고 열심히 노력하면 언젠가는 행복할 수 있다"는 거지. 이 영화는 가난의 사회적 책임이나 분배를 통한 가난의 해소 등 구조적인 문제에 대해서는 철저하게 침묵하고 있어.

가드너는 불우한 가정(일찍 아버지를 여의고 양아버지 밑에서 맞으면서 자랐음)에서 태어났기 때문에 교육 받을 기회가 봉쇄됐지. 가드너가 가난한 이유는 가난한 가정에서 태어났고 교육을 받지 못했던 것이겠지. 교육을 못 받고 가난한 가정에서 태어난 것은 자신의 선택이 아니잖아? 따라서 가난은 개인의 책임은 아니었다고 봐. 그럼 운명의 책임인가? 자본주의 사회는 귀속적 권리를 거부한다는 점에서 가난을 운명의 탓으로 돌리는 전근대와는 고별 선언을 했다고 봐야 해. 영화의 원제는 '행복추구권'인데 "인간은 누구나 행복할 권리가 있다"는 이 말은 토마스 제퍼슨이 기초한 미국 독립 선언문에도 나와 있잖아. 가난은 운명일 수 없는 거야. 그렇다면 사회의 책임일까?

진보 진영에 속해 있는 사람들은 크리스의 가난을 미국 사회의 책임으로 볼 가능성이 커. 실제 미국은 빈부격차가 참 심한 나라야. 미국의 문화역사학자 모리스 버만에 따르면 미국은 상위 1%의 재산이 전체의 47%, 상위 20%의 소득이 전체의 93%를 차지한다고 해. OECD 국가 중 양극화 지수가 가장 높고 의료보험 등 각종 사회보장제도는 꼴찌 수준이지. 의료보험을 전혀 받지 못하는 미국 사람들이 무려 4000만 명 이상이라는 통계도 있어. 아마 크리스 가드너 같은 흑인 중 다수는 의료보험의 사각지대에 놓여 있겠지. 덴젤 워싱턴이 주연했던 영화 '존 큐'가 의료보험 혜택을 못 받는 흑인들의 이야기잖아? 흑인 중에도 잘 사는 사람이 있고 백인 중에도 못사는 사람이 있겠지만 흑인이 구조적으로 가난할 수밖에 없는 현실은 미국 사회에서 분명 존재하는 거야.

쟁점 2 : 크리스 가드너의 가난 탈출은 무엇 덕분에 가능했는가?

그런 면에서 크리스 가드너는 개천에서 용이 난 케이스지. 어떻게 개천에서 용이 날 수 있었을까? 이 영화에서는 개인적 노력을 가장 큰 요인으로 보고 있어. 그는 아들과 함께 풍찬노숙하는 동안에도 항상 책을 봤어. 책을 통해서 자기가 부족한 금융 지식을 얻으려고 끊임없이 노력했어. 내가 보기에는 노력도 크게 작용했겠지만 가장 본질적인 이유는 머리가 좋았던 것 같아. 특히 수학적인 머리가 뛰어났던 것 같아. 당시 그는 처음 등장해서 아무도 맞추지 못했던 큐브를 쉽사리 맞출 수 있었어. 큐브를 맞추는 실력이 우연히 주식중개인 눈에 띄게 되었고 그것이 인턴사원으로서 일할 기회를 얻는 계기가 된 거야. 돈을 만지는 사람들은 돈에 대한 감각이 중요한데 그 감각과 수학적인 사고 능력은 틀림없이 연결이 될 거야. '월스트리트의 물리학자' 라는 말이 있듯 이과 전공자들이 세계적인 투자은행에서 발군의 실력을 보이는 이유도 그래서일 거야.

그의 가난 탈출에 그 다음으로 공헌했던 것은 친화력이야. 그런 면에서 봤을 때 외판원 일을 하면서 직접 세일즈를 해본 경험은 그가 주식중개인으로 전업할 때 큰 자산이 되었겠지. 생면부지의 사람에게 전화를 해서 만날 약속을 잡아내고 좋은 인상을 준 뒤 다음 만남의 약속을 정하고 자주 만나 그와 친해져서 그로부터 투자 유치를 받아내기가 쉬울까? 이런 일을 해낼 정도의 친화력이라면 주식중개업이 아니라 어떤 직종에서도 성공할 수 있을 거야. 크리스 가드너에게는 남들에게 없는 이 능력이 있었어. 그 다음으로 중요한 것은 세상을 보는 눈, 돈의 흐름을 읽을 수 있는 능력이 그에게는 있었디는 거야. 그는 많은 교육을 받지 않았고 시사 문제에 탁월한 식견이 있는 것도 아니었지만 미국 사회 산업 구조가 제조업 중심에서 금융업 중심으로 이동할 것을 직감적으로 깨닫고 그쪽으로 발 빠르게 움직였던 거지. 시장을 보는 그런 눈이 없었더라면 그는 중박은 일구었을지 모르지만 지금 같은 대박신화는 절대 이루지 못했을 거야.

쟁점 3 : 크리스 가드너는 성공한 흑인인가, 성공한 미국인인가?

이런 능력들은 백인들에게 주로 있는 거 아닌가? 성공한 흑인들은 마이클 조던이나 윌 스미스, 오프라 윈프리처럼 예체능에 재능과 끼가 있어서 돈을 번 경우가 대부분 아니던가? 이 정도 생각은 누구나 가질 수 있어. 하지만 크리스 가드너의 피부색을 강조하면서 그로부터 미국 사회의 인종 차별을 도식적으로 끄집어내려는 의도는 위험해. 그를 꼭 '가난한 흑인 출신 백만장자'로 부르려고 하는 우리들 마음속에는 흑인과 백인을 차별하는 오리엔탈리즘이 없다고 할 수 있을까? 마이클 조던이나 윌 스미스에게는 가난한 흑인 출신 농구선수 혹은 가난한 흑인 출신 영화배우라고 부르지 않잖아?

영화 마지막 자막을 보면 크리스 가드너는 증권회사 직원이 된 지 6년 만에 자신의 이름의 투자 회사를 차려 1년에 수백만 달러를 벌게 되었다고 해. 최근의 기사를 보면 그가 보유한 자산은 현재 1억8천만 달러 (약 1700억 원)로 평가받고 있으며, 수많은 자선단체에 고액헌금으로 자신처럼 어려움에 처한 사람들을 돕고 있어. 빌 게이츠만큼은 아니지만 그 역시 나눔의 실천을 통해 부의 사회적 환원을 이루려고 하는 태도는 높이 살 만해. 여기서 이런 질문을 던지고 싶은 사람들이 있을 거야. 그의 성공은 '다른 흑인들의 가난 탈출에 어떤 기여를 했을까?'라는 문제야. 그 질문 자체가 인종 차별적인 질문이라면 '다른 흑인'을 '다른 가난한 사람'으로 바꿔 보자.

펠레를 꿈꾸며 축구선수를 시작한 브라질 소년이 모두가 펠레 같은 축구 스타가 되는 것은 아니겠지. 펠레 정도는 아니더라도 뛰어난 축구선수들이 많이 등장하면 브라질의 축구 실력이 세계로부터 인정을 받아 브라질 선수들이 해외 무대에서 뛰게 될 가능성은 높아지겠지. 그렇다면 펠레는 브라질 소년들의 가난 탈출에 분명 기여를 했다고 할 수 있을 거야. 크리스 가드너는 어떨까? 한때 노숙자까지 밀려 나갔다가 인생역전에 성공해서 부자가 되었다는 사실이 다른 사람들의 가난 탈출에 관해 시사하는 점이 없을까? 분명 시사하는 바가 있어.

그처럼 수학적 머리를 타고 나지 않았다고 하더라도 친화력과 자신이 가진 장점과 가장 잘 맞는 직업을 고르는 노력, 세상과 사회가 어떻게 돌아가는지에 대한 관심을 갖추게 된다면 가난에서 탈출할 가능성은 그만큼 높아지지 않을까? 가난의 책임을 사회가 전부 질 수는 없듯이 가난을 탈출하는 방법이 전적으로 분배 제도 개혁만으로 가능한 것도 아닐 거야. 유토피아가 오지 않는 이상, 인류 역사에서 가난은 사라질 수 없을 거야. '그 사회의 빈부격차가 어느 정도 존재하느냐'가 그 사회의 현새 건강 시수를 말해준다면 '가난을 극복할 가능성이 본인의 후천적 노력으로 얼마나 가능한지'는 그 사회의 잠재적 건강 지수를 결정한다고 할 수 있겠지. 이 영화는 얼마든지 그것이 가능하다고 보고 있어. 미국 사회에서 살아보지 않은 나는 그 주장이 맞는지 여러분께 말해줄 수 없어. 미국서 태어나서 자랐다고 해도 답하기 어려운 질문일 거야. 다만 미국 사회에서 흑인이 가난으로부터 탈출하는 길이 스포츠와 연예 분야로 한정되어 있는 현실만큼은 외국인인 나에게도 분명한 사실로 보여. 법조계의 크리스 가드너, IT업계의 크리스 가드너, 의학계의 크리스 가드너가 계속해서 나와 준다면 미국 사회의 잠재적 건강 지수는 그만큼 높아질 거야.

이 영화를 보고 이 책을 읽자

고병권의 《고추장, 책으로 세상을 말하다》(그린비 펴냄)야. 학부에서는 화학을 전공하고 석사와 박사 과정은 사회학을 공부했던 저자가 신자유주의와 한미FTA를 추진하는 참여정부를 살천스럽게 몰아붙이는 책이야. 미국 사회가 얼마나 빈부 격차가 심하고 한국 사회 지도층이 얼마나 대미 추종적인지 그의 책에서 자세하게 드러나고 있어. 미국 사회에서 가난한 집 자녀가 성공할 확률은 부잣집 자녀에 비해 22배나 낮아. 부의 세습은 얼마나 심할 것 같니? 덴마크에 비교하면 미국은 11배나 더 질기게 세습되는 나라라는 거야. 모든 면에서 미국 따라 하기를 시도하는 우리 사회는 어떨까? 85년도 서울대 입학생 중에서 고소득층과 그렇지 못한 층의 비율은 1.3대 1이었는데 2000년에는 16.8 대 1로 벌어졌어. 지금은 더 벌어졌겠지. 서울대가 버클리대 다음으로 미국 대학 박사를 많이 배출한다는 사실은 무얼 말해 주는 걸까? 서울대는 미국 박사 과정을 위한 학부일 뿐이라는 거지.

반대되는 시각의 책도 봐야겠지. 로버트 기요사키와 샤론 레흐트가 쓴 《부자 아빠 가난한 아빠》(황금가지 펴냄)야. 워낙 유명한 책이라 여러분들도 읽어 본 친구가 많을 거야. 돈에 대한 지식이 없으면 결국 돈의 노예가 되고 만다는 게 책의 핵심이야. 돈에 대해서 제대로 알자, 금융IQ를 높이자, 부채가 아니라 이익에 투자하자 등 저자들이 주장하는 메시지에 대부분 공감을 해. 다만 이 책을 읽고 나도 이제 돈을 벌 수 있겠다는 허황된 기대는 갖지 않는 게 좋아. 책 한 권 읽고 부자 된다면 누군들 그렇게 못하겠니?

09 '용서받지 못한 자'와 군대
"군대 다녀오면 정말 사람이 될까?"

용서받지 못한 자(2005) | 장르 : 드라마 | 감독 : 윤종빈

오늘은 정말 괜찮은 한국 영화 한 편을 소개해 줄게. 지금까지 쌤은 외국 영화는 SF와 판타지, 한국 영화들은 리얼리즘 영화를 주로 추천해 왔어. 이번에 소개할 영화는 윤종빈 감독의 '용서받지 못한 자'라는 영화야. 리얼리즘 영화들은 현실을 반영하기 때문에 보기가 고통스러워. 남의 일이 아니기 때문에 그래. "저게 내 일이 될 수도 있다"는 느낌, 그래서 쌤은 논술을 위해서 한국 영화 보기를 여러분께 강추하는 바야. 영화를 통해 자신을 돌아보고 우리 사회의 문제점을 함께 고민해 보라는 뜻이 담겨 있단다.

쟁점 1 : 군대의 단점은 무엇인가?

결론을 미리 말하자면 '용서받지 못한 자'는 군대 부적응자를 말해. 주인공 승영(서장원 분)은 명문대 출신이고 소심하고 내성적인 성격이라 군 생활에 적응하지 못하는 편이지. 군대를 늦게 가는 바람에 중학교 동창인 태정(하정우 분)이 병장일 때 그는 신병의 신분이었어. 영화는 현재

와 과거를 오고 가는 플래시 백 기법을 통해 전개되는데 태정이는 제대 후 사회생활을 하고 있고 휴가를 나온 승영이가 태정이를 찾는 장면으로 시작하지. 둘은 술을 마시면서 옛날 군 시절(승영이에게는 여전히 현재형이 겠지만)을 회고해. 둘의 성격은 극히 대조적인데 태정이는 매사 물 흐르듯이 자연스럽게 적응하는 스타일이야. 어느 자리에 갖다 놔도 잘 적응하는 잡초 같은 인물이지. 그의 철학은 인생에는 메뉴얼이 있다는 거야. 메뉴얼을 찾아 메뉴얼대로 행동하면 그게 바로 인생이라는 거지. 반면 승영이는 착해, 그러면서 고집이 세지. 결기가 있어 불의를 보면 못 참고 자기감정을 솔직하게 표현하는 스타일이야. 한 마디로 모난 돌이야. "모난 돌이 정 맞는다"고 하잖아. 둘의 성격 차이는 태정이의 다음과 같은 말로 극명하게 드러나. "군대에서는 착한 게 중요한 게 아니야, 말 잘 듣는 게 중요해."

영화의 에피소드들은 모난 돌이 정 맞는 다양한 방법들을 보여주고 있어. 요즘은 많이 달라졌겠지만 누구나 군대하면 기합과 구타로 상징되는 노골적인 폭력이 떠올린단다. 군이란 조직은 철저한 위계질서로 움직이는 곳이야. 고참 알기를 하느님처럼 해야 살아남을 수 있는 곳이지. 영화에서도 구타와 기합, 욕설, 졸병들이 화장실에서 몰래 라면 먹는 장면, 점호 시 팬티 검사하는 장면, 개인적인 편지를 뺏어 크게 읽는 장면 등 인권이 무시되는 장면들이 숱하게 등장해. 거의 꼴통 수준의 왕고참이 승영이의 사적인 편지를 빼앗아 읽었을 때 승영이는 결국 욕을 하게 되고 중간 고참인 태정이는 친구인 승영이를 때리게 되지.

놀라운 사실은 군대 조직 문화에 대해서 회의적이면서 길들이기를 거부했던 승영이가 친구 태정이가 제대하자 살아남기 위해 다른 고참들에게 알아서 기기 시작했다는 거야. 자신이 인간적으로 대우해 주던 고문관 신참 지훈(윤종빈 감독)이 문제를 일으키자 폭력으로서 고참의 본때를 보이게 되지. 자신이 고참이 되면 절대 자기가 당한 것 되풀이하지 않겠다고 맹세했던 그였지만 결국 시스템에 동화된 거야. 그런 자기가 너무나 미웠고 승영이는 휴가를 나와 태정이를 찾아 "이야기를 들어 달라"고 하소연을 한 거지. "어쩔 수 없었다. 적어도 난 다른 고참처럼 행동하지는 않았다"고 변명을 한 거야. 태정이 입장에서는 그런 승영이의 태도를 이해할 수 없었지. 태정이 보기에는 자신이 처한 위치에서 할 일을 했을 뿐이거든. 영화는 죄의식을 심하게 느낀 승영이가 휴가 중 자살하는 것으로 끝나.

이 영화를 보고 쌤은 지난 번 '가족의 탄생'에서 인용했던 이어령 교수의 말이 떠올랐어. 약간의 과장을 더하면 "인간이 짐승으로 전락하는 사회는 가부장제가 무너진 사회가 아니라 바로 군대"라고 할 수 있겠지. 물론 쌤의 생각은 일방적인 주장이야. 군대를 쌤과는 반대의 시각으로 보는 사람들도 있어. 그 사람들의 논거는 다음과 같아.

쟁점 2 : 군대의 장점은 무엇인가?

우선 군대의 장점은 굉장히 합리적인 조직이라는 점이야. 정해진 시간에 자고 일어나지, 시간표 중시하지, 매일 매일 다양한 훈련 프로그램이

제공되지, 일사불란한 체계 즉 명령과 복종의 문화를 통해 최대의 효율을 올릴 수 있는 곳이기도 해. 사회가 유지되려면 질서가 중요한데 개인들이 질서를 내면화하기에 가장 좋은 곳이 바로 군대라는 공간이지. 어른들이 군대를 다녀와야 사람이 된다고 하는 이유는 바로 군대를 통해 질서, 효율, 순응 등의 가치를 내면화할 수 있다고 보기 때문이야. 군대는 사실 우리 사회 모든 조직의 원형이라고 할 수 있어. 특히 회사가 그래. 시키는 대로 하고 자기주장 내세우지 않고 다른 회사원들과 잘 어울리고 개인보다는 조직을 더 생각하는 인간형을 좋아하지. 이제 "군대 다녀와야 사람 된다"는 말뜻을 알겠지? 어른들은 "군대를 다녀와야 세상이 얼마나 냉혹한지 깨닫는다"는 뜻으로 한 말일 거야. 물론 이 말에는 군대를 다녀오지 않은 남자와 여자들은 사람도 아니라는 식으로 해석될 여지가 있기 때문에 써서는 안 되는 말이지. 세상이 군대와도 같다면 세상을 살아가는 지혜는 승영이처럼 세상과 맞서려는 태도보다는 태정이처럼 자기 자리에 맞는 역할, 남들이 해주기를 원하는 역할을 알아서 해주면 되는 거야.

영화 도중에 태정이의 여자친구가 "남자들은 술 먹으면 왜 군대 이야기를 할까?"라고 짜증을 내는 대목이 있어. 이 영화를 본 여학생들은 나중에 남친이 군대 이야기를 하면 "저 힘든 곳에서 살아남았으니 얼마나 할 말이 많을까"라고 들어주는 관용을 베풀어 주었으면 해. 군가산점제나 병역 기피 문제만 나오면 남학생들이 흥분하는 것은 충분한 이유가 있다는 거지. 지난 번 대안 가족 때는 여학생 편을 들어줬지만 군대 문제만큼은 남학생 입장을 이해해주고 싶어. 누가 봐도 그들이 분명

한 피해자인 것 같아. 승영이를 보면 피해자인 동시에 가해자라는 말이
성립되겠지만 말이야.

이 영화를 보고 이 책을 읽자

어떤 책을 권할지 어느 정도 예측하고 있을 거야. 《당신들의 대한민국》(한겨레신문
사 펴냄)이란 책이란다. 러시아에서 귀화한 박노자는 이 책에서 한국의 유교문화와
군대 문화를 비판하고 있어. 박정희 대통령을 국부로 모시고 모든 사회 조직을 군
대처럼 운영해 온 70년대 군사 문화가 지금까지도 남아 있다는 것이 그의 주장이
야. 그의 비판은 균형감을 갖추고 있어. 그는 군대조직처럼 운영되어 온 운동권 조
직에게도 강한 비판을 하고 있지. 개인과 사회의 바람직한 관계와 개인의 진정한
가치를 깨닫는 길만이 군사문화의 잔재를 극복할 수 있다고 보고 있어.

《대한민국은 군대다》(청년사 펴냄)라는 책은 유명한 여성운동가가 여성의 입장에서
한국의 군대 문화를 비판한 책이야. 그녀 역시 1980년대 학생운동 내의 성차별적
인 문화를 고발하고 있지. 군사 문화와 가부장적 문화가 결합되어 사회 모든 곳에
영향을 미치기 때문에 혁명을 꿈꿨던 이들도 그 문화로부터 자유롭지 못했다는 점
을 지적하고 있어.

10 '엑스맨 3'과 화이부동

"엑스맨과 인간 사이에 어떤 다리가 필요할까?"

엑스맨 - 최후의 전쟁(2006) | 장르: 액션 | 판타지 | SF | 감독: 브렛 래트너

요즘 들어 '和而不同(화이부동)'이란 고사성어를 자주 듣게 돼. 여당의 원내대표란 사람은 "화이부동의 원칙하에서 대동단결하라는 것이 야당을 지지하지 않는 모든 국민의 명령이다"라고 했어. 공기업에 새로 취임한 사장이 "서로의 차이점을 인정하고 어울리는 자세인 '화이부동'의 마음가짐을 갖고 경영에 임할 생각"이라고 취임사를 밝히기도 했지. 한 예술 대학 캠퍼스에서는 파란 바탕에 흰 글씨로 '화이부동'이라 쓴 현수막을 걸어놓기도 했어. 대학 새내기들에게 화합하되 개성을 가지라는 당부로 이 현수막을 사용했다는 후문이야. 화이부동이란 말은 논어의 자로 편에 나오는 말이야. 원문은 다음과 같아.

"子曰 君子和而不同 小人同而不和(자왈 군자 화이부동, 소인 동이불화)"

이 구절을 신영복 선생은 "군자는 다양성을 인정하고 지배하려고 하지 않으며, 소인은 지배하려고 하며 공존하지 못한다"고 해석해. '화이부동'이 언론 지상에 자주 오르내리는 이유는 다양성과 공존에 대한 요구가 그만큼 절실해졌다는 뜻이겠지.

쟁점 1 : '엑스맨3'에서 군자와 소인은 누구인가?

이번에 소개할 '엑스맨 3 : 최후의 전쟁'은 '화이부동'의 가치에 대해서 많은 것을 생각토록 해주는 영화야. 이 영화는 지난 해 여름 국내에서도 개봉했어. 아마 많은 학생들이 이 영화를 보았을 거야. 이 영화는 돌연 변이 집단과 정상인들 사이의 갈등과 공존을 다루고 있어. 이 영화에는 모두 4가지 부류의 집단이 등장해. 첫 번째로 뛰어난 능력을 지닌 돌연 변이들을 두려워하는 인간들이 있지. 숫자상 제일 많지. 그리고 돌연변이들을 멸종시켜야 한다는 사람들이 있어. 이들은 인간 중에서 소수지. 2편의 악역이었던 스트라이커 장군이 대표적이야. 세 번째로 인간은 열 등한 존재니까 크로마뇽인이 네안데르탈인을 멸종시켰듯이 돌연변이 들이 인간들을 멸망시켜야 한다고 주장하는 돌연변이 집단이 있어. 이 들은 돌연변이 중에서 다수야. 이들의 수장이 바로 매그네토야. 마지막 으로 인간과 돌연변이들은 평화롭게 공존해야 한다는 믿음을 갖고 있는 돌연변이 소수 그룹이 있어. 이들이 바로 엑스맨들이야. 사비에 박사와 울베린, 진 그레이, 사이클롭스, 스톰, 아이스맨 등 시리즈 전체의 주인 공들이지. 이들이 바로 '화이부동'을 추구하고 있는 세력이야. 엑스맨 의 정신적 리더인 사비에 박사가 원했던 것은 '다리'였어. 인간과 돌연 변이 사이에 다리를 놓고 싶었던 거지. 반면 매그네토와 스트라이커 장 군은 '동이불화'를 추구했던 거야. 군자와 소인이라는 관점에서 보면 엑스맨들이 군자에 해당할 것이고 스트라이커 장군과 매그네토는 소인 에 해당한다고 봐야 해.

소인들은 자신만 아는 이기주의자들인 경우가 많아. 이들은 칸트의 말을 빌면 타인을 목적이 아닌 수단으로 대하는 사람들이야. 매그네토가 그래. 그는 다른 돌연변이들을 체스 판의 졸개처럼 이용하려고만 해. 자기 목숨을 구해 준 미스틱이 대신 초능력을 잃자 "고맙지만 너는 이제부터 우리와 다른 존재"라며 그녀를 버린 장면에서 여실히 드러나지. 그는 돌연변이들이 인간에 품고 있는 증오감을 최대한 부추겨 집단 광기로 끌어올리는 데 성공해. 누구와 닮았니? 바로 히틀러가 사용했던 투쟁방식이지. 놀랍게도 매그네토는 아유슈비츠에서 어머니를 잃은 유태인이었어. 상대를 미워하면서 배운 거라고 할 수 있지. 상대방이 싫다고 해서 그 사람뿐 아니라 그 사람과 비슷한 모든 사람을 없애겠다는 발상만큼 끔찍한 것은 없단다.

쟁점 2 : 상호 인정과 대화 외에는 길이 없을까?

인간들은 어떨까? 2편까지는 돌연변이를 힘으로 멸종시키려 했지만 그것이 불가능하다는 것을 알고 다른 방법을 택해. 정상과 비정상의 관점에서 이들을 대한 거야. 돌연변이는 비정상이니까 정상(다수)에 동화되라는 설득을 한 거지. 돌연변이 인간들은 심각한 질병을 앓는 환자들이라고 단정 짓고는 그들을 치료해 주겠다고 나서. 다수에 동화되는 것은 소수, 비주류에게 어찌 보면 불가피한 선택이기도 해. 엑스맨 중 가장 비극적인 캐릭터, 러그(상대의 에너지를 빨아들이기 때문에 사랑하는 사람을 만지기만 해도 상대방이 죽고 만다)는 인간이 되고 싶어 치료 주사를 맞지. '동화'를 선택한 러그를 그 누구도 탓할 수는 없어. 하지만 동화가 모든 사람에게 일률적으로 강요될 때 그것은 폭력으로 변질돼. 이를 거부하는 사람들이 생길 것이고 다수는 이들을 폭력으로 짓누르려고 하겠지. 결국 폭력과 그에 맞서는 폭력의 악순환이 벌어지지 않을 수 없는 거야. '동화'가 이런 결과를 가져온다면 대안은 '화이부동', 사비에 박사의 '다리' 밖에 없는 거야.

사비에 박사가 말한 다리는 '교류' 혹은 '소통'의 다리였어. 서로를 대화상대로 인정하고 잦은 접촉을 통해 차츰차츰 올려지는 이해의 다리야. 이해의 다리 위에는 신뢰가 쌓여 최종적으로 화해의 길로 완성되는 다리지. 사비에 박사는 그것이 가능하다는 믿음을 끝까지 유지했기 때문에 죽는 순간에도 웃을 수 있었던 세 아닐까 싶어. 이 길이 옳기 때문에 자기 같은 사람이 늘어날 거라는 확신을 품었던 거지. 비틀즈의 리더였던 존 레논의 노래 '이매진(imagine)'처럼 말이야. 아마 다음과 같은 가사였을 걸.

"You may say I'm a dreamer. but I'm not the only one. I hope someday you'll join us and the world will be one."

"당신은 내가 몽상가라고 말할지 몰라요. 하지만 나 혼자 그런 생각을 하는 게 아닌걸요. 언젠가는 당신도 우리 생각에 동참할 것이라 믿어. 그러면 세상은 하나가 되는 거예요."

이 영화를 보고 이 책을 읽자

신영복 선생의 《강의》(돌베개 펴냄)야. 이 책 한권만 정독하면 논술 시험에서 필요한 동양철학의 모든 것을 얻을 수 있을 거야. 시간이 없는 너희들은 그게 힘들겠지. 500페이지가 넘는 두꺼운 책이니까 4부인 '논어, 인간 관계론의 보고' 만이라도 읽자. 저자는 돈이라는 획일적인 가치만을 추구하는 현대 사회가 전형적인 '동이 불화' 의 모습이라고 비판해. 그는 '화이부동' 의 자세를 자본주의와 사회주의를 접목시키려는 중국에게서 발견하고 있어. 중국 사회를 너무 긍정적으로 보는 것 아니냐고 볼 수도 있지만 전통적으로 중국 사회가 '화' 의 논리가 강한 반면 한국 사회는 '동' 의 논리가 강했다는 주장은 귀담아 들을 여지가 충분해.

홍세화 씨의 《나는 빠리의 택시 운전사》(창비 펴냄)도 '화이부동' 의 가치를 역설하고 있지. 프랑스로 정치적 망명을 해 택시 운전을 하며 파리의 구석구석을 누볐던 그는 프랑스 사회의 특징을 관용이라는 말로 번역되는 '똘레랑스' 로 보고 있어, 입장 바꿔 생각해 보는 '역지사지' 의 원칙이지. 그는 우리 사회가 민주화가 되었지만 다름을 받아들이려는 자세가 여전히 부족하다고 보고 있어. 하지만 요즘 그의 글을 보면 예전과 달리 자신과 다른 생각을 갖고 있는 사람들에 대해서는 철저하게 불관용으로 대하는 건 아닌지 하는 의구심을 지울 수 없단다.

11 '우리들의 행복한 시간' 과 소통
소통은 상처를 치유하고 서로를 구원한다

우리들의 행복한 시간 (2006) | 장르: 드라마 | 감독: 송해성

"When they all should let us be, We belong to you and me"

(그들이 우리를 각자의 존재 그대로 있게 만들려고 해도, 우리는 각자 서로에게 속하게 되겠죠)

70년대 유명했던 팝 그룹 비지스의 노래 'How deep is your love' 가사야. 위의 노래 가사는 '나' 와 '너' 가 만나서 '우리' 가 되지만 그 '우리' 는 '나' 속에 '너' 가 있고 '너' 속에 '나' 가 있다는 뜻이야. 이런 단계에 접어들 수 있으려면 두 사람 사이에 뭐가 있어야 할까? 사랑이라고? 사랑은 어떻게 생기는 건데? 남녀가 만나면 스파크가 이는 게 사랑일까? 그거는 사랑보다는 열정에 가까워. 사랑에는 바로 소통이라는 과정이 필요해.

'소통' 은 의사소통이라는 말로 흔히 쓰지. 로빈슨 크루소처럼 무인도에서 홀로 살아가는 인간이 아니라면 모든 인간은 타인과 의사소통을 해야 해. 의사소통은 몸짓 발짓도 있지만 언어가 가장 일반적인 방법이겠지. 의사소통이 제대로 될 때 우리는 말이 통한다고 하지 않니? 말이 안 통하면 그 사람과 관계가 유지될 수 있을까?

쟁점 1 : 윤수와 유정이의 공통점은 무엇이었나?

송해성 감독의 영화 '우리들의 행복한 시간' 을 보고 쌤에게 떠오른 키워드는 '소통' 이었어. 누구는 이 영화에서 '슬픔' 을 읽고, 누구는 영화에서 '행복' 을 읽어내지. 너희 또래 아이들에게 물어보면 가장 많은 대답이 '사랑' 이었어. 사형제 폐지라는 사회적 메시지를 읽어내는 사람도 있어. 정답은 없어. 누구나 보고 싶은 걸 보면 돼. 다만 논술 시험과 영화를 연결해서 생각할 경우, 자기가 그렇게 보는 근거를 설득적으로 제시하면 되지.

쌤이 이 영화의 키워드를 '소통' 으로 본 것은 다음과 같은 이유 때문이야. 세 명을 죽인 남자와 세 번 자살을 시도한 여자. 두 주인공의 정서에는 공통점이 있어. 윤수는 세상과의 소통을 거부했고 유정이는 엄마와의 소통을 거부한 거야. 그들은 왜 소통을 거부한 걸까? 바로 상처 때문이야. 유정이는 사춘기 시절 친척에게 성폭행을 당한 기억이 상처고 윤수는 가난 때문에 고아원을 전전했던 기억 그리고 자신의 동생이 그 가난 때문에 죽은 기억, 아니 인생 자체가 상처지. 물론 윤수의 상처가 객관적으로 더 커보이지만 당사자가 느끼는 무게는 거의 똑같아. 도저히 씻을 수 없는 상처를 안고 사는 사람들에게는 어떤 태도가 형성될 것 같니? 바로 냉소적인 태도야. 타인의 고통에 무감각해지고 스스로에게도 냉소적이 된다는 거야.

두 냉소적인 사람을 만나게 해 준 계기는 뜻밖에도 '애국가' 였어. 둘을 이어주는 만남의 다리는 까마귀와 까치가 아니라 '애국가' 가 깔아

주고 있거든. 둘은 인간을 사랑할 수 없는 운명인데 국가를 사랑할 수 있을까? 아이러니 뒤에는 이런 사정이 있었어. 윤수의 동생이 프로야구 개막전에서 애국가를 불렀던 가수 유정이의 팬이었고 동생을 영원히 잊을 수 없는 윤수는 죽기 전에 유정이를 꼭 만나고 싶었던 거지. 물론 시니컬한 유정이에게 자신의 삶에 대한 사랑을 일깨워 주고 싶었던 고모의 노력도 컸고. 윤수는 나중에 유정이를 소개해 준 모니카 수녀를 천사라고 불러.

쟁점 2 : 둘을 가깝게 만들어 준 계기는 무엇인가?

처음에 둘은 서로를 거부했지. 유정이는 윤수를 살인마, 인간말종으로 취급했고 윤수는 유정이를 '지 복에 겨워 발광하는 철없는 부잣집 딸'로만 여겼지. 상처가 역설적으로 둘을 가까워지게 한 거야. 둘은 서로의 상처에 연민을 느끼게 된단다. 이 영화에서 가장 인상적이었던 장면은 유정이가 아무에게도 이야기하지 않았던 자신의 상처를 윤수에게 고백하는 장면이었어. 윤수는 울음을 터뜨렸지. 윤수는 "부자도 불행할 수 있다. 죽고 싶을 수 있다"라는 걸 느끼며 그날 밤 한 잠도 이루지 못했어. 그전에 윤수가 먼저 유정이에게 자신의 삶을 고백했지. 그때는 유정이가 하염없는 눈물을 흘렸어. 윤수가 그럴 수밖에 없었던 그 삶의 질곡을 이해하게 된 거야. 이해는 이처럼 소통의 과정 뒤에 오는 거야. 대개 이해 뒤에는 사랑이 찾아오지.

소통이 사랑으로 촉발되기 위해서는 두 사람 사이에 '아니마'와 '아니무스'가 있어야 해. 아니마는 남성의 심리에 있는 여성적 요소를 가리키고 여성의 심리에 있는 남성적 요소를 아니무스라고 해. 사랑이 시작되는 계기는 남성(여성)의 아니마(아니무스)가 상대방 여성(남성)에게 투사되는 거라고 해. 둘에게는 서로의 상처가 아니마고 아니무스였어. 둘은 상대의 상처를 보고 자신의 상처를 치유할 수 있는 힘을 기른 거야. 윤수와의 소통에서 용기를 얻은 유정이는 사춘기 성폭행을 쉬쉬했던 엄마, 그래서 사촌오빠보다 더 미웠던 엄마를 용서하게 된 거지. 이 장면에서 많은 여학생들은 "엄마를 용서하는 것이 죽는 것보다 어렵다"는 유정이의 말에 동감을 하더구나.

쟁점 3 : 소통하면 당사자에게는 무엇이 남는가?

대개 영화에서 남녀가 소통하면 100에 99는 사랑으로 발전하는 법이잖아? 그런데 둘의 사랑을 가로막는 장벽이 이 영화에는 있었어. 바로 감옥이야. 거기다가 윤수는 언제 죽을지 모르는 사형수잖아? 어쩔 수 없이 소통은 사랑의 단계를 건너뛰고 구원으로 치닫게 되지. 이 영화에서 소통 다음으로 중요한 키워드는 '구원'이야. 송 감독은 한 인터뷰에서 "나는 지독히 외로운 두 남녀가 서로 소통하고, 그 소통으로 서로를 구원해내는 아름다운 과정을 목격하고 싶었다"고 해. 죽기 전에 윤수는 사랑을 고백해. "뒤늦게 세상에 사랑이 있다는 걸 알게 됐다"며 "애국가를 불렀는데도 무섭다"는 말을 남기지. 이 장면에서는 남자인 나도 울음을 참기 힘들더구나. 이 영화는 순 100% 자연산 최루탄이었어. 쌤이 가르친 한 여학생은 시작부터 끝까지 울면서 이 영화를 보았다고 해.

그런데 쌤은 '소통'이 두려워. 그와 소통이 되면 그가 아무리 죄인이라도 그 사람을 미워할 수 없을 것 같아. 히틀러와도 개인적으로 친해지면 그를 용서할 수밖에 없는 게 인간이라는 존재 아닐까? 죄는 밉지만 사람은 미워하지 말라는 말이 그래서 나온 게 아닐까 싶어.

이 영화를 보고 이 책들을 읽자

쌤이 이 영화와 관련해서 여러분들에게 권하는 책은 두 권이야. 프랑스의 소설가 발레리 제나티의 《가자에 띄운 편지》와 신영복 선생의 《감옥으로부터의 사색》이 란다. 제나티의 책은 이메일을 통해 이스라엘의 소녀와 팔레스타인 소년이 소통하 고 나중에 사랑으로 발전하게 되는 내용의 소설이야. 쌤이 가장 감동을 받은 대목 은 이스라엘 소녀의 다음과 같은 고백이었어. "'나, 너, 그' 하는 식의 단수는 존재 하지도 않고, 그냥 '팔레스타인 사람들'이라는 복수만 있는 거지. 불쌍한 팔레스 타인 사람들, 아니면 나쁜 팔레스타인 사람들 하는 식으로 말이야. 우리는 절대로 '하나+하나+하나'가 아니라 늘 400만인거야. 민족을 통째로 등에 지고 살아가 는 삶은 무거워. 무거워. 무거워…." 저자의 주장을 요약하면 "'이스라엘 사람들, 팔레스타인 사람들' 하는 식으로 서로를 복수로 부르지 말자는 거야. 이스라엘, 팔레스타인을 빼고 각자의 이름을 부르자는 거지.

신영복 선생의 책은 너무 유명해서 따로 설명이 필요 없을 거야. 신영복 선생님은

세상 모든 것과 소통하시는 분이야. 가난한 사람과 소통하고 억울한 사람과 소통
하고 심지어 간수와도 소통하고···. 계급 간의 증오와 투쟁을 강조하던 마르크스
경제학자가 어떻게 해서 더불어 삶을 강조하는 '관계론'의 철학자로 변할 수 있었
는지 그 과정이 이 책에서 자세하게 나와.

12 '왕의 남자' 와 권력

"조선은 왕의 나라였는가, 중신의 나라였는가?"

왕의 남자(2005) | 장르: 드라마 | 감독: 이준익

오늘은 영화를 갖고 역사 논술을 해보자꾸나. 역사 논술에 필요한 영화는 SF영화와 리얼리즘 영화가 아니라 시대극이야. 시대극은 논술에 어떻게 도움이 될까? SF영화에서는 철학, 리얼리즘 영화에서는 사회를 배울 수 있다면 시대극에서는 인간을 배울 수 있어. 시대극에는 권력과 권력을 추구하는 인간들의 삶과 투쟁이 녹아 있지. 오늘 소개할 영화는 이준익 감독의 '왕의 남자' 야. '왕의 남자' 는 쌤이 근래에 본 한국 영화 중에서 가장 높은 점수를 주고 싶은 영화야. '괴물' 에 이어 역대 2위의 흥행 성적을 올렸지만 두 영화를 동렬에 올린다는 것이 이준익 감독에게는 왠지 미안한 생각이 들 정도야. 많은 사람들이 이 영화를 동성애 코드로 읽고 있지만 그것은 곁가지일 뿐이고 시작부터 끝까지 일이관지하는 본질은 권력이었던 것 같아. 오늘은 권력이라는 관점에서 이 영화를 해부해 보려고 해.

본격적인 시네마 논술에 들어가기 전에 먼저 질문 하나 할게. 왕에겐 있고 광대에겐 없던 것은 뭘까? 바로 권력이겠지. 그렇다면 광대에겐 있고 왕에겐 없던 것은? 자유 혹은 신명일 거야. 영화를 본 사람들이라면 쉽게 맞힐 수 있는 문제야. 권력과 자유는 이 영화의 기본 축이야. 왕

114

의 권력과 광대의 자유는 정진영(연산)과 감우성(장생)의 불꽃 튀는 연기 대결로 정면충돌하고 있지. 보조 축은 왕과 중신이 첨예하게 대립했던 조선시대 사회상으로서 우리 시대 사회상(노대통령과 기득권층의 갈등)과 묘하게 겹쳐지는 대목이 있어 흥미를 더하고 있지.

이 영화를 논술적으로 접근하려면 기본 축보다는 보조 축에 더 집중을 해야 해. 왕과 중신은 무엇을 놓고 그렇게 다투었을까? 바로 권력 때문이야. 권력이란 뭘까? 독일의 사회학자 막스 베버는 "권력은 어떤 사회관계 내부에서 저항을 무릅쓰고까지 자기의 의사를 관철하여야 하는 모든 힘을 말한다"고 했어. 권력은 결국 힘이야. 힘은 힘인데 강제로 복종시키는 힘이고 복종을 강요하는 힘이지. 한자에 그 본질이 자세하게 드러나고 있어. 권(權)은 권세를 뜻해. 나무(木) 옆에 저울 모양의 글자 '雚(관)'이 있어. 이는 나무로 만든 저울을 뜻한다고 해. 저울은 힘의 균형에 따라 한 쪽으로 기울기도 하고 평행을 유지하기도 하지. 힘의 균형은 이론적일 뿐이고 현실에서 저울은 무거운 쪽으로 기울기 마련이야. 힘의 균형이 깨진 상태, 바로 권력의 속성은 한 쪽으로 기운다는 거야. 권력은 부자지간이라도 나눠 먹기가 힘든 법이란다. 권력에는 쏠림 현상이 생길 수밖에 없어. 권력 주위에는 사람도 모이고 돈도 모인다고 하잖아. 조선시대 사람과 돈은 어디로 모였을까? 여기서 첫 번째 쟁점이 나와.

쟁점 1 : 조선시대 왕의 권력은 어느 정도였는가?

역사학자 이덕일에게 따르면 "조선시대 왕은 전지전능하기는커녕 전지
한 장을 쓰기 위해 신하들을 위협하고 달래야 했던 나약한 존재"라고
했어. 영화에서도 그래. 영화에서는 연산이 무엇을 해보려면 사사건건
시비를 거는 중신들이 등장해. 왕이 뭔가를 결정하면 "선왕(성종)의 유지
를 기억하라"며 무조건 반대하는 것이 중신들이 주로 하는 일이지. 그
럴 때마다 연산은 무기력함을 느껴. 광대들을 가까이 하려는 건 어찌 보
면 왕의 프라이버시로서 사소한 일인데도 그런 일까지 중신들이 딴죽을
걸자 "이 나라 법도에 그런 것까지 정해져 있소"라고 물으며 "내가 왕이
맞느냐"고 측근인 처선(내시)에게 하소연을 하는 장면이 나와. 앞에서 권
력이 끝까지 관철시키는 힘이라고 했는데 왕이 자기 뜻을 관철시키지
못한다면 실질적인 권력이 없었다고 봐야 해. 중국처럼 황제의 권한이
막강했던 곳에서 이런 일이 벌어질 수 있을까? 중국처럼 황제의 권한이
막강한 곳에선 관료들의 힘보다 황제와 개인적으로 친한 사람들, 황제
와 가까이할 수 있는 환관들의 힘이 더 세기 쉽지. 영화 '동방불패'를
보면 황제의 총애를 받는 환관들이 마음에 안 드는 충신들을 역적으로
몰아세워 마구잡이로 죽이는 모습이 등장하잖아. 연산도 중신들을 믿을
수 없자 환관인 처선을 의지했던 것으로 보여.

　당연히 왕은 자신의 권력(이론적으로 당연히 자기 몫이지만 현실적으로는 중신
들이 나눠 갖는)을 행사하려고 할 것이고 그 마음을 아는 처선은 광대들을
이용해 연산의 정치적 욕망을 채워주려고 하지. "왕 가지고 논 놈들이

중신 가지고는 왜 못 놀아"라는 말로 광대들에게 왕이 중신들을 제압할 명분과 기회를 제공하라고 부추긴 거야. 처음에 왕을 풍자했던 광대들은 연회에서 중신들의 약점을 풍자하고 조롱하는 연기를 해. 여기서 2번째 쟁점이 등장해.

쟁점 2 : 왕의 권력은 무엇으로 지탱됐는가?

연산이 중신으로부터 권력을 되찾을 수 있었던 계기는 바로 명분 때문이었을 거야. 조선의 중신들, 사대부라고 불리는 집단의 특징은 앞에서는 성인군자인 것처럼 굴고 뒤에서는 온갖 구린 일을 다 하고 다니는 이중성이었는데 광대들의 무대는 그것을 노골적으로 조롱하고 있었어. 연극처럼 뇌물을 받고 관직을 주는 일, 하급 관리들의 부인을 건드리는 일 등 은밀히 이루어지는 비리와 부패는 추할 대로 추했겠지. "도둑이 제 발 저리다"고 연회 기간 내내 중신들의 표정은 좌불안석이었어. 형조판서(지금으로 치면 법무부 장관) 윤지상은 그 중에서 제일 불안했는데 왕이 술을 따라주자 떨리는 손 때문에 술을 흘리는 장면이 나와. 왕이 찔리는 게 있냐고 묻자 그의 얼굴은 사색이 돼. 윤지상은 "살려주십시오. 이놈이 없이 자란 탓에 가난이 한이 되어 그만"이라며 빌고 연산은 발로 그를 사정없이 걷어차지. 형조판서가 파직당하고 재산 몰수를 당했지만 그것은 일벌백계의 효과가 있었어. 구린 데가 있는 다른 중신들도 그 날부터는 연산에게 완전히 밀리게 돼. 도덕적인 면에서 연산을 탓할 명분이 사라진 거지.

여기서 왕이 왕으로서 권력을 유지하려면 명분이 있어야 한다는 점이 드러나. 중신들이 백성들로부터 존경을 받았다면 연산이 형조판서를 내치고 중신들을 몰아세울 때 중신 편을 들었을 거야. 하지만 조선시대는 강한 신분제 사회로서 지배계층인 사대부층과 국민 다수를 이루는 농민층의 관계는 그렇게 우호적이지는 못했을 거야. 왕은 그걸 이용한 거지. 연회에서 광대들이 그런 쇼를 했다는 소문이 저잣거리에서 유포되는 동안 백성들은 얼마나 통쾌하겠어. 백성들은 연산이 그동안 주지육림에 빠져 있다고 비난했겠지만 적어도 이 순간만큼은 왕에 대한 지지도가 올라갔을 거야. 권력을 유지하기 위해서는 지지도, 바로 국민의 '동의'가 필요한 거란다. '동의'는 피지배자들이 권력자들의 권력 행사를 인정하는 것이지. 동의를 빈 권력자들에게는 무엇이 생길까? 바로 '권위'가 생겨. 자신의 권력이 정당하다는 정당성을 인정받는 절차지. 다른 말로 정통성이라고도 하지. 민주주의 국가에서 동의는 투표로 반영이 되는데 조선시대에는 투표가 없었잖아. 바로 앞에서 말한 저잣거리의 소문이 국민이 동의를 나타냈던 바로미터였을 것이라는 추론이 가능해.

쟁점 3 : 연산의 권력은 왜 무너졌는가?

왕이 광대들을 활용해 중신들을 희롱하고 백성들은 이를 환영했을 것이라는 점은 영화에서 드러나지 않지만 충분히 추론할 수 있어. 중신을 도덕적으로 무력화시킨 연산은 이제 절대 권력을 확보했어. 그런데 얼마 안 가서 무너지고 말았어. 왜 무너졌을까? 바로 여기서 유명한 명언을 써먹을 수 있지. "절대 권력은 절대 부패한다." 왕의 권력을 중신들이 견제하지 못하자 필연적으로 권력의 남용이 생기는 거야. 연산은 권력을 남용했어. 바로 자신의 개인적인 복수를 위해서 숱한 사람들을 죽인 것이 그렇지. 영화에서는 자기 어머니의 비극적인 죽음을 암시하는 연극을 광대들이 하고 그 상황에 취한 연산이 칼을 뽑아 중신들과 자기 할머니가 있는 자리에서 아버지의 후궁들을 칼로 잔인하게 죽이는 장면들이 나와. 사냥을 할 때 중신들은 왕이 총애하는 광대들을 사냥하고 왕은 중신들을 사냥하지. 실제 그가 재위한 동안 두 번의 사화가 일어나면서 정말 많은 사람들이 죽어 갔지. 아무리 왕에게 신과 같은 권력이 있더라도 법이라는 절차를 무시하고 사람을 직접 죽인다는 것은 있을 수 없는 일이야. 쉽게 말하면 왕은 미친 거지. 영화에서는 그것이 모성 결핍 때문이고 그의 후궁인 장녹수는 연산의 그런 성격적인 문제점을 잘 활용해 그를 조종하는 것으로 묘사하고 있어. 연산의 권력은 절대 부패했다기보다도 절대 우울했다는 표현이 더 적합할 거야. 우울했던, 부패했던, 사람을 그렇게 죽이는 잔인한 권력자는 백성들이 절대 동의할 수 없었을 거야. 연산의 절대 권력이 백성의 동의를 받으려면 복수가 아니라 개혁으로 이어졌어야 했어. 그런 면에서 연산은 정조와 달랐던 거지. 이조판서 성희안이 결국 역모를 일으켜 그를 폐위하는 과정에서 연산을 지키는 호위병 중 아무도 그와 맞서지 않고 도망치는 모습에서 동의를 상실한 권력의 종말이 어떠한지를 보여주고 있지.

이제 권력이 아니라 인간의 본질에 대해서 이 영화가 얼마나 심오한 이야기를 들려주는지 말해 볼게. 이 영화를 본 관객들 중 가장 많은 반응은 "광대가 절대 권력자의 비리와 만행을 서슴없이 풍자하고 조롱하는 모습에서 묘한 카타르시스를 느꼈다"는 거였어. 영화에서도 연산은 광대들의 세계를 부러워하고 있지. 왕의 자리를 버리고 그들처럼 자유롭고 신명나게 살고 싶은 생각도 있었을 거야. 연산이 혼자 인형 놀이를 할 때 그 모습은 왕이라기보다는 외롭고 불쌍한 한 남자였어. 어린 시절 아버지로부터는 "그러고도 성군이 되겠느냐"라고 꾸중 듣기 일쑤였고 새어머니는 친 아들이 아닌 자신을 알게 모르게 차별했겠지. 그렇다고 엄한 할머니(인수대비)가 그에게 사랑을 듬뿍 주었던 것도 아니었을 테고. 그는 광대들을 꼭 자신의 권력을 유지하기 위해 이용한 게 아니라 그들과 친구가 되고 싶었던 마음도 있었을 것이라는 생각이 들어.

이 영화에서 쌤에게 가장 인상적인 대사는 다음과 같아. "너 거기 있고 나 여기 있지? 아니지 너 여기 있고 나 거기 있지?" 쌤에게는 참으로 철학적으로 들렸어. '여기-거기-있다'로 이어지는 배치가 마치 하이데거의 존재론을 떠올리게 했거든. 권력이 있는 곳이든, 자유가 있는 곳이든 인간에게는 다 똑같다, 그런 의미에서 왕이나 광대는 같은 존재라는 뜻을 담고 있지 않았을까?

이 영화를 보고 이 책을 읽자

잘 알려진 대로 '왕의 남자'의 원작자는 철학자 니체의 추종자로 알려져 있어.

권력과 인간을 바라보는 감독의 시선에서 니체의 냄새가 짙게 풍기고 있어. 고등학생들이 니체의 원전을 읽고 이해하기는 불가능에 가깝겠지. 이럴 때는 풀어 쓴 책이라도 읽자. 삼성출판사에서 나온 이지고전 시리즈 중에서 《니체의 도덕계보학 : 전통 도덕에 도전하다》를 권하고 싶어. 연산이 왕의 이미지나 기대 역할에 폭탄선언을 했던 것처럼 니체는 이 책에서 전통 도덕에 대해서 폭탄선언을 했지. 전통적인 도덕규범과 죄, 양심, 금욕주의 이런 것들은 기만적이고 병적이라고 주장을 한 거야. 이들 관념 뒤에는 권력 관계가 숨어 있다고 해. 그 관념을 이용하여 권력을 장악하려는 지배계급의 음흉한 동기를 은폐하고 있다는 주장이지. 마치 유교라는 통치 이데올로기로 사회를 숨 막히게 해놓고 자기네들은 뒤에서 실컷 즐기던 조선시대 중신들처럼 말이야. 니체와 연산군의 공통점은 뭘까? 그런 중신(니체에게는 기독교)들 속에서 고독했다는 것과 그 때문에 비극적인 운명을 맞았단 거겠지.

대중적인 역사학자 이덕일의 《조선 왕 독살사건》(다산초당 펴냄)은 조선시대의 헤게모니는 왕이 아니라 중신들이 쥐고 있었다고 주장하는 책이야. 조선 왕조가 오래 버틸 수 있었던 이유, 평균적으로 한 왕이 20년 가까이 통치를 할 수 있었던 이유는 왕에게 권력이 없었기 때문이라는 거지. 왕이 자기 마음대로 뭔가를 해보려면 중신 세력과 갈등을 빚었고 결국 중신들은 왕을 쫓아내던지(광해군과 연산군), 독살(8명의 왕이 독살설에 휘말렸다고 해)하는 방식으로 택군(신하들이 왕을 택하는 일)을 했다는 거야. 그의 주장이 맞는다면 일제에 나라를 빼앗긴 책임은 이씨 왕조가 아니라 조선시대 지배 계층이 져야 하는 게 마땅하지 않을까?

13 '슈렉3' 와 정체성

"해피엔딩? 그건 스스로 만드는 거야"

슈렉 3(2007) 장르: 애니메이션 | 코미디 | 가족 감독: 크리스 밀러, 라맨 와

'사랑'이 대중음악의 영원한 연인이라면 '정체성'은 영화의 오래된 테마라고 할 수 있어. 주인공 중심으로 사건이 전개되고 주인공의 심리가 그려지는 이상 영화는 주인공의 정체성을 다루지 않을 수 없기 때문이지. 몇몇 영화들은 아예 정체성을 다룬 영화라는 레테르가 붙기도 해. 오늘 소개할 '슈렉3'이 그래. 주인공 슈렉이 자신의 진정한 정체성을 찾아가는 성장 영화라고 흔히들 이야기 하지. 영화 이야기 전에 니들 교과서에서 정체성을 어떻게 말하고 있는지 살펴볼까?

"성공적인 자아정체성의 형성은 심리적 유예를 경험하는 가운데, 개인이 다양한 대안들을 신중하고 조심스럽게 평가한 끝에 자기 나름대로의 가치를 발견하고, 자기 생각대로 결정한 후에 이루어진다."

인용문은 고등학교 도덕교과서에서 따왔어. 약간 어려운데 심리적 유예란 자신에게 주어진 자리나 역할 받아들이기를 일시적으로 거부하는 자세야. 결정을 잠시 미루고 여러 가지 대안들을 고민하자는 거지. 각각의 대안에서 나름대로의 가치를 발견하고 그중에서 하나를 스스로 결정하는 모습이 바로 바람직한 정체성을 형성하기 위한 노력이라는 뜻이야.

쟁점 1 : 자리와 역할이 정체성을 만들까?

'슈렉 3'도 슈렉과 등장인물들이 바람직한 정체성을 형성하기 위한 노력을 그렸어. 슈렉에게는 두 가지 자리가 새로 주어져. 바로 죽은 장인을 대신한 '겁나게 먼 왕국'의 왕 자리와 아버지라는 자리지. 문제는 왕도 싫고 아버지라는 자리도 싫은 거야. 각각의 자리에는 '책임'이라는 가치가 있고 이 가치는 기존에 그가 추구하던 '자유'라는 가치와 충돌하기 때문이지. 그래서 자신 다음의 왕위계승권자인 아서를 찾는 여행을 떠나. 이후 각각의 자리에 대한 가치를 발견하고 아서가 왕의 자리를 스스로 받아들이도록 그를 도와줘. 그리고 자신은 아버지의 자리를 담담하게 받아들이지.

정체성은 결국 자리와 역할의 문제야. 개인의 정체성은 세 가지 구성요소로 이루어진다고 해. 먼저 '부여된 자리'. 바로 슈렉에게 새로 주어진 '겁나게 먼 왕국'의 왕 자리야. '주관적 자리'는 현재 내가 수행하고 있는 자리로서 슈렉은 왕의 부마 역할, 킹 메이커 정도의 자리라고 볼 수 있어. 마지막으로 '소망적 자리'가 있는데 슈렉에게는 자신의 늪에서 친구들과 즐겁게 사는 오우거(영국 민담에 등장하는 괴물)의 삶이 '소망적 자리'야. 건강한 정체성은 각각의 자리가 일치를 보거나 균형을 이룬 상태를 뜻해. 반면 정체성의 혼란은 내가 원하는 자리와 남들이 원하는 자리의 차이라고 해야겠지. 세 자리 사이에서 부단히 갈등하는 슈렉은 정체성의 혼란을 겪었다고 봐야겠지. 이제 역할이라는 관점으로 영화를 살펴볼까?

슈렉 주변의 인물들, 그리고 공동체는 그가 왕의 역할을 수행하기를 원해. 바로 왕의 자리가 슈렉의 '기대 역할'인 셈이지. 그런데 슈렉은 "지도자의 자리, 왕관을 선택하는 것은 의지"라며 자기는 왕을 맡을 의지가 없다고 발을 빼. 근대 이전 사회라면 왕이 죽고 아들이 없을 경우 왕의 사위가 왕이 되어야 했겠지. 정체성은 정해지는 거지. 예를 들면 공자는 "이상적인 사회란 임금은 임금 노릇을 해야 하고 신하는 신하 노릇, 부모는 부모 노릇, 자식은 자식 노릇을 하는 것"이라고 했지. 플라톤은 "각자에게 주어진 역할을, 그리고 오로지 그것만을 완수해야 한다. 그것이 바로 '정의'다"라고 했어. 정체성이란 성장하면서 저절로 형성되는 것이 아니라 어떤 질서에 의해 강요되는 것이었지. 하지만 근대로 접어들면서 자리와 역할을 개인이 선택하게 된 거야. 현대에는 그것도 수시로 바꿀 수 있다는 관점이 추가됐단다. 정체성이란 수시로 갈아입을 수 있는 옷과 같아진 거지. 정체성이 수시로 바뀐다는 뜻에서 현대는 다중정체성의 시대라고 해.

쟁점 2 : 현대는 어떤 정체성의 시대일까?

실은 근대 이전에도 다중정체성을 강조한 철학자가 적지 않았어. 중국 전국시대 제(齊)나라의 사상가였던 고자(告子)는 다음과 같은 말을 남겼지. "인간의 본성은 맴도는 여울물과 같다. 동쪽으로 트면 동쪽으로 흐르고, 서쪽으로 트면 서쪽으로 흐른다. 인간의 본성을 선함과 선하지 못한 것으로 구분할 수 없는 것은, 마치 물에 동쪽과 서쪽의 구분이 없는 것과 같다." 정체성은 고정불변의 것이 아니라 시대와 상황에 따라 수시로 변모할 수 있다고 본 거지. 근대를 거쳐 현대에 접어들면서 이 경향은 더욱 강화돼. 정체성은 한 마디 말로 요약될 수 있는 것이 아니라 끊임없이 변화하고 있으며 심지어 분열하고 있다고 본 프로이트가 대표적인 인물이란다. 그는 '무의식'이라는 말로 자기도 모르는 인격이 자기 속에 숨어 있다고 했어. "내 안의 또 다른 나가 있다"는 말이 그 말이야. 마르크스 역시 고정된 인간의 본성이란 없고 사회적인 발전에 의해 유동적으로 이루어진 본성만 있다고 했어. 그는 유명한 말을 남겼지. "인간의 진정한 본성이란 바로 사회적 관계들의 총합이다."

다중정체성은 슈렉뿐만 아니라 다른 등장인물들에게도 적용이 돼. 백설공주와 신데렐라, 잠자는 숲 속의 미녀는 위기 상황에서 백마 탄 왕자를 더 이상 기다리지 않고(즉 원래 자리로 돌아가지 않고) 스스로 난관을 탈출해. 슈렉을 위기에 빠뜨리는 차밍 왕자는 동화 속 악당들에게 너희가 언제까지 악당으로만 살 거냐고 반란을 선동하지. 슈렉은 "정체성은 내가 선택하는 것이라며 악당 아닌 삶을 언제든 당신들은 선택할 수 있다"고 악당들을 설득해. 그 말을 듣고 후크는 피터 팬 괴롭히는 일을 그만 두고 수선화를 키우겠다고 하고 백설공주의 새엄마는 미용에 관심이 많으니 앞으로는 스파를 열겠다고 하지. "해피 엔딩은 스스로 만드는 것"이라는 점에 악당과 동화 속 주인공 모두가 동의를 하면서 영화는 막을 내려.

한 가지 첨언. 동키와 장화 신은 고양이의 몸과 영혼이 바뀌었다 나중에 다시 원래의 몸을 되찾잖아? 하지만 꼬리는 바뀐 상태 그대로였어.
감독은 이 부분에서 "정체성에는 나와 네가 서로 섞여 있다"는 걸 말하
고 싶었던 건 아닐까?

이 영화를 보고 이 책을 읽자

이 영화와 함께 읽을 책은 김시천의 《이기주의를 위한 변명》(웅진지식하우스 펴냄)과
다치바나 다카시의 《청춘표류》(예문 펴냄)야. 전자는 동양철학 전공자가 공동체와
자리를 중시하는 동양에서 자아를 강조했던 양주의 철학을 중심으로 동양의 개인
주의 전통을 소개한 책이야. 양주는 "내 터럭 하나를 뽑아 온 천하를 이롭게 할 수
있다 해도 나는 그렇게 하지 않겠다"고 했던 사람이야. 책 내용을 한 마디로 압축
하면 "군자나 대인이 아니더라도 소인이면 어때? 행복하게 사는 게 제일이지"가
되지 않을까 싶어. 후자는 남의 시선을 의식하지 않고 자기의 길을 걸어간 일본 청
춘들이 주인공이야. 대학과 안정적인 직장을 포기하고 진정 하고 싶은 일을 찾을
때까지 방황하고 마침내 적성에 맞는 일을 찾아 미친듯이 노력한 결과, 최고의 자
리에 오른 사람들의 스토리야. 자기가 선택한 각자의 자리에서 최선을 다하고 열
정을 다 바친 것이 이들의 성공 비결이지. 이들에게는 정체성이 주어진 것이 아니
라 만들어 간 것이라고 할 수 있어.

14 '괴물'과 한국인

가족주의+무능한 정부+혐오스런 지도층=괴물

괴물(2006) | 장르: 모험 | 액션 | 스릴러 | 감독: 봉준호

　오늘은 '괴물'이란 영화를 갖고 논술을 해보자꾸나. 1300만 명이 본 영화. 봉준호 감독의 영화 '괴물'에는 최고 흥행 영화라는 수식어가 따라붙어. '베스트셀러=좋은 책'이라는 공식이 성립하지 않듯이 사람들이 많이 보았다고 해서 모두 좋은 영화인 건 아냐. 작품성이 아니라 흥행 성적을 가지고 영화를 평가하는 자세는 일종의 '다수에 호소하는 오류'라고 볼 수 있지. 하지만 대박 영화에 관객이 든 이유를 사회 심리적으로 분석하는 것도 논술에 도움이 될 거라는 생각이 들어.

　'괴물'을 반미 영화로 보는 시각도 있고 자아와 타자의 갈등을 다룬 영화로 보는 견해도 있어. 환경 문제의 심각성을 고발하는 영화로 볼 여지도 있지. 하지만 "꿈보다 해몽"이라고 평론가가 정색을 하고 분석할 정도의 문제의식은 없어. 쌤은 이 영화에서 심각한 메시지보다는 B급 영화 정신, 블랙 유머를 더 많이 읽었어. CG의 완성도나 재미는 그럭저럭 인정할 수 있지만 아쉬움도 많이 남는 영화였어. 가장 큰 아쉬움은 감독의 의도가 너무 눈에 보인다는 거야. 감추고 때로는 빗대는 맛이 있어야 하는데 그런 게 없이 너무 노골적이야. 사실감이 떨어지는 대사와 경직된 인물 설정, 비논리적인 상황 전개가 이어질 때는 '대한민국 최

다 관객 동원 영화'라는 찬사가 무색하고 낯 뜨겁게 느껴졌어.

이 영화에서 쌤은 한국인이라는 코드를 읽어 보려고 해. '이보다 더 잘 만든 한국 영화가 적지 않은데도 불구하고 왜 한국인들은 이 영화를 그렇게 많이 보았을까'라는 의문으로 시작한 거지. 해답을 찾아가는 과정에서 한국인의 정체성에 관한 어떤 의미 있는 결론을 도출해 보자는 의도도 있었단다. 이 영화의 으뜸 성공 요인은 '흥행을 위해서라면 건드릴 건 반드시 건드려라'는 원칙에 충실했다는 거야. 이 영화는 무엇을 건드렸을까? 쌤이 보기에는 한국인들이라면 누구나 공감할 수 있는 세 가지 정서를 건드렸어. 세 가지 정서는 상호 긴밀하게 연결돼 있지.

쟁점 1 : 가족 외에는 믿을 게 없다?

이 영화가 건드린 것은 한국인들의 가족주의야. 서양 영화에서는 위기를 타파하는 존재가 영웅적 개인인 경우가 많아. 일본 영화는 '일본 침몰'처럼 공동체가 중심인 경우가 많지. 한국은 이 중간에 서 있다고 할 수 있어.

주인공 현서 가족에게는 현서 할아버지(변희봉 분)라는 든든한 구심점이 있어. 아들인 박강두(송강호 분)가 아빠 노릇을 못하는 무기력한 가장이기 때문에 할아버지가 가족을 부양할 수밖에 없었던 거지. 실제 우리 사회가 그래. 아버지가 아니라 할아버지가 경제 활동 주체인 경우가 많아. 65살 이상 노인 인구 가운데 경제활동에 참가하는 사람은 2005년 현재 30%에 이른다고 해. 자녀를 명문대 보내기 위해 필요한 3요소는 할아버지의 부와 엄마의 정보력과 학생의 체력이라고 하잖아? 아버지의 경제력이 아니라. 현서 할아버지는 아들 둘과 딸 등 모두 3남매를 두었지만 자식들의 우애는 그리 좋지 못했어. 하지만 형제란 게 그렇잖아? 매일 싸우다가도 4촌과 재산 다툼이 벌어지면 똘똘 뭉치듯이 외부의 적이 생길 때 단결하는 게 바로 우애라는 거지. 죽은 것으로 알고 있던 현서가 알고 보니 괴물에 의해 납치됐고 그 말을 아무도 믿어주지 않자 형제들은 활과 총으로 무장하고 직접 현서를 구하기로 결심해. 비슷한 상황이 여러분에게 닥쳤다고 해봐. 경찰에게 신고할 거야? 언론에 호소할 거야? 아니면 청와대 홈페이지에 탄원서라도 올릴 거야? 우리 국민들은 한미FTA가 닥쳐도, IMF가 재발해도, 아니 제2의 6·25가 발발해도 믿을 건 가족, 피붙이밖에 없다고 생각하지 않을까?

그런 의미에서 우리 사회의 정체성은 개인주의도 아니고 국가주의도 아닌 가족주의라고 할 수 있어. 감독은 먹고 사는 문제를 오로지 가족 단위로 해결할 수밖에 없는 우리들의 처지를 풍자한 거지. 그러고 싶어서가 아니라 그렇게 될 수밖에 없었던 사정이 있어. 바로 정부에 대한 이유 있는 불신 때문이지. 강준만 전북대 교수는 "한국인은 나와 내 가족의 문제를 사회와 제도가 해결해 주지 못할 것이라는 경험적 확신을 가지고 있다"고 했어.

쟁점 2 : 정부에 대한 불신은 어디서 기인하는가?

도입부에 한강에 괴물이 나타나자 박강두가 딸 현서의 손을 잡고 도망치는 장면 기억나? 도망치다 보니 딸의 손이 바뀌었잖아. 실제 6 · 25 때도 난리통에 피난 가다가 그런 식으로 이산가족이 된 경우가 비일비재했을 거야. 그 전에는 모르겠지만 6 · 25 전쟁 이후에 국가나 정부가 이야기하는 것들은 반대로 믿는 경향이 민초들에게는 생겼어. 우리나라 초대 대통령은 전쟁이 나자 걱정하지 말고 집에 있으라고 하면서 자신은 대전으로 도망치고 국민들은 피난을 가지 못하도록 한강 다리를 폭파시킨 전례가 있잖아? 정부가 국민을 배신한 것은 그 후로도 한 두 번이 아니었어. 참여정부가 들어섰지만 지금도 정부가 어떤 대책을 발표하면 시장은 그 반대로 움직이는 경우가 종종 있어. 예컨대 정부의 부동산 투기 억제 정책이 발표되면 오히려 강남의 집값이 오르는 기현상 말이야. 여전히 정부와 정책에 대해서 못 믿겠다는 거지.

정부에 대한 불신은 공동체에 대한 불신과 무관심으로 이어지기 쉬워. 이 영화 중반부에서 비오는 날 바이러스를 걱정한 시민들이 마스크를 쓰고 건널목에서 신호등이 바뀌기를 기다리는 장면이 나와. 한 사람이 기침을 하다 고인 빗물에 침을 뱉었고 지나가던 차 때문에 그 물이 사방으로 튀자 모두가 소스라치는 반응을 보이는 장면이 있었어. 감독은 이 장면에서 우리 국민들이 갖고 있는 공동체에 대한 불신을 비꼬고 있는 것처럼 보였어. 한국인은 겉으로는 공동체에 대단한 애정과 관심을 갖고 있는 것처럼 보이지만 실제로는 안 그래. 자기 가족과 상관이 있을 경우에나 그렇고 그게 가족의 일과 관계가 없어지면 전반적으로 무관심해지는 경향이 있어. 자녀가 대학에 입학할 때까지는 그렇게 교육에 관심을 보이던 사람들이 막상 자녀가 대학에 입학하고 나서는 그때부터는 교육 문제는 나 몰라라 하는 태도가 그 전형적인 사례지.

쟁점 3 : 왜 한국 사람들은 지도층에 냉소를 보내는가?

정부에 대한 불신은 잘 나가는 사람들이나 특정 집단(지도층이라 불리며 일종의 '노블리스 오블리제' 를 느끼는 사람들)에 대한 경멸 내지 거부감 같은 것으로 표출되기도 해. 물론 우리나라 지도층의 행태를 보면 어느 정도 근거가 있는 거부감이기는 해. 이 영화에는 딱딱한 말투의 경찰과 의사, 노골적으로 뇌물을 밝히는 공무원들이 등장하는데 실제 모습과는 어느 정도 거리가 있음에도 많은 관객들은 그게 현실이라고 생각하고 분개했을 거야. 공무원이나 높은 자리에 있는 사람들이라면 당연히 권위주의를 갖고 있을 것이고 영화는 그것을 반영했을 뿐이라고 생각한 건 아닐까?

　　그렇다면 이런 현상들은 어떻게 설명해야 할까? 정부와 공무원을 욕하면서 안정적이라는 이유로 공무원 시험에 사람들이 대거 몰리는 이유 말이야. 졸부와 재벌을 욕하면서 모두가 "부자 되세요"를 꿈꾸는 세상은 어찌 된 거지? 누구나 다 그들의 부를 부러워하고 부자가 되고 싶은데 그렇게 될 수 있는 현실이 없기에 그들을 미워하는 건 아닐까? 반미 감정도 그렇지 않을까? 반미 감정을 부추기는 사람들은 주로 사람들의 양심에 호소할까? 아니면 왜곡된 욕망에 호소할까? 한국인 중의 다수는 미국을 부러워하면서 그들과 닮고 싶은 마음, 그들처럼 영어를 잘 하고 싶은 마음이 그렇게 강렬하기 때문에 미국이나 친미파를 욕하는 게 아닐까? 이런 의식의 괴리감은 상승욕구와 평등심리가 동시에 작용하고 있기 때문이라고 해야겠지. 지도층에 대한 경멸 즉 '노블리스 오블리제'라면 냉소부터 보이는 관객들은 영화에서 약자들의 연대를 기대했을 거야. 감독은 연암이 쓴 《광문자전》의 거지 광문이나 《예덕선생전》의 똥치기 엄행수 같은 캐릭터를 감초로 사용했어.

현서 가족을 도와 괴물을 공격해서 괴물에게 치명타를 가하는 존재로 다름 아닌 노숙자를 등장시킨 것과 중반에 불쌍한 거지 형제를 등장시킨 감독의 의도가 그래. 현서가 죽자 현서와 함께 있었던 그 거지 아이를 박강두가 키우는 마지막 장면에서 관객들은 어떤 심정이었을까? 정 많은 우리 박강두, 불쌍한 우리 박강두···. 물론 한국인은 착해. 그런데 피해의식도 강한 편이야. 이 영화는 우리 국민들의 피해의식에 충실하고 있어. "국민은 착한데 지도자를 잘못 만나 이렇게 고생한다." "힘없는 서민은 언제나 약자고 죄가 없다." 지도층, 잘 난 사람들에 대한 일종의 도덕적 우월감이지. 2시간짜리 '박강두의 가족 잔혹사'를 통해 관객이 본 괴물은 가족 단위로 치러지는 극한의 생존경쟁, 무능하고 거짓말만 일삼는 정부, 환멸스런 사회 지도층 등 자신들을 옥죄고 있던 현실이었던 거지. 감독은 영화를 비현실적으로 찍었지만 관객들은 영화에서 외면하고 싶은 현실을 본 거야.

사족이지만 이 영화는 논리적으로 엉성한 면이 많아. 우선 괴물에 대한 설명이 너무 미흡해. 처음에는 미꾸라지만했던 놈이 나중에는 범고래만한 괴물로 성장하잖아? 무얼 먹고 그렇게 컸을까? 잠시도 가만 있지 못하고 미친 듯이 날뛰는 것이 괴물의 특징인데 그런 활동적인 놈이 전혀 사람 눈에 안 띄다가 갑자기 한강에서 모습을 보인다는 설정은 지나치지 않나? 설정이 아무리 황당해도 영화 안에서 일어나는 일들은 개연성이 유지되어야 해. 괴물이 처음 등장하면서 고수부지에서는 사람들이 죽어나가며 아비규환을 이루고 있었어. 그런데 괴물이 다시 물속으로 뛰어들 때 강 위에서는 여전히 시민들이 오리배 타고 놀고 있는 장면은 어떻게 설명할 수 있을까? 수천만 원 카드빚을 지자 현상금에 눈이 멀어 후배를 배신한 현서 삼촌의 운동권 선배는 어떨까? 그렇게 돈이 필요한 사람이 수십 명의 사람들과 현상금을 나눠 가지려고 그 많은 사람들을 부른다는 게 말이 될까? 영화에서는 괴물이 수십 명의 뼈를 한꺼번에 토해내는 장면이 나오는데 그 많은 사람들이 그렇게 사라지는 와중에도 사람들이 정말 괴물이라는 존재에 영화에서처럼 무관심할 수 있을까? 마지막 장면에서 괴물이 환경단체 시위하는 곳까지 달려가서 죽음을 자청하는 장면은 압권이었어. 경찰과 환경운동단체 회원들은 가스를 마시고 피를 흘리고 죽어 가는데 강두와 강두의 식구들은 멀쩡한 장면을 보면서 납득이 안 된 사람은 나 혼자뿐이었을까?

이 영화를 보고 이 책을 읽자

강준만 교수의《한국인 코드》(인물과사상사 펴냄)라는 책이야. 강 교수는 이 책에서 한국인의 특성을 10가지로 제시하고 있어. 빨리빨리 정신, 배 아픈 건 못 참는 한국형 평등주의, 최고·최대·최초를 향한 자존심 투쟁, 쏠림 현상(영화 '괴물'이 1300만 명을 끌어 모을 수 있었던 결정적 이유이기도 했지), 정과 서열을 중시하는 문화 등을 꼽고 있어. 강 교수가 첫 번째로 제시한 특징은 "너나 잘 하세요"라는 냉소주의인데 정부에 대한 불신과 지도층에 대한 체질적인 거부감은 여기에 기인하고 있다고 봐야겠지. 강 교수는 서문에서 이 책은 한국인에 대한 긍정론도 아니고 부정론도 아니라고 밝혔는데 책을 읽고 나면 부정적인 특징만 기억에 남아. 이 책에 적힌 한국인 코드를 100% 진실로 받아들일 게 아니라 강 교수의 말대로 양면을 바라보는 시각이 필요할 것 같아. 예를 들면 빨리빨리 정신 때문에 근대화가 앞당겨졌다든지, 평등주의 때문에 민주화가 가능했다든지 하는 식으로 말이야.

탁석산의《한국의 정체성》(책세상 펴냄)이란 책은 강 교수의 견해와는 조금 달라. 저자는 한국의 정체성과 한국인의 정체성을 구분하자고 해. 정, 조급성, 가족주의, 권위주의 등을 한국인의 정체성으로 본다고 해서 이를 한국의 정체성으로 볼 수는 없다는 주장이지. 논리학 전문가답게 정체성에 대한 철학적인 접근으로 시작해 우리가 알고 있는 한국인의 정체성에 관한 상식들의 논리적인 오류를 지적하고 있어. 저자는 무엇이 한국인의 정체성인지 용어 몇 개로 꼭 집어 말해 주고 있지는 않아. 한 개인의 정체성도 뭐라고 규정하기 어려운데 집단의 정체성을 무엇이라고 정의하려는 시도 자체가 무리 아닐까?

15 '판의 미로 : 오필리아와 세 개의 열쇠' 와 꿈과 현실

오필리아에겐 지옥 같은 현실보다 꿈 같은 죽음이 행복하다?

"I have a dream, a song to sing, To help me cope with anything."

(내겐 꿈이 있어요, 부르고 싶은 노래도 있죠, 세상 무엇과도 잘 어울리도록 날 도와 줄.)

"If you see the wonder of a fairy tale, You can take the future even if you fail."

(동화의 놀라움을 느낄 수 있는 사람은, 미래를 가질 수 있어요. 비록 현실에서는 실패할지라도.)

오늘은 비지스와 함께 70년대 가장 유명했던 그룹 아바의 노래로 시작해 볼까 해. 'I have a dream' 이란 노래야. 대개 꿈은 현실의 반대라고 할 수 있지. 자유를 꿈꾸는 사람들은 현실이 자유롭지 못하기 때문이고 부자를 꿈꾸는 사람들은 돈에 쪼들리는 삶이 지겹기 때문에 그런 꿈을 꾸는 거지. 가난했던 사람들이 부자가 되면 그때는 자유라든지, 자아실현이라든지 하는 새로운 꿈을 꿔. 결국 인간은 상황마다 다른 꿈을 꾸는 존재라고 할 수 있어.

판의 미로 - 오필리아와 세 개의 열쇠(2006) │ 장르 : 판타지/드라마 │ 감독 : 길예르모 델 토로

쟁점 1 : 오필리아에게 동화는 왜 현실이 되었을까?

오늘 쌤이 고른 영화는 아바의 노래처럼 '동화의 놀라움을 느낄 수 있는' 사람이 주인공이야. 동화를 꿈이 아니라 현실로 느끼고 짧고 한 많은 인생을 살아간 소녀의 이야기란다. 멕시코 출신 감독 기예르모 델 토로의 판타지 영화 '판의 미로' 라는 영화야. 이 영화 밑바닥에 깔려 있는 정서는 너무나도 칙칙한 슬픔이지만 쌤은 '꿈과 현실' 의 관계에 주목했단다. 쌤은 올해 본 외국 영화 중에서 이 영화를 베스트 오브 베스트로 꼽아. 조금 무섭지만 이야기 구조가 탄탄해 너희들이 이해하는 데 별 어려움은 없을 거야. 다만 청소년이 보기에 너무 잔혹한 장면들이 있다는 게 조금 망설여지는구나. 그럼에도 불구하고 강추하는 이유는 갈등과 증오로 어우러진 어른들의 세계가 동심에 얼마나 깊은 상처를 남기는지 이 작품을 통해서 너무도 가슴 시리게 느낄 수 있을 거라는 확신이 있어서야.

우선 이 소녀가 처한 현실이 어땠는지 살펴볼까? 영화의 시대적 배경인 40년대 스페인은 우리나라 6 · 25처럼 동족상잔의 비극이 자행되던 곳이야. 인간이 평등하다는 신념을 갖고 있는 사회주의자(마을 사람들)들과 질서를 위해서 주민 모두를 죽여야 한다면 기꺼이 죽이겠다는 신념을 갖고 있는 파시스트 군인들이 한 마을에서 싸워. 주인공 오필리아는 책 좋아하는 소녀였어. 만삭인 엄마와 함께 군인인 새아버지의 부대 저택으로 이사를 가면서 오필리아는 새로운 체험을 한단다. 바로 요정을 만난 거야. 요정을 따라 미로로 들어간 오필리아는 거기서 판이라는 목신을 만나. 판은 그리스 로마 신화에 나오는 반인반수로서 인간의 상반신과 산양의 하반신 그리고 뾰족한 귀를 가진 것이 특징이야. 판은 그녀가 원래는 지하왕국의 공주였으나 인간세계로 나왔다 돌아가지 못하고 인간으로 살아가고 있음을 알려주고 다시 지하세계로 돌아갈 수 있다며 세 가지 미션을 제안해. 물론 현실에서는 요정과 판, 미로, 미션 같은 동화 속 이야기는 존재하지 않았어. 대신 현실에서는 마을 사람들과 파시스트 군인의 죽고 죽이는 살육만이 있었을 뿐이지. 오필리아는 동화를 믿은 게 아니라 동화가 현실처럼 전개됐다는 점에서 정신분열증을 앓았다고 할 수 있겠지.

왜 오필리아에게 동화가 눈앞에 현실처럼 펼쳐졌을까? 여러분 어려서 《나의 라임 오렌지 나무》라는 책을 읽어보았을 거야. 기억나? 정원의 오렌지 나무에 밍기뉴라는 이름을 붙이고 오로지 밍기뉴와 소통하려 했던 주인공 제제 말이야. 오필리아 역시 자기가 도저히 감당할 수 없는 현실에서 도피하려고 했고 그 대상이 자기가 읽던 동화책이었던 거야.

쟁점 2 : 오필리아가 공포를 이기는 방법은 무엇이었을까?

오필리아는 무엇으로부터 도피하려고 했을까? 바로 '공포'였어. 닭 모가지 비틀듯이 마을 주민들을 죽이는 잔인한 새아빠와 매일 울려 퍼지는 총성과 비명(고문으로 인한)을 10살 남짓한 소녀가 이겨낼 수 있을까? 대개 인간이 공포를 느낄 때 반응은 세 가지야. 산으로 들어간 마을 사람들처럼 저항하는 방법이 있어. 그 사람들은 소수에 불과해. 그 반대는 동화되는 거지. 같은 마을 사람들을 죽이러 온 파시스트 군인들에게 적극적으로 협력했던 마을 유지들이 그랬어. 역시 소수였어. 메르세데스처럼 대부분의 사람들은 중간에 서서 때론 협력하고 때론 저항했지. 오필리아에게는 이 셋 중에서 뭔가를 선택할 권리도 없었고 능력도 없었던 거야. 결국 현실에서 공포를 이겨내려면 자기가 만들어낸 환상에 기댈 수밖에 없었던 거지. 또 한 가지 이유는 동생의 존재였어. 대개 동생이 생기면 그 동생을 죽이고 싶은 마음이 한 편에서 생긴다고 하잖아? 마음속에 그런 상상 한번 하지 않고 성장기를 보낸 사람은 드물 거야. 엄마를 괴롭히고 또 새아빠의 사랑을 독차지할 것을 시샘하는 마음이 그런 환상을 만들어내는 데 일조한 거지. 물론 동생을 사랑하는 마음이 더 강렬했기 때문에 동생을 희생시켜야 하는 판의 마지막 미션을 오필리아는 거부할 수 있었던 거야. 조금 어려운 이야기지만 심리학적으로 보면 오필리아에게는 '가족 로망스' 란 게 있었던 것으로 보여. 이 개념은 프로이트가 주장한 건데, 미천한 부모를 둔 어린이들이 환상 속에서 신분이 높은 인물들을 친부모라고 꿈꾸며 대체하기를 바라는 신경증적 현상이라고 해. 오필리아는 "내 부모님은 따로 있다. 지하 세계를 다스리는 왕과 왕비가 내 부모님"이라는 믿음을 갖고 있었어. 너희들은 혹시 "나는 병원에서 바뀐 거다, 내 실제 부모님은 부자다." 이런 상상들을 해본 적이 없니? 프로이트에 따르면 아이들은 자신을 이렇게 고생하게 만드는 부모에게 복수하려고 하는 거지.

이 영화를 본 사람들은 새아빠의 총에 맞아 죽는 장면에서 이 모험이 현실이 아니고 환상이었다는 사실을 깨닫게 된단다. 비정한 새아빠의 총을 맞고 오필리아는 모안나 공주가 되어 지하세계로 돌아가는 환상을 보게 되는데, 그때 여왕의 얼굴은 동생을 낳다 산고로 죽은 어머니였어. 쌤은 그제서야 '이게 처음부터 끝까지 환상이었구나' 라는 사실을 알게 됐지.

지옥 같은 현실에서 천국 같은 꿈을 꾸면서 죽음을 맞은 오필리아는 행복했을까?

이 영화를 보고 이 책들을 읽자

히틀러의 죽음과 함께 파시즘은 막을 내렸지만 스페인의 프랑코 총통은 무려 30년을 더 버텼어. 프랑코가 재빨리 새로운 강자 미국에 빌붙은 탓이지. 세계적인 첼리스트 파블로 카살스나 파블로 피카소 같은 예술가들이 프랑코와 프랑코를 지원하거나 묵인한 전전의 독일과 전후 미국에 격한 비난을 쏟아냈지. 피카소의 '게르니카' 란 그림이 이 시대의 비극을 다룬 대표적인 작품이란다.

세계적인 석학들도 파시스트에 저항하는 스페인 민중들을 적극 지지했는데 《동물농장》으로 유명한 조지 오웰은 스페인 내전을 다룬 기록문학을 남기기도 했어. 바로 《카탈로니아 찬가》란 책이야. 실제 조지 오웰은 1937년 중반까지 의용병으로서 스페인 내전에 참전하여 프랑코의 파시즘 군대와 맞서 싸웠단다. 이 책은 그가 겪은 경험과 감상을 회고록 형식으로 쓴 작품이야. 헤밍웨이의 소설 《누구를 위해 종은 울리나》 역시 이 시대의 스페인이 배경이란다. 스페인 내란에 참전했던 미국인이 72시간 동안 임무를 수행하면서 현지 처녀와 사랑에 빠지는 이야기란다.

16 '매트릭스' 와 진실

"진실은 쾌락의 기억이 아니라 사랑 속에 숨어 있다"

매트릭스(1999) | 장르: SF | 액션 | 감독: 앤디 워쇼스키, 래리 워쇼스키

예전의 철학자들이 미술과 문학을 좋아했다면 20세기의 철학자들은 영화를 아주 좋아해. 언어철학의 지존인 비트겐슈타인은 존 웨인이 나오는 서부 영화의 광팬이었고 노마디즘의 철학자 질 들뢰즈는 두 편의 영화 책('운동 이미지'와 '시간 이미지')을 썼을 정도로 영화광이었지. 들뢰즈의 명성에 버금가는 슬라보예 지젝도 특유의 영화 분석으로 지금의 유명세를 얻었다고 봐야 해. 요즘 철학자들이 전통적인 문학이나 미술 작품 대신 영화 분석을 즐기는 이유는 영화에는 그림과 이야기라는 두 요소가 결합되어 있기 때문이야. 영화의 형식적인 면은 그림의 확장(이미지)이라고 할 수 있고, 내용적인 면은 문학의 확장(내러티브)이라고 할 수 있지. 따라서 영화보기는 좌뇌(내러티브 해석을 통한 논리력 개발)와 우뇌(이미지 해석을 통한 상상력 개발)를 동시에 사용하는 통합적인 학습 효과가 있는 거야.

서론이 길었는데 너희들도 영화 보고 생각하기를 반복하면 철학자들처럼 똑똑해질 수 있다는 뜻에서 철학자 이야기를 꺼낸 거란다. 이번에는 철학자들이 가장 좋아하는 영화 '매트릭스'로 논술을 해볼까 해. 매트릭스는 논술 시험에서 출제되기도 했단다. 인간과 기계의 공존을 다룬 2006년 한양대 정시 논술 고사 제시문으로 쓰이기도 했지. 매트릭스 시리즈는 모두 3편이 나왔지만 "형 만한 아우 없다"고 1편의 완성도가 가장 높아. 그래서 쌤은 시리즈 중 1편을 갖고 논술을 해볼 생각이야. 이 영화는 다양한 생각거리들을 제공하고 있지만 쟁점을 '진실과 거짓'으로 잡고 너희들이 소화할 수 있는 눈높이에서 3가지로 압축했어. 그러면 단계별로 하나하나 살펴볼까?

쟁점 1 : '사이퍼'의 배신에 관한 진실은 무엇인가?

키아누 리브스가 맡았던 영화의 주인공은 네오지. 그는 평상시에는 토마스 앤더슨이란 이름의 평범한 회사원이지만 밤에는 네오란 이름으로 사이버 공간을 누비는 해커로 활약을 하지. 그러다 모피어스(지하 저항군 리더)를 만나 인류를 구원하는 진정한 구세주가 된다는 게 영화의 줄거리야. 1편에서 쌤이 가장 매력을 느낀 캐릭터는 네오가 아니라 사이퍼였어. 사이퍼는 모피어스의 부하로서 매트릭스의 세계에서 살다가 모피어스의 설득으로 지하 세계(시온)로 내려온 사람이야. 9년 동안 모피어스와 함께 승산 없는 저항을 계속하다 지쳐서 결국 모피어스와 동료들을 배신하는 인물로 그려지지. 사이퍼가 고급 레스토랑에서 스테이크를 썰며 스미스 요원과 비열한 거래를 하는 장면에서 한 대사가 인상적이야. "내가 지금 먹고 있는 스테이크가 가짜란 것을 안다. 하지만 내가 9년 동안 진실의 세계에서 깨달은 진실은 하나다. 모르는 게 약이란 사실."

　　그는 모피어스를 스미스 요원에게 넘겨주는 대가로 매트릭스의 세계 안에서 유명배우로서 살 수 있는 기회를 얻기로 했어. 물론 지난 9년 동안의 기억은 리셋을 해준다는 조건이지. 왜 그런 선택을 했을까? 고통과 두려움 때문일 수도 있지만 쌤이 보기에는 먹는 즐거움, 쾌락에 대한 기억이 더 크게 작용했던 것 같아. 실제 지하세계의 삶은 먹는 즐거움이 사라진 무미건조한 삶이야. 저항군들은 하루 세 끼 꿀꿀이 죽 비슷한 음식만 먹어. 사이퍼는 미각이 주는 쾌락의 기억과 진실 사이에서 고민을 많이 했을 거야. 고민 끝에 결국 쾌락을 선택했지만 사이퍼의 선택이 진실이 아닌 거짓이라고 말할 수 있을까? 진실은 결국 자신의 마음이 움직이는 쪽에 있는 것이 아닐까? 사이퍼가 감각적 쾌락을 자신의 진실로 선택했다고 해서 그것을 비도덕적이라고 비난할 수는 없어. 물론 사이퍼의 행동은 비난을 받아야 돼. 그것은 진실을 외면하고 거짓을 택했기 때문이 아니라 자신의 쾌락을 위해 자신의 동료들을 죽였고 모피어스를 죽음 직전까지 몰아넣은 것, 타인에게 피해를 주었기 때문이지.

　　그런데 너희들이 비슷한 상황에 처했다면 사이퍼와 다른 선택을 했을까? "인간의 삶의 쾌락이 아니라 삶의 의미가 중요하다. 따라서 매트릭스의 삶이 거짓이라는 사실을 안 이상 인간은 진실을 택할 의무가 있다"고 말할 수 있겠지. 하지만 말이 쉽지 행동도 쉬울까? 사이퍼의 가치관에 대해서 삶의 의미를 근거로 비판할 수 있지만 사이퍼는 당연히 "삶의 의미는 저마다 다를 수 있다"는 말로 반론을 펼 거야. 그때는 다음과 같이 설득하는 게 어떨까? "사이퍼, 매트릭스의 세계 안에 있건 밖에 있건 중요한 건 너의 마음일 뿐이야. 여기서도 얼마든지 만족하면서 살 수 있어. 인간이란 진짜 음식을 먹는 게 아니라 그냥 음식을 먹었다는 상상만 해도 만족을 할 수 있는 존재 아닐까?"

어때? 더 설득력 있는 반론을 제시하려면 영화 속의 매트릭스에 대해서 정밀한 분석을 해야 할 것 같아.

쟁점 2 : '빨간 약'과 '파란 약'의 진실은 무엇인가?

매트릭스란 영화 속에 등장하는 인공지능 시스템을 뜻해. 원래 라틴어로 자궁을 의미하면서 수학에서는 행렬을 뜻해. 이 영화에서 모든 인간들은 매트릭스 시스템 안에서 사육되면서 가상현실을 진짜인 것처럼 받아들이고 평생 에너지를 기계에 제공하다 죽어. 쉽게 말하면 매트릭스란 컴퓨터가 창조한 꿈의 나라고 그 속에 살고 있는 인간은 기계를 움직이는 건전지일 뿐이지. 감독은 매트릭스란 단어에 다음과 같은 어감을 의도적으로 담았을 거야. '갇혀 있다', '벗어날 수 없다', '견고하다', '그럼에도 불구하고 탈출해야 한다.'

삶의 진실을 알았다면 그것이 고통스럽더라도 그것을 받아들이고 그에 맞춰 행동해야 한다는 것이 영화가 주는 메시지야. 영화는 모피어스가 네오에게 빨간 약과 파란 약을 주면서 둘 중에 하나를 선택하라는 장면에서 그것을 말하고 있어. 빨간 약은 잠에서 깨어나 매트릭스로부터 나오는 것이고 파란 약은 계속 꿈을 꾸면서 매트릭스 안에 잠들어 있는 선택을 의미해. 빨간 약은 사물의 진정한 본질을 은유하고 파란 약은 눈에 보이는 세계, 우리들의 지각된 세계를 뜻해. 플라톤이 '국가' 에서 비유했던 동굴의 그림자를 차용한 셈이지. 그림자가 아니라 실제 세계를 보고 온 죄수는 다른 사람들에게 알리지만 결국 미친 사람 취급을 받았어. 플라톤은 여기서 스승인 소크라테스를 바깥세상을 보고 온 죄수로 비유한 거 다 알지? 네오는 소크라테스와 비슷한 상황에서 소크라테스처럼 행동했어. 지금까지 삶이 가짜란 사실을 안 네오는 주저 없이 빨간 약을 선택해. 그리고 사람들을 구하기 위해서 지하저항군의 메시아 역할을 자청하지. 철학적으로 보면 네오는 실존적인 선택, 즉 본래성을 회복한 거야. 본래성이란 개인이 인간 조건의 참된 본질을 알고 있는 상태를 뜻해. 실존주의철학자들이 말하는 참된 본질은 바로 자유야. 그런 의미에서 이 영화의 철학적 기반은 실존주의로 보여. 네오가 저항을 선택했다는 사실에서 감독은 현실에서 자유를 억압하는 존재가 있다면 저항하라고 말해 주는 듯해. 반대로 진실을 외면한 사이퍼가 결국 매트릭스로 돌아가지 못하고 죽는 장면에서 감독은 비본래적인 삶을 선택하지 말라고 훈계한 셈이지.

감독의 말이 맞을 거야. 진실을 알았다면 당연히 빨간 약을 선택해야겠지. 그런데 영화에서라면 모를까, 현실에서는 그게 쉬울까? 그리고 현실에서는 진실과 거짓을 어떻게 구분할까? 일단 매트릭스처럼 모든 것이 거짓인 상황은 존재할 수 없어. 데카르트도 모든 것을 의심해도 회의하고 있는 나는 의심할 수 없다고 했잖아? 부분을 의심할 수는 있으나 전체를 의심할 수는 없다는 것은 누구나 인정할 수밖에 없는 공리야. 그리고 현실에서는 무엇이 진실이고 무엇이 거짓인지 극명하게 갈리지 않아. 시대에 따라서 장소에 따라서 진실과 거짓은 상대적일 수밖에 없지. 진실과 거짓이 명확하게 구분되는 것이 아니라 서로 섞여 있어서 하나의 사건이나 사물에도 진실과 거짓이 모두 포함될 수 있다고 보는 게 오히려 세상의 진실이 아닐까? 빨간 약은 진실 전체를 받아들이고 거짓 전체를 외면하라는 요구인 점에서 분명 논리적으로 허점이 있어. 그럼에도 불구하고 빨간 약을 선택해야만 하는 필연적인 이유가 있을까? 있어. 그것을 쟁점 3에서 알아보자.

쟁점 3 : '네오'의 운명에 얽힌 진실은 무엇인가?

네오는 자신이 선택된 존재인지 아닌지 그것을 증명하기 위해 오라클이라는 예언자를 찾아가. 매트릭스 2부를 보면 오라클도 사실은 매트릭스의 프로그램일 뿐이야. 2편에서 보면 매트릭스가 매트릭스 바깥의 세계, 지하저항군이 있는 실제 세계인 시온도 프로그래밍했다고 나오는데 너무 영화를 복잡하게 꼰 것이 아닌가 싶어. 1편에서 네오가 '그'인지 묻자 오라클은 "아니다"라고 대답해. 오라클은 대신 "트리니티(여자주인공 전사)가 사랑에 빠질 것"이라고 예언했지. 그런데 결국 마지막 장면에서 네오가 죽음에서 부활해 '그'인 것이 증명이 되잖아? 오라클은 틀린 예언을 한 건가? 그렇지 않아. 오라클은 트리니티에게 예언 하나를 추가했어. 그녀가 사랑에 빠지는 사람이 바로 '그'라고 했지.

    네오가 오라클을 찾았을 때 네오는 아직 '그'가 되지 못했어. 물론 네오에게는 메시아가 될 소질과 자격은 충분했지만 그것이 겉으로 드러난 상황, 즉 아리스토텔레스의 말을 빌면 잠재태에 머물고 현실태는 아니었기 때문에 아직 '그'가 아니라고 했던 거야. 네오가 그인지 아닌지 그 자신도 확신하지 못한 상태에서 네오는 모피어스를 구하려다 스미스 요원의 총에 맞아 죽어. 그러다 트리니티가 네오의 죽은 육체에 다가가 키스를 하면서 "사랑한다"고 말하자 네오는 부활해 슈퍼맨처럼 스미스 요원을 박살내고 모피어스를 구하지.

    감독은 오라클의 예언이 아니라 오라클을 만나러 가는 과정에서 대기실에 있던 동자승이 네오에게 한 말에서 네오의 진실을 표현했다고 봐야 해. "숟가락을 구부리려고 하지 마세요, 그것은 불가능해요. 대신 진실을 깨달으려고 노력하세요. 숟가락은 없어요. 구부러지는 것은 숟가락이 아니라 나 자신이라는 것을 알게 될 거예요." 네오의 진실은 네오에게 주어지는 게 아니라 네오가 만들어가는 것이란 소리야. '인생은 결정되어 있는가, 결정하는 것인가'의 문제에서 감독은 인생을 결정하는 주체로서 운명보다 자유의지의 손을 들어준 셈이지. 자유의지를 완성하기 위해서는 자신의 노력도 필요하지만 다른 사람의 도움, 특히 사랑이 필요하다고 결론을 내린 거야. 사랑이란 주제가 진부하기는 하지만 결정론을 피하기 위해서는 피치 못할 결론이었던 셈이지.

    여기서 쟁점 2의 마지막 문장의 질문에 대한 답이 나와. 현실이 가짜로 가득 찬 풍요의 세계고, 진실의 세계는 고통스럽고 암울한 곳이었음을 알았다고 쳐. 내게도 사이퍼처럼 거짓된 풍요가 고통스런 진실보다 더 매력적일 거야. 하지만 내 아내와 내 딸이 거기(진실의 세계)에 있다면 나는 파란 약 대신 주저 없이 빨간 약을 선택할 거야. 바로 사랑 때문이야. 너희들도 마찬가지 아닐까?

이 영화를 보고 이 책을 읽자

국내에서는 매트릭스에 관한 철학 서적이 여러 권 나와 있어. 그중에서 동유럽을 대표하고 있는 철학자 슬라보예 지젝과 다양한 분야의 학자들이 함께 쓴 《매트릭스로 철학하기》(한문화 펴냄)와 이정우 철학아카데미 대표를 비롯한 국내 소장 철학자들이 쓴 《철학으로 매트릭스 읽기》(이룸 펴냄)를 추천해 줄게. 두 권의 책 모두 너희들에게는 어려울 수 있지만 매트릭스 영화를 이해하면서 본 학생이라면 대강의 요지를 파악하면서 읽는 데는 큰 어려움은 없을 듯해. 어렵다면 재미있는 장만 골라 읽으면 될 거야. 앞의 책은 노골적으로 빨간 약을 선택하라고 강요하고 있는 점이 거슬리지만 철학 외에 심리학, 종교, 과학 등 전 방위로 생각의 가지를 치고 있어서 배경지식을 늘리고 사고력을 키우는 데 도움이 될 거야. 한 편의 영화를 분석하기 위해 칸트, 불교, 플라톤, 도스토예프스키, 사르트르, 마르크스, 장 보드리야르 등 동서양의 사상이 총동원되고 있어. 뒤의 책은 분석의 포인트를 철학으로 잡았어. 영화 매트릭스의 긍정적인 면과 부정적인 면을 같이 다루고 있어서 균형된 시각을 얻을 수 있다는 점이 장점이란다.

17 '바이센테니얼 맨'과 로봇

"죽음을 선택한 로봇은 인간이 될 수 있을까?"

바이센테니얼 맨(1999) | 장르: SF | 드라마 | 감독: 크리스 콜럼버스

오늘은 수수께끼로 시작해 볼게. "아침에는 네 발, 오후에는 두 발, 저녁에는 세 발로 걷는 동물은 무엇일까?"

정답은 '인간'이야. 쉽지? 수수께끼를 낸 괴물이 스핑크스라는 걸 모르는 사람은 없을 거야. 그런데 이 수수께끼를 푼 사람이 누군지 기억나니? 바로 오이디푸스였어. 자기 아버지를 죽이고 자기 어머니와 결혼했던 인물, 프로이트가 말한 '오이디푸스 콤플렉스'의 그 오이디푸스였단다. 이집트의 테베 지역에서 스핑크스는 지나가는 사람들에게 이 질문을 해서 풀지 못하면 그 자리에서 잡아먹었다고 해. 그전까지 아무도 문제를 못 맞혔는데 오이디푸스가 이 문제를 처음 풀고 스핑크스를 그 자리에서 죽였어. 이 수수께끼는 인간의 운명을 빗댄 것이라고 하지. 인간은 태어나서 성장을 하고 노화를 거쳐 죽음에 이르는 존재라는 거야. 인간의 유한성을 운명으로 받아들이라는 교훈을 주고 있지. 그런데 아침부터 저녁까지 두 발로 걸을 수 있고 저녁은 무한대로 연장될 수 있는 존재가 있다면 그 존재는 무얼까? 신(God)? 신이 두 발로 걸을지, 아니 신이 있는지 어떻게 증명할 수 있을까? 쌤이 만든 수수께끼의 답은 로봇이야.

신이 인간을 만들었는지는 불확실하지만 로봇은 인간이 만들었다는 건 확실해. 인간이 편하라고 만든 거지만 실은 유한성을 극복하고 싶은 인간의 욕망이 반영된 결과라고 볼 수 있어. 유한한 인간들은 무한한 존재를 부러워할 수밖에 없을 거야. 그래서 신이라는 관념을 창조했지. 물리적인 현실 세계에서는 인간의 능력을 업그레이드시켜주는 기계를 만들었어. 그 기계는 인간의 욕망을 실현시켜주는 도구로 출발해 인간이 꿈에도 그리던 무한의 존재로 진화할 수 있도록 돕고 있어. 그 존재가 바로 오늘의 주제인 로봇이야. 오늘 소개하는 '바이센테니얼 맨'은 쌤이 본 로봇을 소재로 한 영화 중에서 가장 서정적이고 감동적인 작품이었어. 원작은 SF 문학의 셰익스피어로 부를 수 있는 아이작 아시모프의 동명의 소설이야. 쌤은 원작 소설도 읽었는데 원작보다 영화가 더 좋았어. 원작에는 작은 아씨 손녀와의 사랑은 나오지 않아. 대신 영화에선 악역으로 그려진 조지(작은 아씨의 아들)와 주인공 로봇인 앤드류(로빈 윌리암스 분)의 우정이 그려지고 있지. 원작은 플래시 백 기법으로 앤드류가 죽는 장면으로 시작되지만 영화는 앤드류의 탄생부터 죽음까지 시간이 일직선으로 흐르고 있어. 원작이나 영화나 인간과 로봇의 관계를 통해 인간의 정체성에 진지한 물음을 던지는 자세는 변함이 없지.

쟁점 1 : 로봇의 3원칙이 의미하는 것은?

영화의 시대적 배경은 2005년이야. NDR-114라는 제품명의 가사 노동 로봇이 뉴저지의 한 가정에 배달이 돼. 앤드류는 여주인공인 작은 아씨가 "흔해 빠진 앤드로이드(인간은 닮은 로봇이란 뜻, 인조인간으로 번역됨)잖아?"라는 언니의 말을 앤드류로 잘못 알아듣고 그를 앤드류라고 부른 데에서 기인한 이름이야. NDR-114가 아니라 앤드류라는 이름을 갖게 됨에 따라 도구에서 적어도 애완동물 수준까지는 격상된 거지. 앤드류는 영화 초반에 다음과 같은 로봇의 3원칙을 주인과 주인의 가족 앞에서 홀로그램으로 보여 줘. 살펴볼까?

> **제1원칙** : 인간에게 해를 끼쳐서는 안 된다.
>
> **제2원칙** : 1원칙에 위배되지 않는 경우 로봇은 인간의 명령에 반드시 복종해야 한다.
>
> **제3원칙** : 제1원칙과 제2원칙에 위배되지 않는 경우, 로봇은 자기 자신을 보호할 수 있다.

모든 게 인간 중심이지. 인간에겐 권리만 있고 로봇에겐 의무만 있지. 인간에게는 명령만 있고 로봇에게는 복종만 있어. 인간과 로봇의 울타리, 경계를 분명히 하고 있고 로봇은 그 경계 안으로 들어 올 수 없다고 분명히 명토를 박고 있어. 인간이 로봇을 만들었으니까 당연한 거라고 생각할 수 있지. 그런데 그 당연하다는 게 사실 지금 보기에 당연하다는 거지 앞으로도 당연할지는 모르는 거야. 예를 들면 아리스토텔레스나 공자가 살았던 고대에 누군가 인간을 주인으로 바꾸고 로봇을 노예로 바꿔 '노예의 3원칙'이라고 앞의 박스 내용을 표현했다면 누구나 당연하게 생각했을 거야. 그런데 노예제가 사라진 지금은 아무도 그것을 당연하다고 생각하지 않잖아? 그 당시에는 노예는 인간이 아니었을 거야. 그런데 노예의 투쟁 덕분이든지(고대 로마에서 있었던 스파르타쿠스의 난이 대표적이겠지), 아니면 일부 시대를 앞서 간 주인들의 양심 덕분이든지, 여하튼 차츰차츰 주인과 노예의 경계는 흐려져서 어느 순간 노예제는 무너졌어. 주인들이 노예를 인정할 수밖에 없게 된 거지. 그러기 위해서 수많은 노예들이 피를 흘렸을 거야.

인간과 로봇의 관계도 주인과 노예의 관계처럼 동등해질 수 있을까? 그러기 위해서 로봇에게는 스파르타쿠스 같은 존재가 필요할까? 영화 '아이 로봇'이라면 그런 결론을 내렸겠지만 '바이센테니얼 맨'에서는 다른 결론을 내리고 있어. 뭘까?

쟁점 2 : 앤드류는 왜 인간이 되고 싶었을까?

바로 자의식이었어. 자의식이란 내가 다른 존재(앤드류에게는 로봇)와 다르다고 느끼는 것을 말해. 앤드류는 다른 로봇과 어떻게 달랐을까? 왜 다른 로봇에겐 없는 자의식이 생겨난 걸까? 엔지니어가 샌드위치를 먹다가 마요네즈 한 방울을 앤드류의 복잡한 회로 위에 떨어뜨려 그의 신경계에 엄청난 사건이 생겨났다는 식으로 설명이 돼. 원작도 비슷해. 개연성은 좀 떨어지지만 사소한 일이 예측할 수 없을 정도로 엄청난 사건을 일으킬 수 있다는 '나비 효과' 이론을 빌린 셈이지. 쟁점 1에서 인간과 로봇의 경계가 폭력이 아니라 자연스럽게 허물어지려면 앤드류처럼 자의식을 가진 로봇이 마틴 같은 이해심 많은 주인을 만나야 하는데 현실에서는 그게 쉽지 않을 거야.

앤드류에게는 인간만이 갖고 있는 여러 가지 특징들이 있었어. 그 특징은 호기심, 창의력, 그리고 사랑이라는 감정이었어. 이 특징을 발견한 주인 마틴(샘 닐 분)은 그를 로봇이 아니라 가족처럼 대하기 시작했지. 앤드류는 클래식 음악을 감상하고 작은 아씨를 위해 멋진 조각품을 만들기도 했지. 자신에게 유머 감각이 부족하다는 걸 알자 열심히 유머를 배워 주인과 가족들을 웃기기도 했지. 창의성을 활용해 시계를 만들어 큰돈도 벌게 돼. 자의식을 느낀 앤드류는 인간으로부터 인정받고 싶어 했지. 인정 욕구가 발동했던 거야. 인정 욕구는 무엇으로 표현될까? 바로 자유야. 앤드류에게는 부족한 게 없었어. 그럼에도 불구하고 앤드류는 "가진 돈을 다 줄 테니 자유를 달라"고 마틴에게 부탁해. 마틴은 "네가 부족한 게 뭐가 있냐"며 자기와 가족을 떠나겠다는 신호로 받아들이고 불쾌해했지. 하지만 딸의 설득으로 결국 앤드류에게 자유를 줘. 자유란 사실 경제적인 여유가 있어야 찾을 수 있어. 힘들고 배고프면 자유를 찾을 생각을 못 하지. 그런 면에서 이 영화는 인간이란 존재에 대해서 아주 통찰력이 뛰어난 작품이라고 할 수 있어. 자유를 찾은 앤드류는 정체성을 찾는 여행을 떠나. 입양된 고아들이 자신의 핏줄을 찾듯 앤드류도 자신과 같은 로봇을 만나려고 했지. 결국 자신을 만든 로봇의 설계자의 아들을 만나 그로부터 인간의 외모와 비슷해지는 방법을 전수받는

데 성공해.

앤드류가 인간이 되고 싶은 또 한 가지 이유는 바로 욕망 때문이었어. 작은 아씨에 대한 욕망이었지. 원작에서는 앤드류가 작은 아씨의 손녀와의 결혼을 이루지 못하고 대신 죽을 때 작은 아씨의 이름을 부르면서 죽지만 영화에서 앤드류는 욕망을 실현하기 위해서 적극적으로 나선 결과 욕망을 성취하게 돼. 앤드류가 인공 장기와 인공 피부를 통해 인간의 외모를 하나씩 갖추어가는 이유도 작은 아씨의 손녀와의 사랑을 실현하기 위해서라고 봐야겠지.

자유도 얻고 사랑도 얻었지만 앤드류에게 부족한 것은 공식적인 인정이었어. 그는 뇌와 심장을 제외한 모든 장기를 유기체로 바꾸고 정식으로 자신을 인간으로 인정해 달라고 법정에 요구해. 처음에는 법정에서 요구를 기각해. 인간의 정체성을 규정하는 것은 뇌인데 앤드류의 뇌는 전자두뇌라는 거지. 하지만 앤드류의 심장을 인공 심장으로 바꾼 후 두 번째 판결에서는 앤드류를 인간으로 인정해. 영원히 살 권리를 포기하고 죽음을 맞은 그에게는 인간 자격이 있다는 거였지. 결국 이 영화는 인간의 정체성은 유한성, 죽음에 있다고 결론을 내린 셈이야.

쟁점 3 : 인간과 로봇의 정체성은 어떻게 달라질까?

인간의 정체성은 유한성에 있고 로봇의 정체성은 무한성(인간이 제공하는 무한이라는 점에서 근본적인 무한은 아냐)에 있기 때문에 인간과 로봇은 다른 존재라고 할 수 있겠지. 그런데 인간과 로봇이 섞일 수도 있잖아? '바이센 테니얼 맨'에서도 앤드류가 개발한 인공 장기들을 인간들이 착용하고 있는 것으로 드러나잖아? 앤드류는 당신 몸에도 기계가 섞여 있고 내 몸에도 인간적인 요소가 섞여 있는데 어떻게 나를 로봇이라고 하면서 당신들은 인간으로 볼 수 있냐고 재판관에게 따지는 장면이 나와. 재판관은 이에 대해 "앤드류, 당신은 인간과 아무리 비슷해도 인간의 유전자가 없다"고 반박해. 앤드류 신체의 일부가 인간의 것일지라도 그는 기계와 인간의 복합체가 될지언정 인간은 아니라는 설명이지. 인간적인 기계일 뿐이라는 거야.

인간과 기계의 관계는 창조주와 피조물의 관계야. 인간은 망원경을 이용함으로써 독수리의 눈을 얻었고, 증기기관을 발명함으로써 말의 힘을 얻었다고 해. 기계의 창조는 인간 신체의 확장이었던 셈이지. 기계의 힘을 빌려 인간은 자연과 동물을 지배할 수 있었어. 그러다 인간에게 인조 뼈, 인공심장, 인공 눈, 인공 팔, 인공 다리 등이 제공되면서 인간의 몸이 기계로 대체되는 현상이 벌어진 거야. 인간의 육체가 기계로 대체되는 시점에서 앤드류의 말처럼 도대체 어디까지가 인간이고 어디까지가 기계인지, 쉽게 말할 수 없어진 거지. 미국의 문화 비평가 닐 포스트먼도 '테크노폴리'라는 책에서 "인간도 어떤 면에서는 기계를 닮았다"는 명제가 "인간은 기계와 다를 바 없다"는 명제로 바뀌었고, 지금은 "인간은 기계다"라는 명제로 바뀌는 중이라고 해. 그리고 궁극적으로는 "기계가 인간이다"로 변할 것이라고 예언했어. 인간이 기계가 되고 기계가 인간이 되는 삼투 현상이 일어난다는 거지.

앤드류는 심장까지는 인간(정확히는 인공이지)의 것으로 대체해도 뇌만큼은 인간의 뇌로 대체를 하지 못했어. 그것은 불가능해. 기술적으로도 불가능한 데다 뇌가 바뀌면 기억과 성격도 달라지면서 원천적으로 다른 존재가 되기 때문이지. 이 영화가 인간과 로봇의 정체성에 관해서 새로운 해석을 보여주고 있다면 정체성을 총체적으로 보는 것이 아니라 부분적으로 보고 있다는 점이야. 심장을 인간의 것으로 대체하고 심장이 멎어 죽기 직전에 로봇 앤드류는 인간으로 인정을 받잖아? 인간의 정체성은 뇌에 있지만 심장에도 부분적으로는 존재할 수 있다는 거지. 인간과 기계가 섞이는 미래에선 인간과 로봇의 정체성을 무 자르듯 확연하게 구분하지 말고 상황에 따라 유연하게 적용할 필요가 있다는 생각이 들어.

이 영화를 보고 이 책을 읽자

'바이센테니얼 맨'과 정반대의 시각을 보여준 작품은 '블레이드 러너'의 원작자 필립 케이 딕의 《스크리머스(원제:두 번째 변종)》(집사재에서 출간한 《넥스트》에 수록)이라는 중편 소설이야. 영화화되기도 했어. 놀라운 반전과 인간 문명에 대한 날 선 비판 의식은 이 작품에서도 빛을 발하고 있어. 미·소가 냉전을 치르던 시기에 이 작품은 쓰였어. 미·소가 전쟁을 치르고 수세에 몰린 미국은 전세를 반전시킬 무기를 개발하는 데 바로 공격용 로봇이야. 살아 있는 생명체는 무조건 죽이는 로봇이지. 문제는 미군의 의도와 전혀 무관하게 그 로봇이 스스로 진화하고 번식할 수 있게 됐다는 거야. 부모를 잃은 소년으로 변하기도 하고 부상병으로 변하기도 해서 인간의 동정심을 유발한 뒤 방심한 군인들을 몰살시키는 거야. 처음에는 소련군만 죽이다 나중에는 미군, 소련군 가리지 않고 닥치는 대로 죽여. 인류가 사라질 지경에 되자 자기네들끼리 변종을 만들어가며 서로 죽이게 되지.

로봇에 관한 배경지식을 체계적으로 습득하고 싶다면 《나는 멋진 로봇 친구가 좋다》(랜덤하우스 펴냄)를 추천해 줄게. 대중적인 과학서적을 주로 집필한 이인식씨가 로봇의 역사와 쓰임새, 미래의 전망 등에 대해 에세이 형식으로 쓴 책이야. 논술에 특히 도움이 되는 장은 1장과 4장이야. 1장에서는 신화, 전설, 문학, 영화, 만화 속의 로봇들을 소개하고 있고 4장에서는 앞으로 도래할 로봇들에 대해서 다루고 있어. 로봇이 인간의 친구가 될지, 아니면 인간을 파멸시킬지는 예측불가능하다는 결론을 내리고 있어.

18 '가타카'와 생명공학

"인간의 의지가 유전자를 극복할 수 있을까?"

지난 2000년 인간게놈프로젝트의 초본이 완성될 무렵의 일이야. 당시 미국의 클린턴 대통령은 "미국인은 어떠한 경우에도 유전적 배경으로 차별받지 않도록 하겠다"는 법안을 의회에 제출했어. 이때 미국 방송국들은 유전자와 게놈(Genome)에 대한 설명을 하는 대목에서 영화 '가타카'를 인용했다고 해. 영화가 가지고 있는 힘이 바로 이런 거야. 어려운 이론도 영화라는 매체를 통하면 대중들이 쉽게 받아들일 수 있거든. '가타카'는 생명공학의 살아 있는 논술 교과서로 불러도 손색이 없을 정도로 좋은 영화야.

오늘의 키워드가 바로 생명공학인데 생명공학과 논술은 어떻게 연결될까? 대학들은 GMO(유전자변형생물체)와 생명복제를 둘러싼 윤리 문제를 주로 묻고 있지. 이 주제는 그동안 자연계논술이 치러지지 않았기 때문에 구술시험에서 많이 출제됐어. '유전자 변형식품이란 무엇이며 이들 식품이 인체에 미치는 해악에 대해서 설명하시오.' (중앙대, 2005년)나 '복제인간이 불러올 사회적, 윤리적 문제와 과학자의 입장에 대한 의견을 개진하시오.' (성균관대, 2003년) 등이지. 이런 문제들은 자연계 통합 논술 시험 논제로서 출제될 가능성이 높아.

가타카(1997) | 장르: SF | 드라마 | 스릴러 | 감독: 앤드류 니콜

그런 면에서 앤드류 니콜 감독의 '가타카' 는 자연계 통합 논술의 밭이라고 할 수 있어. 생명공학의 핵심인 유전자 문제로부터 출발해서 인간 운명의 결정론과 자유의지론, 생명공학이 가져 올 미래가 유토피아인가 디스토피아인가 등의 쟁점을 다루고 있거든. 하나하나 살펴보도록 하자.

쟁점 1 : 유전자가 모든 걸 말해 주면 도대체 환경은 뭐냐?

영화가 만들어진 97년에는 유전자 조작을 통해 원하는 아이를 낳는다는 것이 SF적인 설정이었겠지만 지금은 착상 전 유전 진단법 덕분에 부분적으로 가능해졌어. 인공 수정한 수정란을 강제로 분할하여 유전자 검사를 한 후 건강한 유전자를 가진 배아만 분리해 자궁에 착상해 아기를 낳도록 하는 방법이야. 영화는 여기서 한참 더 들어갔지. 부모는 아기를 갖기 전에 상담을 받아. 바로 맞춤 아기를 낳기 위한 상담인데 예를 들어 자신에게 근시, 비만, 알코올 중독, 뻐드렁니 등의 유전자가 있다면 이를 제거하고 음악, 미술, 문학, 스포츠 등 분야별로 부모가 아기에게 부여하고 싶은 재능을 선택하는 거야. 이렇게 태어난 아기들은 그 사회의 엘리트가 되고 그 과정을 거치지 않고 정상적으로 부부의 성관계를 통해서 출산한 아기들은 '신의 아이' 가 되어 하층민을 이룬다는 설정이야. 유전자에 의한 양극화의 아이디어는 올더스 헉슬리의 '멋진 신세계' 에서 빌려왔지.

주인공인 빈센트(에단 호크 분)는 '신의 아이'였는데 그에게는 우주 여행사라는 영원히 이룰 수 없는 꿈이 있었지. 왜 영원히 이룰 수 없다는 표현을 썼냐고? 신의 아이들은 유전자에 결함이 있을 확률이 높은 이유로 우주 비행사를 지원할 자격 자체가 박탈되었기 때문이야. 우주 비행사가 되고 싶은 그의 욕망의 실현 한계는 청소부로 일하면서 그들을 바로 옆에서 지켜 볼 수 있는 정도였던 거야. 너무 비참하지 않니?

이쯤 되면 유전자가 모든 걸 결정한다는 명제가 성립할 것 같아. 실제로도 그렇대. 나에게 주어진 유전자 중에서 99.9%는 부모에게서 물려받은 거라고 해. 부모에게 없는 능력이 내게 새로 생기기는 그만큼 어려운 거야. 양극화 때문에 개천에서 용 나기가 어려워지는 게 아니라 개천에서 용 나는 게 원래 어려웠던 건데 그동안 예외가 있었던 거지. 그럼 이런 의문이 들지도 몰라. 환경은 뭐하는 거냐는 질문? 같은 DNA를 갖고 태어난 일란성 쌍둥이들도 환경과 자극이 달라지면 DNA의 기능도 달라진다고 해. 예를 들면 똑같이 간이 약한 DNA를 가지고 있는 사람도 술 마시는 환경에 자주 노출되는 사람과 그렇지 못한 사람 간에 운명의 차이가 발생한다는 거야. 복제인간이라고 하더라도 DNA에 들어 있는 것은 정보만을 공유하는 것이고 그 정보를 어떻게 활용하느냐에 따라 천차만별의 인간이 있을 수 있다는 이야기지. 하지만 유전자에 비해 환경이 인간에게 미치는 영향은 이처럼 종속적이고 부차적이야. 인간이라는 함수에 1차 변수는 유전자이고 2차 변수가 환경인 셈이지. 빈센트는 우주 비행사가 될 만한 체력 조건을 갖추지 못했다는 점에서 유전자에 문제가 있었던 것이 결정적 요인이었고 '신의 아들'에게는 우주 비행사가 될 기회조차 부여하지 않는 사회는 환경적인 요인으로 작용했던 거야. '신의 아이'들은 밑바닥 생활을 살아야 한다는 통념 같은 것도 그에게는 환경의 벽으로 작용했겠지. 하지만 빈센트는 우주 비행사가 될 수 있었어. 어떻게 가능했을까?

쟁점 2 : 자유의지와 꿈, 유전자와 환경 중 어느 게 더 셀까?

정상적인 상황이라면 빈센트가 할 수 있는 것은 포기하는 일밖에 없겠지. 하지만 빈센트는 그러지 않았어. 꿈을 접느니 법을 어겨서라도 꿈을 실현시키겠다는 의지를 실천에 옮겼지. 그는 유전학적으로 열성인자를 가진 사람에게 가짜 증명서를 파는 DNA 중계인을 통해 제롬 머로우(주드 로 분)의 우성인자를 사. 제롬은 전신 마비 사고로 우주 비행사가 될 수는 없지만 좋은 유전자를 갖고 있었지. 빈센트는 그와 유전자를 바꿔치기하고 이름도 제롬으로 바꾸고 그의 행세를 했어. 그와 비슷하게 보이려고 키도 늘리고 체격도 바꾸는 수술을 해. 그리고 피 눈물 나는 노력을 했어. 살인사건에 연루되는 등 우여곡절을 거치지만 결국 그는 최종 테스트에 통과하고 꿈에도 그리던 우주 비행사가 되는 데 성공해. 운명을 정하는 건 자신의 의지라는 것을 보여준 셈이지. 인간은 한계를 넘을 수 있는 존재라는 거야. 유전자, 환경 따위는 모두 의지로 극복할 수 있다는 점에서 감독은 인간의 운명보다 자유의지의 손을 들어준 거나 다름없어. 빈센트는 순수한 자유의지를 발동해 자신을 자신이 설정한 이상에 맞추어 나갔어. 빈센트는 자신의 꿈이 불가능하다는 것을 알고 있고 실제 불가능했는데 포기하지 않고 노력한 결과 불가능을 가능으로 바꾼 거야.

서양 사람들은 '자유'를 정말 좋아해. 의지라고 하면 될 것을 자유라는 말을 꼭 붙이잖아? 우리는 타인이나 공동체를 위해 어느 정도 내 자유를 희생하는 것이 당연하다는 정서를 태어날 때부터 갖고 있는데 비해 서양 사람들은 개인의 자유가 먼저 있고 다른 사람과 사회의 자유가 있다고 생각하는 경향이 있어. 이와 관련해서 미국의 심리학자 리차드 니스벳의 《생각의 지도》(김영사 펴냄)를 보면 서양은 '존재지향적'이고 동양은 '관계지향적'이라는 멋있는 비유를 하고 있지. 자유의지라는 것은 선택의 자유를 뜻할 거야. 내가 선택할 것이 정해져 있다면, 예를 들어 빈센트가 청소부의 삶을 선택해야만 한다면 그에게는 자유가 없다고 할 수 있잖아? 그가 자유의지를 갖고 있다는 사실을 증명하려면 주어진 선택을 거부할 수밖에 없었지.

자유의지의 반대는 결정론이야. 결정론은 그런 선택을 한 것이 내 자유의지라고 생각하는 것은 일종의 착각이고 이미 다 결정되어 있다는 거야. 신의 뜻일 수도 있고 도저히 모르는 어떤 인과 관계일 수도 있겠지. 동양에서 이야기하는 인연이나 주역이 그런 경우일 거야. 인간에게 유전자가 중요하다는 사람이나 환경이 중요하다는 사람이나 신의 가호를 찾는 사람이나 공유하고 있는 기본 정서는 같아. 인간은 무언가에 의해 결정된다는 '결정론'이지. 결정하는 주체가 유전자, 환경, 신으로 나뉠 뿐이야. 유전자와 환경이 인간의 운명을 결정한다고 주장하는 사람들은 인간에게서 자연과 같은 법칙을 찾고자 하는 사람들이야. 생명공학은 그런 의미에서 유전자 법칙이라고 할 수 있어. 그런데 예외 없는 법칙 없다는 말을 빈센트는 직접 증명했어. 그 힘은 어린 시절부터 품어왔던 꿈이었을 거야. 제롬이 빈센트에게 "나는 너에게 몸을 빌려 줬지만 너는 나에게 꿈을 빌려 주었다"고 말하면서 우주선에 몰래 탑승해 죽음을 맞잖아. 이 장면에서 쌤은 감독이 자유의지와 꿈 중에서 꿈을 더 강조하고 있는 사실을 짐작할 수 있었어.

쟁점 3 : 미래는 디스토피아인가, 유토피아인가?

미래를 배경으로 한 영화들에게서 공통적으로 드러나는 게 있어. 전반적으로 사람들의 표정에서 감정을 찾기 힘들어. 감정이 메마른 세상. 영화에서도 동료가 죽어도 아무도 슬퍼하지 않는 모습이 그렇거든. 모든 배우들이 전반적으로 무표정하지. 유전자 검사와 맞춤 아기 탓인지 개성적이고 자유분방한 사람보다는 사회 순응적이고 공동체에 기여하려는 인물들이 전반적으로 훨씬 많아 보여. 이런 사회가 도래한다면 그것은 유토피아에 가까울까, 디스토피아에 가까울까?

일단 '가타카'는 디스토피아에 가깝다고 봐야겠지. 유토피아가 되려면 그 사회엔 평등이나 정의가 차별 같은 것을 대체해야 하는데 영화에선 그렇지 않거든. 사람들을 적격 · 부적격, 우성 · 열성으로 나누는 전형적인 이항대립적 사회거든. 물론 평등한 사회라도 유토피아가 아닌 디스토피아가 될 수도 있어. 예전의 스탈린 체제(그리 평등하지도 않았지만)처럼 창의성이 사라진 꽉 막힌 사회, 숨 막히는 사회가 될 여지가 높거든. 디스토피아를 다룬 SF 영화들이 대부분 통제된 전체주의 국가를 모델로 삼는 이유는 평등이나 사회 정의 등 공동체의 이상 추구가 자유나 개인의 존엄성을 손상시킬 수 있다는 우려 때문일 거야. SF 영화들에 등장한 미래의 우리 사회가 유토피아보다는 디스토피아에 더 가깝게 묘사되는 또 다른 이유는 미래에 대한 불안을 누구나 갖고 있고 영화제작자들은 그런 불안 심리를 자극해 흥미를 끌려고 하기 때문이기도 해.

우리의 미래는 유토피아에 가까울까, 디스토피아에 가까울까? 그것은 인간과 기술의 관계가 앞으로 어떻게 전개되느냐에 따라 결정될 가능성이 높아. 기술은 인간 삶을 개선함으로써 인간을 해방시킬 수도 있고 환경을 파괴하면서 인간을 억압하려고 들 수도 있어. 아마 대부분의 사람들이 후자 의견에 동의하는 것 같아. 미국의 대표적인 컴퓨터 과학자 빌 조이는 "문제는 과연 누가 주인인가 하는 것이다. 우리가 살아남을 것인가, 기술이 살아남을 것인가?"라고 했어. 이런 식의 태도에는 문제가 없을까?

앞서 '가타카'에서 그려진 미래 사회는 전형적인 흑백 논리, 이분법적인 세상이라고 비판을 했는데 문제는 지금 시점의 우리들이 인간과 기술의 관계를 보는 시각에서 해방 아니면 파괴 혹은 주인 아니면 노예라는 식의 이분법적 태도를 갖고 있다는 거야. 이 둘을 그렇게 대립적인 관계로 볼 근거는 없거든. 인간의 미래는 유토피아와 디스토피아라는 양자택일이 아니라 그 사이 어디메에 있다는 게 맞는 말일 거야. 그런 의미에서 유토피아와 디스토피아는 인간에게 오는 게 아니라 인간이 만들어 가는 거라고 할 수 있겠지. 빈센트의 운명 극복기를 통해 감독은 우리에게 이런 메시지를 던져 주고 싶었던 것은 아니었을까?

이 영화를 읽고 이 책을 읽자

오늘은 대립되는 두 시각의 책을 골랐어. 리처드 도킨스의 《이기적 유전자》(을유문화사 펴냄)와 매트 리들리의 《이타적 유전자》(사이언스북스 펴냄)야. 도킨스는 생명 현상을 지배하는 것은 종도 집단도 개체도 아닌 유전자라고 주장해. 유전자가 살아남기 위해 개체, 집단, 종 이런 것들을 이용한다는 거지. 저자는 자연과학자지만 인문학자 못지않게 글을 잘 쓰는 사람이야. 자연과학서라기보다는 소설처럼 술술 넘어가는 편이지. 저자에 따르면 인간을 포함한 모든 생물들은 유전자의 꼭두각시이고 생존 기계들일 뿐이야. 그는 유전자라는 단어보다 복제자라는 단어를 선호하는데 복제자가 바로 세상의 주인이라고 해. 복제자의 특징은 이기적이라는 거야. 동물들의 협동이나 희생처럼 이타적으로 보이는 모습들도 그 상황에서 그렇게 해야 살아남을 수 있다는 점에서 철저하게 이기적이라는 거지. 인간과 동물이 다른 점은 밈이라는 새로운 복제자 때문이라고 해. 밈은 문화적 유전자라고도 하는데 모방을 통해 인간이 세대를 넘어 교육과 문화의 전승이 이루어지는 것을 가리키고 있어.

매트 리들리는 유전자와 환경의 싸움에서 환경의 입장을 조심스럽게 지지하고 있어. 그는 《본성과 양육》이라는 책에서 유전자 결정론과 환경 결정론자의 통합을 시도했는데 인간의 사회성과 교육을 강조하고 있다는 점에서 환경론자에 조금 더 가깝다고 봐야 해. 그는 이렇게 이야기해. "어머니가 자식에게 보여주는 헌신적인 태도가 어머니가 가진 유전자의 이기심 때문이라고 해도 세상의 모든 어머니가 이타적으로 행동한다는 사실 자체가 부정되는 것은 아니라"는 논증이지. 동기가 그렇게 중요할까? 자유의지에 의해서든, 유전자에 의해서든, 환경에 의해서든, 중요한 건 행위 그 자체가 아닐까?

19 '천하장사 마돈나'와 젠더

"내 인생도 동구처럼 뒤집기가 가능할까?"

천하장사 마돈나(2006) | 장르: 코미디 | 드라마 | 감독: 이해영, 이해준

여자와 남자의 생물학적인 차이가 '섹스'라면, 남자와 여자 사이에 사회적으로 형성된 자아를 '젠더'라고 해. 남성(Male), 여성(Female)이 섹스라면 남성다움, 여성다움이 바로 젠더인 거지. 섹스는 자연적인 특징이지만 젠더는 역사적 사회적으로 형성된 것이라고 할 수 있어. "남자가 그런 일로 울어? 여자는 무릇 조신해야지." 등이 그 예지. 이럴 경우 젠더는 성적 편견이라고 할 수 있는데 젠더의 가장 좋은 번역어는 성 역할인 것 같아. '남자 아이는 로봇, 여자 아이는 인형'이라는 식으로 어려서부터 남녀의 차이에 길들여지다가 학교에 들어가서는 '남학생은 수학을 잘 하니 경제학과나 경영학과에 원서를 쓰고 여학생은 영어를 잘 하니 영문학과에 진학해야 한다'는 식의 지도를 당연하게 받아들일 때 그것이 바로 우리 사회의 고정된 성 역할이라고 부를 수 있어. 간호사가 되고 싶은 남자나, 소방관이 되고 싶은 여자를 이상하게 바라보는 시각은 우리 사회의 젠더의 벽이 얼마나 공고한지를 보여주는 사례인 거지.

오늘 소개할 영화는 젠더에 관한 이야기야. 섹스와 젠더가 일치하지 않는 한 소년의 고민을 다루었지. 젠더라는 주제는 성적 소수자나 사

회적 약자의 문제가 되면서 너무 무거워질 소지가 있는데 아주 가볍고 재기발랄하게 풀어 간 영화야. 그러면서도 진지함을 잃지 않으며 철학적인 면에서도 웅숭깊은 영화였지. 이해영·이해준 감독의 '천하장사 마돈나'라는 영환데 쌤이 지난번에 대안 가족을 다루면서 분석한 김태용 감독의 '가족의 탄생'과 함께 이 글을 연속해서 읽으면 논술 시험에서 가부장제라는 한국 사회의 고질병을 비판적으로 검토하라고 할 때 좋은 논거를 많이 댕겨 쓸 수 있을 거야.

쟁점 1 : 동구는 왜 여성이 되고 싶었을까?

영화의 주인공 동구(윤덕환 분)는 중국집 사장 아들인 친구 집에서 치파오(중국 여인이 입는 전통의상)를 빌려 입고 "장만옥 같다"며 자아도취에 빠지기도 하고 마돈나의 '라이크 어 버진'에 맞춰 마돈나 춤을 완벽하게 재현해 내는 섬세하고도 여성적인 고등학교 1학년 남학생이었어. 친구들이 "계집애 같은 새끼"라고 놀려대는 건 당연했겠지.

하지만 동구의 외모는 전혀 여성적이지 않았다는 게 이 영화가 성적 정체성의 혼돈을 다룬 다른 영화와 차별되는 지점이야. 예를 들어 예전에 '나의 장밋빛 인생'이란 프랑스 영화가 그래. 남자로 태어났지만 자신이 여자라고 믿는 한 소년의 이야기였지. 주인공 역시 동구처럼 립스틱 바르고 귀걸이를 차고 드레스를 입고 여자 아이처럼 굴었어. 그 아이는 여자 애 뺨칠 정도로 마르고 예뻤거든. 대개 영화 속에서 여자 같은 남자들은 생긴 것부터 여성적이잖아? 그런데 이 영화는 고정관념을 뒤집는 사회 고발성 영화의 관습을 다시 한 번 뒤집었어. 동구는 몸무게가 80kg가 넘는 덩치였다는 거지. 이름도 게다가 동구잖아? 그리고 동구가 여자가 되기 위해 선택한 길이 씨름 선수였다는 점은 정말 기발한 착상이라고 할 수 있어. 감독으로 나오는 백윤식이 "이만기, 강호동, 오동구…, 넌 이름만으로도 씨름의 소질이 있다"고 한 장면에선 어찌나 웃음이 쏟아져 나오던지.

제목 자체도 쇼킹하잖아? '천하장사 마돈나'는 좌파 신자유주의, 열린 민족주의처럼 역설이고 형용모순 아니니? 마돈나 같은 여자 가수가 되고 싶고 짝사랑하는 남자 일어 선생님에게 프로포즈를 하는 게 꿈인 남자 아이가 여자가 되기 위해 샅바를 멘다는 설정은 정말 참신하다고 생각돼. 그런데 동구는 왜 자신에게 주어진 남성이라는 섹스를 거부하고 여성이라는 젠더를 선택하려고 했을까?

타고난 취향, 즉 선천적인 요인이라고 봐야겠지. 유전자 탓이라고 할 수 있는데 내가 보기에는 환경 탓도 컸어. 영화에서 명시적으로 드러나지는 않지만 아빠에 대한 거부가 동구의 여성화를 부추겼다고 보이거든. 그의 아빠는 전직 권투선수 출신 포크레인 운전사였어. 알코올 중독에다 툭하면 가족들에게 폭력을 휘두르는 망나니 같은 존재였지. 그의 폭력을 견디지 못하고 동구의 어머니는 집을 나간 것으로 설정이 돼. 하지만 쌤은 같은 남자로서 동구 아빠의 심정이 어느 정도 이해됐단다. 동구 아빠는 패배주의에 빠져 있었지만 그렇게 나쁜 사람은 아니었어. 엄마가 집을 나간 후 그가 엄마 역할을 대신 하게 되면서 강도 높은 스트레스를 받아. 아빠에게 스트레스를 받을 때마다 립스틱을 칠하는 모습을 보면 그가 남성성에 대해서 부정적인 시각을 형성하게 해준 결정적인 존재가 아빠라는 점을 짐작할 수 있지. 대신 그는 엄마에게는 딸처럼 구는 다정다감한 아들이었어. 엄마 역시 아들의 성적 정체성이 의심되면서 초기에는 그런 아들을 거부했지만 결국에는 아들을 이해하게 돼.

쟁점 2 : 동구가 씨름에 매료된 까닭은?

동구는 엄마에게 "내가 여자가 되면 못생긴 여자가 되겠지?"라고 묻는 장면이 나와. 못생긴 여자라도 좋다는 거야. 그는 "남 보기에 예뻐 보이고 좋아 보이는 것보다는 내가 하고 싶은 대로 멋있게 사는 게 진짜 인생"이라는 철학을 갖고 있었어. 처음부터 그런 게 아니라 씨름을 하면서 달라진 거지. 그가 전혀 여성적이지 않은 씨름에 매료된 것은 일차적으로는 씨름에서는 뒤집기가 가능하기 때문이었어. 그에게 뒤집기는 남성으로 태어났지만 여성이 될 수 있다는 성정체성의 뒤집기(우승 상금 500만 원을 성전환수술비로 쓸 예정이었음)와 씨름 선수로 성공해 지긋지긋한 아빠로부터 벗어날 수 있다는 경제적 뒤집기의 차원을 동시에 지니고 있었지. 하지만 그는 씨름을 하면 할수록 씨름 자체의 매력에 빠져들게 됐지. 씨름은 상대와의 싸움이 아니라 자신과의 싸움이라는 점, 그래서 기술보다는 균형이 더 중요하다는 사실을 배웠기 때문이야. 그는 씨름으로부터 삶의 철학을 배운 거야.

권투 선수 출신 아버지는 능력도 없으면서 가부장적인 사고방식을 버리지 못했는데 그는 "가드 올리고 상대방에 시선 고정하고"라는 권투의 룰을 삶의 방식으로 채용했어. 아내든 자식이든 회사 사장이든 동료든 누구와도 싸우고 불화하는 존재였어. 그는 자신의 아들에게서 강한 여성성을 발견하고 이를 수치로 생각했지. 그를 미워하면서 '아들에게 저럴 수 있을까'라고 싶을 정도의 심하게 구타를 하기도 해. 맞으면서 동구는 "이게 나예요. 있는 그대로 나를 봐줄 수 없어요?"라고 절규하기도 했지. 상대를 공격하고 나 자신을 방어하는 것이 최선이라는 아빠의 철학에 동구는 자신의 중심을 잃지 않으면서도 상대와 내가 구별되지 않는 씨름의 철학으로 맞설 수 있었던 거야.

영화는 결국 해피엔딩으로 끝나. 동구가 천하장사 마돈나라는 예명의 가수가 되고 그렇게 원하던 뒤집기 기술을 통해 자신의 소원을 성취한 것으로 그려지지. 영화에서 감독은 "섹스와 젠더는 반드시 일치하는 게 아니다. 젠더든 섹스든 개인의 의지로 바꿀 수 있다"는 진보적인 주장을 했고 그 근거를 서양의 페미니즘이 아니라 동양철학에 의존했다는 점에서 정말 대단한 평가를 내리고 싶어.

그런데, 몇 가지 아쉬움도 있어. 실제 동구 같은 아이에게 우리 사회가 그렇게 너그러울 수 있을까? 앞서 예를 든 '나의 장밋빛 인생'에서 주인공은 주어진 정체성이 아니라 원하는 정체성에 맞춰 삶을 영위하려고 했지만 소년과 소년의 부모를 바라보는 공동체의 시선은 따갑기 그지없었어. 가족은 그 시선에 부담을 느껴 이사를 가야만 했거든. 똘레랑스의 나라 프랑스가 이 정도라면 '남녀칠세부동석'의 나라 한국은 어떨까? 성적 정체성이 모호한 아이와 그 가정에게 우리 사회는 어떤 대접을 해줄까? 성 역할이 너무나도 공공연하게 성차별로 이어지는 한국의 현실에 비해 영화의 분위기는 너무 밝았던 게 아닐까 싶어? 감독의 역량을 보건대 강한 사회 고발 메시지까지 기대했는데 너무 쉽게 판타지와 타협했다는 아쉬움이 들어. 여기서 세 번째 쟁점인 한국 사회의 성차별이 나오는 거지.

쟁점 3 : 한국 사회에 여성은 남성 뒤집기에 성공했을까?

학교 성적에서 여학생이 남학생을 압도하고 각종 고시에서 여학생들이 선전한다는 기사는 더 이상 뉴스가 아닐지 몰라. 여학생들이 내신에 불리하다고 여자고등학교에 가지 않으려 한다는 기사 역시 구문이야. 올해 외무고시 합격자 31명 중 21명이 여성이었다고 해. 1993년 한 명이었던 여성 합격자는 2005년 52.6%로 처음 절반을 넘었다가 올해 사상 최고인 67.7%를 기록했다는 거지. 외무고시 외에 사법 행정 지방고시, 7급 공채, 9급 공채의 여성 합격자 수는 매년 가파르게 증가하고 있어. 아직은 50% 미만이지만 50%를 넘기는 것은 시간문제일 거야. 수만 늘어난 게 아니라 질적으로도 남자를 압도하고 있어. 2004년엔 공인회계사 변리사 세무사 감정평가사를 포함한 8개 주요 국가자격시험의 수석이 모조리 여자였다고 해. 기업에서도 남녀차별이 조금씩 줄고 있어. 1996년 50대 그룹 586개 기업 중 과장급 이상 관리자는 0.7%(11만 명 중 729

명)이었는데 지금은 10.2%로 늘어났다고 하거든. 기업에서는 눈앞에 바로 보이지만 닿기는 까마득한 '유리천장'이 아직까지 남아 있는 셈이지. 이제는 국가고시 남성할당제를 만들어야 하는 게 아니냐는 소리도 들려. 남녀 성비가 심하게 불균형한 초등학교 교사의 경우, 남성할당제를 도입할 가능성이 높아. 이만하면 한국 사회에서 여성들은 남성 뒤집기에 성공했다고 볼 수 있을까?

이 쟁점에 대해서는 그동안 남자들이 독점하던 사회적 지위를 여성들도 향유할 수 있게 됨으로써 성차별이 어느 정도 해소됐다는 시각과 남자들이 이제는 여자들에게 역차별을 호소해야 할 상황이라는 시각이 극명하게 맞서고 있어. 이 쟁점에 관해서 쌤은 남자이면서 딸을 키우는 아빠의 입장이기 때문에 중립적이라고 할 수 있을 거야. 일단 이런 사회적 변화를 남자들도 환영해야 한다고 봐. 남자들은 우월적 지위를 가정과 사회에서 누리는 대신 가장의 책임, 집안의 경제를 끌고 가야 하는 아버지의 의무라는 부담도 컸어. 여자들의 경제활동 기회가 늘어남으로써 남자만이 짊어졌던 가장의 책무 역시 줄어든다는 것을 생각해야 하지 않을까? 그동안 여성들은 경제참여 기회를 박탈당함으로써 남자를 고를 때 경제적 조건만 따지는 경향이 컸거든. 그럴 경우, 경제력이 떨어지는 남성에게는 여자를 만나 결혼할 기회 자체가 없었다고 해도 과언이 아니지. 하지만 여자들도 경제력을 얻으면서 남자를 고를 때 다양한 기준을 적용할 수 있게 됨으로써 남자들이 결혼하기에 그만큼 유리해진 측면도 있을 거야. 남자들이 "내가 남자니까"라는 식의 기득권만 주장하지 않는다면 남녀평등의 세상은 남자들에게 생각보다 불리할 게 없는 거야.

이처럼 사회 경제적으로 젠더에 대한 차별이 사라졌다고 하지만 문화적으로 완전히 사라진 것은 아니야. 지금 우리에게 필요한 것은 거시적인 차원에서 남녀평등이 아니라 일상생활에서 무의식적으로 작용하는 젠더적인 질서를 문제 삼아야 해. 예를 들면 자동차 접촉 사고가 났을 때 상대 운전자가 나이 지긋한 여자라면 "이 아줌마가 집에서 빨래나 할 것이지, 왜 차는 끌고 나와"라고 따지는 태도 말이야. 상대가 변호사, 의사 같은 전문직에 종사하고 있더라도 일단 나이 든 여성은 집에서 애나 보고 빨래나 하는 존재라는 인식을 남성들은 너무 쉽게 드러내거든. 호주제가 무너짐으로써 남녀 간에 법으로 정해진 차별은 거의 사라졌지만 언어나 관습에 묶인 구조화된 차별은 분명 남아 있어.

끝으로 21세기 이후는 남성성의 지배가 아니라 여성성의 공존의 시대라는 주장에 대한 소회를 들려줄게. 근대문명이 미증유의 전쟁과 환경 파괴를 불러 온 것은 맞지만 인류가 아니라 남성들이 저지른 만행이라고 볼 근거는 없어. 평화와 인간과 자연의 공존이라는 가치가 중요한 것은 맞지만 전쟁과 환경파괴는 남성성이고 평화, 인간과 자연의 공존은 여성성이라는 식의 이분법은 지나친 단순화 아닐까? 여성들의 사회 참여가 늘어나면서 인간과 자연, 모두가 편해지는 추세 정도로 해두면 안 되겠니?

이 영화를 보고 이 책을 읽자

베스트셀러 《화성에서 온 남자 금성에서 온 여자》(친구미디어 펴냄)는 남자와 여자가

정말 다르다는 '차이'에 주목한 책이야. 비유적인 표현이지만 원래 여자들은 금성

에서 살았고 남자들은 화성에서 살다가 지구로 왔다는 거지. 얄팍하고 통속적인

측면도 분명 있지만 저자의 주장에 상당 부분 수긍이 가기도 해. 여자들은 목표 지

향적이라기보다 관계 지향적이라고 해. 반면 남자들은 느낌보다는 사실에 관심이

많고 목적을 이루는 능력을 통해 자기 존재를 확인하려는 경향이 있지. 저자는

"여자의 느낌이 언제나 합리적이고 논리적이기를 기대하는 것이 잘못이듯 남자가

항상 사랑하는 감정을 염두에 두고 행동하기를 바라는 것 또한 잘못이다"라고 촌

철살인의 비유를 들려줘. "서로 다를 수밖에 없다는 사실을 인식하지 못한다면 남

자와 여자는 서로 충돌하게 된다"는 게 주장의 핵심이야. "우리가 다른 행성에서

왔다"는 차이를 기억함으로써 잘못을 고치고 보다 생산적으로 서로를 대할 수 있

게 될 것이라는 기대를 표현해.

공지영의 소설 《무소의 뿔처럼 혼자서 가라》(푸른숲 펴냄)도 남녀 학생 모두에게 권

해 주고 싶어. 제목은 외로움 속에서 진정한 삶의 의미를 느끼라는 뜻이야. 여성의

일상을 통해 페미니즘에 눈을 뜨게 만드는 소설이지. 초기의 공지영은 가부장제의

모순을 적나라하게 보여주고 있었어. 아내의 가사 노동에 기생하면서 "너는 왜 그

렇게 사느냐, 네가 봐도 혐오스럽지 않냐"라고 따지는 영화감독 남편의 자세가 그

렇지. 가부장제는 가정에서의 역할이 고정된 롤플레잉 게임이었어. 남편은 나가서

돈 벌어 와야 하고 여자는 집에서 내조를 해야 하고. 오래 하면 지겨운 게임이야.

빨리 끝내는 게 남자 여자 모두를 위해 좋아.

20 '비열한 거리'와 조폭 시스템

"조폭이 사회를 배웠을까, 사회가 조폭에게 배웠을까?"

비열한 거리(2006) | 장르: 범죄 | 액션 | 느와르 | 감독: 유하

　쌤이 마지막으로 소개할 영화는 18세 금 딱지가 붙은 영화야. 고3 이상의 학생들이 볼 수 있는 영화지. 지금까지 쌤은 15세 관람 가 혹은 그 이하 연령대가 볼 수 있는 영화들만 추천했어. 하지만 작품성이 뛰어나고 교육적으로 의미가 있다면 예외는 허용되어야 한다고 생각해. 선정적이거나 폭력적인 장면이 많이 나온다고 해서 청소년들에게 관람을 금하는 것은 군사 독재 정권에서나 가능한 일이라고 봐. 중요한 건 선정과 폭력의 수위가 아니라 선정과 폭력이 관객에게 어떤 감정을 불러 오느냐 아닐까?

　오늘 소개할 영화가 그래. 영화 제목은 유하 감독의 '비열한 거리'야. 내가 보기엔 그의 전작인 '말죽거리 잔혹사'보다 이 영화가 더 폭력적이지는 않거든. 아마 조폭이 나오기 때문에 18세 판정을 받은 것 같아. 조폭을 미화한 영화라면 모를까, 이 영화에서 그려진 조폭들의 폭력은 너무나 비열해서 실제 조폭들도 혐오감을 느낄 것 같다는 생각이 들 정도야. 폭력이 난무하고 조폭이 주인공으로 나오는 영화에서 오히려 비폭력의 가치를 깨달을 수 있는 거지. '화려한 휴가' 역시 군인들이 광주 시민을 잔인하게 죽이는 장면들을 여과 없이 보여주지만 15세가

아니라 12세 관람 가 판정을 받았거든. 폭력의 주체가 국가인 영화는 청소년이 봐도 되고 조폭인 영화는 안 된다는 논리는 너무 정치적인 게 아닐까?

논술 수업 들어가기 전에 유하 감독에 대한 개인적인 소견을 피력할 게. 쌤은 유하 감독의 영화를 볼 때마다 "저 사람과 나는 코드가 정말 맞는다"는 생각이 들어. '말죽거리 잔혹사' 때도 그랬어. 내가 체험한 70년대 말과 80년대 초반 분위기가 그의 영화 속에서 오롯이 드러난다는 것. 내가 다닌 중학교와 고등학교는 정말 영화 속처럼 살벌했어. 그의 영화의 힘은 리얼하다는 거야. 그러면서 남자들의 거친 폭력의 세계와 대비되는 한가인('말죽거리 잔혹사'의 여주인공)과 이보영('비열한 거리'의 여주인공)의 청순미는 관객과 주인공(권상우와 조인성)에게 판타지를 제공하고 있지. 작가 의식도 살펴볼까? 그는 사회 전체를 바라보는 시선에서도 본질을 잘 포착하고 있어. 학교가 그렇게 폭력적이었던 이유는 우리 사회가 하나의 군대였고 학생들은 그것을 따라했을 뿐이라는 거지. 학교를 그렇게 만든 어른들의 세계, 박정희 대통령과 유신 체제를 비판하고 있지만 비판의 화살은 우리 내부에게도 향하고 있어. 우리에게는 독재자의 심성과 근원적인 폭력성이 숨어 있다는 해석을 내리고 있거든. 그런 면에서 유하 감독은 대중독재론을 주장한 한양대 임지현 교수와 생각이 비슷해. 개인적 느낌이지만 유하 감독은 성선설을 절대 믿지 않을 것 같아.

오늘의 주제는 폭력인데 그냥 폭력이 아니야. 바로 조폭 시스템이야. 군대를 다룬 '용서 받지 못한 자'의 한국인 코드를 분석한 '괴물'에 관한 쌤의 글을 함께 읽어 두면 '한국 사회'를 움직이는 조폭 시스템에 대한 통찰이 생길 거야. 쌤은 쟁점 3에서 이를 신랄하게 비판할 작정이야. 그러면 첫 번째 쟁점부터 살펴보자꾸나.

쟁점 1 : 조폭은 뭘 하는 사람을 가리키는가?

조폭은 조직 폭력배의 약자지. 직업적으로 폭력을 휘두르는 사람인데 어떤 조직에 속해 있을 경우, 그를 조폭이라고 하지. 조폭을 상징하는 이미지는 문신일 거야. 주인공 병두(조인성 분) 역시 몸에 엄청난 크기의 용 문신을 새겨 놓았는데 압권은 채무자의 집에서 문신이 드러난 몸을 노출한 채 팬티 바람으로 누워있는 장면이었어. 애들 눈도 있는데 조폭이 집에 들어와서 그렇게 버티면 채무자는 또 다른 사채를 끌어서라도 돈을 갚겠지. 조직을 위해서는 인정사정없고 물 불 가리지 않는 것이 조폭의 논리고 병두는 그 논리에 충실했어.

병두는 로타리 파 넘버 2였어. 그들은 합법적으로는 오락실, 건설업체, 술집, 사채업을 하고 은밀하게 매춘과 마약에 손을 대. 이 영화에서 로타리파는 합법적인 사업만 벌이는 것으로 드러나. 그럼에도 불구하고 이권 다툼을 위해 죽고 죽이고 배신하고 배신당하는 모습을 보면 이들이 비합법적인 사업 영역까지 진출했을 경우, 잔인함의 수준이 어땠을까 라는 궁금증도 생겨.

조직이라는 것은 서열과 상관이 있지. 벤처 기업처럼 수평적인 조직도 있지만 대부분의 조직은 수직적이야. 조폭은 군대와 함께 가장 수직적인 조직이라고 할 수 있지. 명령에 살고 명령에 죽는 게 해병대라고 하는데 조폭 역시 그래. 돈을 받아오라면 받아오고 누군가를 죽이라면 죽이는 게 조직의 생리야. 조직을 배반하거나 조직의 명령을 거부한 조직원에게는 가혹한 보복이 따르기 마련이지.

조폭도 일종의 사업체라고 했잖아? 뭘 먹고 살까? 그들은 철저하게 성과급, 인센티브 베이스로 움직여. 병두에게 따로 월급 같은 것은 없고 사채 빌려 쓰고 갚지 않는 사람에게 무슨 방법을 동원해서라도 돈을 받아 내면 받은 돈에서 일정액의 돈을 커미션으로 챙기지. 개발업자가 땅을 사들일 때 땅을 팔지 않으려는 사람들(그중에는 직업적인 알 박기도 있어)에게 "당신 딸이 ○○고등학교 다니지?"라고 협박하면서 강제로 땅을 팔 게 한 뒤 역시 수수료를 챙겨. 이런 식으로 밑바닥 생활을 거치면 훗날 오락실이나 술집 같은 것을 불하받아 사장이 될 수도 있지. 실제 이 단계까지 올라갈 수 있는 조폭들은 그리 많지 않을 거야. 스폰서를 잡는 사람만이 누릴 수 있는 혜택이기 때문이야. 영화에서 병두의 스폰서는 황 회장(천호진 분)이야. 황 회장은 잘 나가는 건설업자인데 로터리 파를 자신의 친위대나 행동대원으로 활용하고 있어. 자기는 합법적인 사업을 하니까 궂은 일들을 조폭들에게 시키는 거였단다. 로터리 파의 보스는 상철(윤제문 분)이었어.

상철은 그 자리에 오르기까지 황 회장이 시키는 일은 모든지 다했겠지만 황 회장의 숙원, 자신을 괴롭히는 박검사를 해치우는 일은 절대 힘들다고 버텼지. 자기도 그만큼 컸으니까 몸 사리겠다는 거야. 그러자

황회장은 "병두야, 인생에서 성공하려면 딱 두 가지만 알면 돼. 내게 필요한 사람이 누구고 그 사람이 무엇을 원하는지 알면 돼"라는 말로 병두를 유혹해. "네가 나를 이번에 도와 주면 끝까지 같이 간다"고 달콤하게 속삭여. 병두는 결국 박 검사를 처치해서 황 회장의 신임을 얻는 데 성공해. 사족이지만 아프카니스탄도 아니고 대한민국에서 조폭이 검사를 죽인다는 것은 현실성이 전혀 없는 설정이야. 옥에 티라고나 할까?

쟁점 2 : 병두는 왜 조폭이 되었는가?

병두에게는 가난한 가족이 자신의 전부였어. 자기 가족에게 안식처를 마련해 주고 싶어 남의 가족 눈에서 피눈물 나게 했지. 병두는 조직 내에서 위로 올라가고 싶은 욕망을 갖고 있었는데 그러기 위해서는 자기 위에 버티고 있는 상철을 밟고 지나가야 했어. 여기서 밟고 지나간다는 건 조폭들의 은어로 "작업한다"는 말인데 죽인다는 뜻이야. 상철도 황 회장 신임 믿고 슬슬 기어오르는 병두를 작업하려고 했고 병두는 그 낌새를 먼저 알아채고 상철의 여동생 결혼식 날 비정하게 그를 죽여. 자리는 하나고 그 자리에 올라가려면 그 자리에 있는 사람을 죽일 수밖에 없지. 병두가 상철을 배신하고 그를 정리했듯이 그 역시 자신의 오른팔에게 죽임을 당해. 영화가 주는 교훈은 폭력은 폭력을 불러 온다는 것, 칼로 일어선 자는 칼로 망한다는 거지. 심리학자들은 폭력이 시작되면 인간의 뇌에서 이성 영역은 작동하지 않고 감정과 욕구를 작동하는 뇌 회로만 활발하게 작동한다고 해. 폭력과 공격행위가 시작되면 멈추는 것은 갈수록 어려워진다고 했어. 영화 '뮌헨' 처럼 끝없이 이어지는 게 폭력의 본성이란다.

병두가 조폭이 된 것은 가족과 욕망 탓이라고 할 수 있어. 집안이 가난해서 제대로 배우지 못했던 원인도 있겠지. 하지만 가난하다고 다 조폭이 되는 건 아니잖아? 싸움을 잘 한다든지 근성이 있다든지 하는 특기 적성도 필요했을 거야. 병두에게는 둘 다 있었어. 이것만으론 부족해. 조폭이 되기 위해 충분조건은 욕망이야. 내게 기회가 오면 한몫을 챙기겠다는 욕망 말이야. 병두의 욕망은 개인적 야심이 아니라 가족을 먹여살려야 한다는 가족주의의 발로로 봐야겠지. 병두는 가족에 대한 헌신을 조직에 대한 헌신으로 전환시키려고 해. 자기 부하들에게 "식구가 뭐여, 같이 밥 먹는 입구멍이여"라는 걸쭉한 전라도 사투리로 그들을 친동생처럼 챙긴다는 인상을 주려고 노력하지. 가족이라는 이데올로기를 자신뿐 아니라 자신의 조직을 움직이는 조직 원리로 삼은 셈이야. 마지막으로 조폭이 되기 위해서는 도덕에 대한 무감각이 필요해. 성실하게 살기보다는 자신의 이익을 위해서는 탈법적인 일, 남의 눈에 피눈물 나게 하는 일도 마다하지 않겠다는 의지 같은 게 있어야 조폭이 될 수 있는 거야. 너무나 비열하지 않니?

쟁점 3 : 우리 사회 조폭은 조폭뿐일까?

이 영화 제목이 비열한 조폭이나 비열한 병두가 아니라 '비열한 거리'
인 건 왜일까? '말죽거리 잔혹사'의 책임이 학교 짱들에게 있는 게 아니
라 사회에 있듯이 비열한 병두를 만든 책임은 비열한 거리에 있다는 거
야. 거리는 바로 사회를 말하지.

영화에서 비열한 것은 병두와 조폭들만이 아니야. 가장 비열한 존
재는 병두의 초등학교 동창인 영화감독 민호(남궁민 분)인데 그는 조폭 영
화 시나리오를 위해 일부러 병두에게 접근했고 병두가 검사를 죽였다는
비밀을 고백하자 무덤 속까지 비밀을 갖고 가겠다고 하면서도 자기 시
나리오에 써먹지. 친구에 대한 우정은 표면에만 드러날 뿐이고 실제로
는 자신의 이익을 위해 병두를 이용했을 뿐이야. 병두는 그에 비하면 그
에게 우정을 끝까지 느꼈지. 민호를 연기한 남궁민은 평소에는 어리버
리한 표정을 지으면서 "이게 자기에게 이롭다"는 느낌이 들면 희생양을
찾은 연쇄살인마와 같은 섬뜩한 눈빛을 보여주고 있어. 박 검사 역시 조
폭들을 "양아치새끼"라고 욕하면서 그들로부터 룸살롱에서 대접을 받
는 비열함을 보이고 있지. 부하들끼리 서로 견제시킴으로써 자신의 권
력을 유지하는 황 회장 역시 비열한 존재야.

문제는 이게 일부의 이야기가 아니라 우리 사회를 움직이는 조직
논리 역시 비열한 조폭 논리에 가깝다는 거야. 사회가 조폭에게 배웠다
기보다는 조폭들이 사회로부터 배웠다고 하는 게 맞을 거야. 우리 모두
는 병두처럼 자기 가족이나 자기 회사를 위해 기꺼이 남을 희생시킬 수

있는 가족 이기주의의 포로란 점에서 잠재적 조폭들이야. 그리고 묵묵히 일하는 사람보다 병두처럼 윗사람에게 잘 보여 출세하려는 이들이 결국 살아남는다는 점에서 조폭의 생존 방식은 우리 모두에게 유효하다고 할 수 있지. 능력보다는 줄을 잘 잡아야 조직에서 성공할 수 있는 법이니까. 어디든 똑같아. 검찰 조직도 그렇고 '하얀 거탑'을 보면 의사들의 세계 역시 그래. 기자들의 조직 문화 역시 그 울타리를 못 벗어나고 있어. 그러다 보니 공적인 것이 사적인 것에 늘 압도당하는 게 우리 조직 문화 현실이야. 술자리에서 형─동생으로 맺어진 관계는 김 부장─이 대리 관계보다 더 강하다는 거지. 병두와 병두의 부하들이 황 회장 앞에서 술 마실 때 강진의 '땡벌'을 부르면서 노는 풍경은 사실 조폭뿐 아니라 우리나라 대기업, 언론사, 검찰 등 어느 조직에서나 흔하게 볼 수 있는 표준적인 음주문화야. 술 먹을 때는 형─동생 하면서 끝까지 갈 것처럼 이야기를 하지만 이해관계에 따라 그 말은 언제든 뒤집힐 수 있는 거란다. 달면 삼키고 쓰면 뱉는 게 사회에서 맺은 형─동생 관계의 속성이란다. 병두는 '땡벌'을 실감나게 부르면서 나를 끝까지 '케어'해 달라고 황 회장에게 빌었지만 노회한 황 회장은 속으로는 알란 파즌스 프로젝트의 '올드 앤 와이즈'를 불렀던 거야.

아직 경험도 못한 어른들의 세계에 신비감은커녕 환멸감을 갖게 될 것 같아 이만 줄이련다. 대학을 졸업하고 사회생활을 하면 여러분들은 '비열한 거리'의 장면들을 자주 목도하게 될 거야. 내가 '비열한 거리'에서 살아남으려면 병두가 되어야 하는지, 민호가 되어야 하는지에 대한 고민도 동시에 해야 할지 몰라.

이 영화를 보고 이 책을 읽자

폭력에 관한 고전은 전상국의 《우상의 눈물》이지. 악마처럼 친구들에게 폭력을 가하던 주인공 기표가 더 큰 폭력을 만나자 "무섭다, 나는 무서워서 살 수가 없다"고 한 마지막 문장은 누구에게나 강렬한 인상을 남겼을 거야. 기표의 폭력은 철저하게 조폭적인 폭력, 물리적인 폭력이야. 반면 담임선생님과 반장 형우가 기표에게 가한 폭력은 보이지 않는 폭력, 구원이라는 미명하의 세련된 정치적 폭력이지. 영화와 비교하자면 형우와 담임 선생님은 기표를 이용해 먹으려는 비열한 민호에 가깝고 기표는 상철이나 병두처럼 살기 위해 폭력을 휘두른 야수 같은 존재지. 기표는 학교 폭력의 가해자인 동시에 정치적인 폭력의 희생자인 셈이야.

우리 사회 조폭 논리를 신랄하게 비판하는 책으로는 박노자 교수의 《나는 폭력의 세기를 고발한다》(인물과사상사 펴냄)가 있어. 한국이 근대화를 치르는 과정에서 철저하게 '힘의 논리'가 작용했다는 거야. 힘의 논리 추구가 우리 사회에 조폭 논리가 판을 치게 만든 근본적 원인이라고 부를 수 있어. 부국강병, 민족중흥 이런 근대화 논리들을 폭력의 이데올로기로 고발하고 있어. 박 교수는 민주화가 진행되면서 우리 사회 폭력 지수는 어느 정도 낮아졌지만 고대 고구려를 그리워하는 민족주의 정서가 늘어나고 있는 점에서 다시 높아질 가능성이 충분하다고 봐.

3부: 시네마 통합 논술, 이렇게 쓰자!

시네마 통합논술도 논술이고 논술도 일종의 글쓰기인 이상 글 쓰는 공식을 따를 수밖에 없어. 모든 글은 글감을 확보하는 것으로 시작하지. 그런데 누구나 공감하는 사실, 글 쓰기에서 가장 어려운 건 글감을 찾는 일이야. 책을 읽었어야지, 내 머리 속엔 도대체 쓸 게 없다 이런 생각이 들지 몰라. 그런데 걱정하지 말자고. 책은 몰라도 지금까지 본 영화는 많잖아? 논술을 하기는 해야 하는데 지금까지 읽은 책보다 본 영화가 많아 고민인 당신, 시네마 통합논술은 바로 여러분들을 위해 있는 거야. 지금까지 시네마 통합 논술을 읽었다면 이제부터 쌤과 함께 시네마 통합 논술을 써보자고. 3부에 들어가기 전에 쌤에게 약속할 게 있어. 이번 장은 읽기가 아니라 쓰기 파트이기 때문에 여러분들이 펜과 원고지를 들고 직접 써봐야 해. 시네마 통합 논술도 논술인 이상 써본 만큼 공부한 시간으로 내게 남는 법이거든. 이 점을 잊지 말자.

1 단계

얼개를 짜자

　　1단계는 글을 쓰는 게 아니라 글을 쓰기 위해서 필요한 것들을 해보는 거야. 생각을 정리하는 거지. 무작정 글을 쓰라고 하면 누군들 쉽게 쓸 수 있겠니? 타고난 문사가 아니라면 수도꼭지 열면 물 좔좔 나오듯이 글을 쓸 수 있는 사람은 거의 없을 거야. 좋은 글을 쓰기 위해서는 자료 수집을 비롯해 충분히 생각할 수 있는 시간이 있어야 해. 너희가 당장 논술 시험을 치를 고3이 아니라면 1단계의 다섯 가지 독후활동은 반드시 해보고 2단계로 넘어가자. 그럼 하나하나 살펴볼까?

01 브레인스토밍 : 자유연상

영화 '미녀는 괴로워' 를 보고 생각나는 단어 20개 적어 보기

미녀는 괴로워(2006) | 장르 : 코미디 | 멜로 | 애정 | 감독 : 김용화

　　이번 과제는 쉬워. 2부에서 쌤과 함께 본 영화 중에서 가장 쉬운 영화가 '미녀는 괴로워' 였을 거야. 영화가 쉬우면 독후활동도 쉬워야겠지. 그래서 이 영화에 어울리는 독후활동은 모든 글쓰기의 첫 단추인 브레인스토밍으로 잡았어. 브레인스토밍은 '뇌폭풍' 이라고 하는데 키워드를 던져 주면 그에 대해서 생각나는 대로 써보는 거야. 생각나는 대로 적는다고 모든 게 다 허용되는 건 아냐. 일단 시간을 정해 놓고 목표치를 채우려고 노력하는 게 좋아. 그리고 가급적이면 단어들을 떠올리는 게 좋은데 적당한 단어가 떠오르지 않는다면 그림을 그리거나 간단한 설명을 붙인 뒤 나중에 정리하는 것도 한 방법이야. 주제와 무관한 것들은 써놓고 나서 아니다 싶으면 지우도록 해야겠지. 그렇다고 너무 잘 하려고 어깨에 힘 줄 필요는 없어. 브레인스토밍에선 질보다 양이라는 것을 항상 명심할 것. 번뜩이는 아이디어는 때로는 의식보다 무의식의 도움을 받을 경우가 많거든. 이게 글감이 될 수 있을까라는 고민은 나중에 하고 일단 쪽팔림을 무릅 쓰고서라도 써봐. 다음은 실제 고등학교 1학년 여학생이 '미녀는 괴로워' 를 보고 떠올린 브레인스토밍의 결과물이야.

① 차별 ② 외모지상주의 ③ 성형 ④ 거짓 ⑤ 정체성 ⑥ 응큼함 ⑦ 욕구불만

⑧ 우울함 ⑨ 욕심(개인의 욕심과 세상의 욕심) ⑩ 헬스클럽 ⑪ 몸매 ⑫ 얼짱

⑬ 몸짱 ⑭ 가꾸기 ⑮ 유행 ⑯ 자살 ⑰ 짝사랑 ⑱ 자기만족 ⑲ 추함 ⑳ 편견

신쌤의 분석과 조언

: 세정이 생각을 읽을 수 있겠다. 다른 단어들은 다 이해가 되는데 ⑥번에 쓴 응큼함이라는 단어는 '미녀는 괴로워'랑 무슨 상관이 있을까?

: 남자들은 예쁜 여자를 보면 떠올리는 감정이 '응큼함'이잖아요?

: 우울함은 어떻게 연결이 되지?

: 추녀들이 평소에 갖고 있는 감정 아닐까요?

: 그렇게 보면 세정이가 고른 20개의 단어들은 실제 글을 쓸 때 써먹을 수 있을 것 같아. 너는 이 단어들을 갖고 어떤 글을 쓸 수 있을 거라고 생각하니? 하나의 글에 20개의 단어들을 다 활용할 수는 없을 거고.

: 잘 모르겠어요. 쌤이 조언을 해주세요.

: 내가 보기에는 두 가지야. 개인의 입장에서 외모지상주의를 바라보는 것과 사회의 입장에서 외모지상주의의 실태를 고발하는 거지. 둘 다 출발은 ⑨번 욕심에서 시작하는데 개인의 욕심으로 시작한다면

욕구불만─성형─자기만족─거짓─정체성으로 이어지면서 철학적인 글이 나올 수 있을 것 같아. 사회의 욕심에서 출발한다면 추함─차별─편견─응큼함─몸매─가꾸기─유행 등으로 이어지면서 남자들의 미인 선호와 미 관련 산업이 각광받는 사회 현상을 비판적으로 고찰하는 글을 쓸 수 있을 것 같아. 쌤의 조언은 이 정도에서 멈추어야 할 것 같고 세정이에게 남은 게 뭔지 알지?

: 알았어요. 쌤이 방향을 잡아 주면 그 방향에 맞춰 글을 써보라는 거죠? 제가 뭘 해야 할지 머리가 정리되는 느낌이에요. 쌤 고마워요.

02 마인드맵

'스파이더 맨' 3를 보고 선택과 갈등이라는 키워드로 마인드맵을 만들어 보자

스파이더맨 3(2007) | 장르: SF | 액션 | 모험 | 감독: 샘 레이미

학생들은 몰라서 못 쓰는 경우도 있지만 알고 있는 것을 정리하지 못해 좋은 논술문을 쓰지 못하는 경우도 많아. 그때는 '마인드 맵'으로 생각의 그물을 만들어 보는 것이 도움이 돼. 마인드맵을 어떻게 만드냐고? 마인드맵은 일종의 독후활동으로서 내가 읽은 책을 갖고 내용을 정리해 보는 거야. 예를 들어 소설의 경우, 등장인물, 작가, 주제, 형식 등의 대표 키워드를 뽑고 그 키워드에서 계속해서 생각의 가지치기를 해 보는 거지. 발산적 사고의 쾌감을 맛보면서 책 내용도 요약하는 일거양득의 효과가 있단다. 우리가 영화를 갖고 논술도 하는데 시네마 마인드맵은 불가능할 것 같니? 천만의 말씀, 얼마든지 가능해. 백문이 불여일견이라고 쌤이 만든 마인드맵을 구경해 봐. 영화에서 드러난 스파이더맨의 키워드 '갈등'과 '선택'을 갖고 마인드맵을 만들어 본 거야. 마인드맵의 장점은 내용이 한눈에 들어온다는 거야. 여러분도 2부에서 했던 영화를 갖고 실습해 봐.

만든 방법

① 중심 표제어를 눈에 확 띄게 만든다. 스파이더 맨 타이틀에 걸맞게 거미 모양으로 만들었다.

② 영화에서 드러난 피터 파커-메리 제인-뉴 고블린-샌드맨-에디브룩 등 다섯 명의 등장인물로 첫 번째 가지를 친다.

③ 이와 함께 스파이더맨과 가장 유사한 셰익스피어라는 표제어를 만든다. 모두 6개의 가지가 탄생했다.

④ 주인공인 피터 파커의 갈등에서 스파이더맨과 블랙 스파이더맨이라는 가지가 새로 나온다. 둘을 가르는 기준은 영웅의 밝은 면과 어두운 내면이다.

⑤ 영화의 줄거리를 떠올리며 각 등장인물들이 어떤 식으로 갈등을 맞고 갈등에서 어떤 선택을 했는지 가지를 쭉쭉 뻗어본다.

⑥ 셰익스피어에서도 셰익스피어 극 중에서 스파이더맨과 가장 유사한 햄릿과 셰익스피어의 전형적인 갈등 구조가 뻗어 나온다.

⑦ 최종적으로는 각 갈등이 어떤 성격인지 한 마디로 정의해 준다.

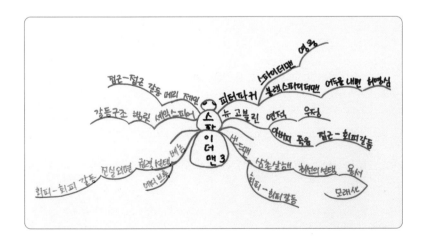

03 항목화

'불편한 진실'을 보고 지구 온난화라는
관점에서 주요 항목을 만들어 분류해 보자.

불편한 진실(2006) | 장르 : 다큐멘터리 | 감독 : 데이비스 구겐하임

브레인스토밍이 자유연상이라면 미리 항목을 정해 놓고 그 항목에 맞는 것들을 떠올려 보는 '항목화'는 프레임 안에서 연상하기라고 할 수 있어. 가장 먼저 할 일은 주제를 뽑는 거야. 그 다음 구체적인 항목들을 적어 놓고 영화를 보고 나서 그 내용을 채워 놓는 거야. '항목화'는 개요 짜기의 전 단계라고 할 수 있어. '항목화'에 익숙해지면 논술문 쓸 때 두 가지 이점이 있어. 가장 큰 장점은 내가 본 영화의 내용을 중요한 것 순으로 정리할 수 있다는 거야. 그 다음 이점은 영화와 관계가 있는 다른 것들을 떠올릴 수 있는 능력, 이른바 '영역전이형 사고'를 키우는 측면도 있지. '항목화'는 극영화보다 다큐멘터리에 더 어울리는 독후활동이야. 쌤이 '불편한 진실'을 갖고 한 샘플을 볼래.

① **주제 정의** : 지구 온난화에 대한 경고

② **주제에 대해 작가가 원인으로 제시하는 것** : 화석 에너지 의존적 산업 구조, 인

　구 증가와 메탄가스 증가, 자연환경 파괴

③ **주제에 대해 작가 혹은 감독이 주장하는 것** : 미래는 우리의 선택에 달려 있다.

　생태계 보존과 환경 보호를 위해 우리가 할 수 있는 최선을 다하자.

④ **주제 관련 이슈** : 리우 협약, 교토 의정서, 헤이그 회의, 기후변화협약

⑤ **주제 관련 시사** : 장마철 게릴라 폭우, 철새가 늘면서 가창오리의 급증, 적조 동해안 확산, 동해안 회귀 어종 출연 잇따라

⑥ **주제 관련 우화** : 우물 속의 꽃/로마 클럽 '성장의 한계' 보고서

"지구에 사는 꽃 중에 그 수가 매일 두 배씩 늘어나는 꽃이 있다고 하자. 한 연못의 반이 꽃으로 가득 차는 데 364일이 걸린다면, 나머지 절반이 꽃으로 가득 차는 데는 단 하루면 된다. 그렇다면 그 다음날 꽃들이 정상적으로 자라기 위해선 원래 크기의 연못이 더 있어야 한다. 현재 지구가 364일째를 맞이한 연못이라면…"

⑦ **주제 관련 서적** :

- 《지구를 살리는 7가지 불가사의한 물건들》(그물코 펴냄)

- 《기후가 미친 걸까?》(민음in 펴냄)

⑧ **주제 관련 문구**

지속 가능한 개발, 경제와 환경은 양립할 수 없다, 무리 모두가 환경 문제의 원인이다, 인간이 발명한 기계는 인간을 만든 지구를 망치고 있다.

⑨ **주제 관련 자료들**

남극 빙하의 천공 샘플, 온실 가스 배출량 증가와 기온 변화 상관표

⑩ **주제에서 연상되는 단어** : 온실 가스, 오존층 파괴, 열대림 훼손

⑪ **관련 영화** : '투모로우', '심슨 가족' (극장판)

⑫ **역사적 사례** : 빙하기, 엘리뇨와 라니냐 현상, 카트리나 등의 태풍

⑬ **관련 인물** : 앨 고어, 지율 스님

⑭ **향후 전망 또는 대안** : 탄소 배출에 대한 과세, 대체 에너지 개발과 상용화

04 육하질문에 답하기

'데자뷰'를 보고 사건의 흐름에 따라 내용을 정리해 보자.

데자뷰(2006) | 장르: 스릴러 | 액션 | 모험 | 감독: 토니 스콧

시간 여행을 다룬 영화들은 일반 영화보다 서사가 복잡한 경우가 많아. 내용 전개상 시간과 공간이 뒤섞이기 때문이지. 시간적 흐름에 따라 사건을 정리할 때 유효한 것은 육하원칙에 입각해서 내용을 정리해 보는 거야. 언제(When), 어디서(Where), 누가(Who), 어떻게(How), 무엇을(What), 왜(Why)가 바로 5W1H, 혹은 육하원칙이지. 영화나 소설의 주요 사건을 육하원칙에 입각해 마인드맵처럼 시각화한 것이 바로 흐름지도야. '언제'는 사건이 발생한 시기이고 '어디서'는 사건이 일어난 장소이고, '누가'와 '어떻게'와 '무엇'은 함께 짝패로 움직이면서 사건의 핵심을 이루지. 이 영화에서는 주인공과 테러리스트가 사건을 일으키는 주체들이기 때문에 두 개의 흐름지도가 나올 수 있어. '왜'는 사건의 원인을 서술하는 거야. 육하원칙은 기사를 쓸 때 기자들이 참조하는 기준이라는 걸 다 알 거야. 흐름지도는 인물지도처럼 사건의 흐름을 원과 화살표 등을 이용해서 시각화하는 거야. 흐름 지도 만드는 게 시간이 많이 걸리는 일이라 어렵다면 육하원칙에 입각해 내용을 정리해 본 뒤 시도해 보는 게 좋아.

① **언제** : 카트리나 대참사를 극복한 이듬해 마디그라 축제일.

② **어디서** : 뉴올리언스의 한 부두에서.

③ **누가** : 전직 군인인 캐롤 오어스타트가, 화기단속국의 더그 칼린 수사관이.

④ **무엇을** : 폭탄 테러를 저질렀다, 폭탄 테러를 막기 위해 시간 여행을 시도했다.

⑤ **어떻게** : 배에 폭탄이 담긴 차를 실었고 선착장에서 배가 출발할 때 폭파시켰다, 백설공주라는 과거 재현 프로그램을 만든 물리학자의 도움으로 사건이 일어나기 전의 시간으로 이동하는 데 성공했다.

⑥ **왜** : 진정한 애국이 무엇인지 희생과 고통의 정신을 무엇인지 많은 사람들에게 알려주겠다는 의도로, 자신 때문에 희생당한 여주인공 클레어 쿠제버에 대한 사랑과 희생자들을 되살리고 싶어서.

05 개요 짜기

'천년학'과 세계화에 관한 신쌤의 글을 읽고 역 개요를 짜보자

천년학(2007) | 장르: 드라마 | 감독: 임권택

이제 개요를 만드는 단계까지 왔네. 지금까지 쌤과 했건 것은 글 쓰기가 아니라 생각의 정리 단계였다면 개요는 글쓰기와 생각 정리의 중간 단계라고 할 수 있어. 통합논술을 완전 정복하고 원고지와 친해지기 위해서 제일 먼저 해야 할 일은 개요 짜기란다. 개요란 말 그대로 글의 대략적인 요지, 글의 설계도를 말하는 거야. 건물에 설계도가 있듯이 논술에는 개요가 있는 기린다. 논리적인 글쟁이들은 절대 생각나는 대로, 붓 가는 대로 글을 쓰지 않아. 글의 뼈대를 미리 세워놓고 차츰차츰 문장과 단락이란 살을 붙여 글을 완성해 나가거든. 글을 쓰는 동안 수시로 개요와 비교해 보면서 원래 계획과 얼마나 비슷하게 글이 진행되고 있는지 체크해. 개요 없이 좋은 글이 나오기란 정말 힘이 들겠지? 전문적인 글쟁이가 아닌 여러분들은 본격적인 글 쓰기에 들어가기 전에 개요 짜기부터 훈련해 보는 게 좋아. 개요 없이 주어진 글의 분량을 채우려다가는 글이 오락가락하는 거야. 제시문을 요약하다가 갑자기 생각난 걸 적고 이리저리 헤매게 되는 거지. 논술 시험에서 가장 위험한 게 논점 일탈이나 논리적 비약인데 그건 게 바로 개요 짜기 없이 바로 글을 쓸 경우 생기는 오류야. 좋은 글은 좋은 개요로부터 나온다는 것 잊지 말자!

개요를 많이 짜고 그 개요를 바탕으로 논술문을 쓰는 게 정석이지만 시간이 없어 그게 힘들 경우, 좋은 글의 논증을 분석하면서 개요를 짜보는 것도 좋아. 이런 게 바로 역 개요라고 해. 역 개요는 글을 읽고 분석하는 능력도 키워주거든. 글쓰기 전에 개요를 짜면 생각이 정리되듯이 요약하기 전에 역 개요를 짜면 글이 훨씬 더 잘 보이는 법이야.

그럼 개요를 만들어보자. 쌤이 시범을 보일게. 쌤이 쓴 글 중에서 가장 논술문에 가까운 글이 '천년학'과 세계화란 글이야. 쌤이 쓴 글이니까 쌤 입장에서는 개요가 되겠고 너희 입장에서는 역 개요가 되겠지. 너희가 쌤의 글을 갖고 역 개요를 짤 때는 단락별로 요지를 풀어가야 해. 이 단락에서 쌤은 무슨 이야기를 하고 있다, 하고 싶은 말은 무엇이고, 그것을 위해 어떤 내용을 근거로서 활용하고 있다고 나름대로 분석해 보는 거야. 물론 생각만으로 그쳐선 안 되고 A4 용지에 메모를 해야겠지. 최종적으로 너희가 만든 역 개요와 내가 만든 개요가 얼마나 비슷한지 비교해 볼래? 참, 빠뜨린 게 있다. 개요를 만드는 법을 알려줘야지. 개요는 두 가지 방법이 있어. 명사구 형태로 간단하게 요지를 쓰는 화제식 개요가 있고 이걸 늘려서 문장으로 만든 문장식 개요란 게 있어. 화제식 개요는 형식적인 것으로 끝나기 쉬워. 글 쓰기에 그렇게 큰 도움이 안 돼. 되도록이면 문장을 써보는 게 실제 글 쓰기에 도움이 되지. 쌤은 개요를 만들 때 이렇게 한단다. 먼저 중심 문장을 만들고 그 중심문장을 뒷받침하기 위해 내가 쓸 수 있는 무기들—사례, 인용, 통계, 경험 등등—을 적는 거야. 너희도 되도록이면 그렇게 해봐.

'천년학' 과 세계화

1단락 : 임권택 감독의 천년학이 흥행에 실패한 이유는 뭘까?

1단락은 서론으로서 임 감독의 근황을 알려주는 신문 기사를 인용할 계획임.

2단락 : 임 감독이 분석하는 '천년학' 의 흥행 실패 이유

서론의 뒷부분으로 내가 이 글에서 주로 다루려는 세계화를 독자들에게 소개시킬
것임.

3단락 : 교과서에서 정의하는 세계화

본론 첫 단락으로서 전체를 교과서 인용으로 대신할 것임. 학생들에게 가장 필요
한 건 교과서에서 세계화를 어떻게 정의하느냐이니까.

4단락 : 세계화가 처음 등장했던 배경

서편제와 천년학을 연결시키려고 서편제가 등장했던 93년도 분위기를 전할 계
획임.

5단락 : 서편제의 100만 명 동원의 의미

서편제에 대해서 요즘 학생들이 잘 모를 테니까 그때 분위기를 좀 더 자세하게 기
술함. 5단락은 4단락의 부연 상술 단락임, 서태지, 신토불이 유행어 등을 사례로
들 것임.

6단락 : 천년학과 서편제를 엮는 키워드는 세계화, 하지만 내용이 달라졌다

전환 단락임. 이제부터 서편제에서 천년학으로 무게 중심이 이동하는 단계임. 본
론 중에서 가장 중요한 단락으로서 전체 글에서 강조하고 싶은 핵심을 이 단락에
서 표현할 것임.

7단락 : 세계적인 것이 한국적인 것으로 인정받은 사례

전체 단락이 사례 단락임. 내 주장을 뒷받침하기 위해 '괴물', '올드 보이', '디워' 등을 예로 들었음. 전부 영화라는 것이 조금 걸리기는 함. 좀 더 설득력을 얻기 위해서 서편제의 경우처럼 다른 분야의 예도 들까, 말까 하다 최종적으로 영화 이야기만 하기로 결정했음.

8단락 : 세계화 시대에 우리는 우리의 과거가 아니라 선진국과 우리의 현재를 비교한다

결론 첫 단락의 역할을 하고 있음. 6단락과 함께 내가 말하고자 하는 핵심을 배치할 것임. 구체적인 사례를 많이 들고 있기 때문에 이 단락에서는 개념화, 일반화하는 시도를 해볼 것임.

9단락 : 천년학이 우리에게 말해 주고 싶었던 것들

결론 마지막 단락으로서 여운을 주고 있음. 세계화의 내용이 바뀌면서 우리가 간과하게 되는 천년학의 가치를 언급할 것임. 지금까지 영화 내용을 거의 언급하지 않았지만 이 단락에서는 구체적으로 언급할 계획임.

2 단 계

쪽글에 도전하자
(200자~400자 내외 짧은 글 쓰기)

논술학원이 욕을 먹는 이유 중에 하나는 판에 박힌 붕어빵 글쓰기를 가르치기 때문이라고 하지. 서론은 어떻게 시작하고 본론은 어떻게 쓰고 결론은 어떻게 내라는 식의 지도법 말이야. 사실 모든 글을 그렇게 써 버릇하면 생각이 그 틀에 고정되기 때문에 어느 수준에서 글이 더 이상 발전을 하지 못해. 통합논술이 기존의 논술 시험과 달리 다양한 형식의 글을 요구하고 있어서 서론—본론—결론이라는 틀 안에서 생각을 전개했다가는 낭패를 보기 쉽지. 하지만 서론—본론—결론이 논술식 글쓰기의 기본기라는 말도 틀린 말은 아냐. 이런 것들을 제대로 할 줄 알아야 다양한 형식을 글을 쓸 수 있거든.

그래서 이번 장은 영화를 활용하면서 논술의 기초인 서론—본론—결론 쓰기도 동시에 정복하려고 해. 여기에 하나 덧붙이는 논술의 기본기가 바로 요약하기야. 요약하기는 별도 문항이 독립되어서 나오는 등 통합논술에서 아주 중요해졌어. 쌤은 서론—본론—결론 쓰기와 요약하기를 논술의 뿌리라고 말하고 싶을 정도야. 이번 장에서 연습할 글들은 200자~400자 정도의 짧은 글이야. 너희들 말로 쪽글이라고 하지. 쪽글이라고 우습게 보지 마. 이런 쪽글을 잘 써야 긴 글도 잘 쓸 수 있는 법이거든. 그럼 쪽글에 도전해 볼까? 아직 본격적인 통합논술은 아니니까 마치 휴대폰 문자 메시지 쓰는 기분으로 편하게 생각하고 임해 봐. 휴대폰 문자 메시지 쓰듯이 통합논술 얼마든지 즐겁게 할 수 있다, 아자아자!

06 요약해 보기

영화 '내 생애 가장 아름다운 일주일' 속에 드러난
6가지의 사랑의 형태를 개념화한 뒤 원고지 200자 내로 요약해 보자.

내 생애 가장 아름다운 일주일(2005) | 장르: 드라마 | 코미디 | 멜로 | 감독: 민규동

논술이 개요 짜기로 시작한다면 통합논술은 요약하기로 시작한다고 해도 과언이 아니야. 그 이유는 학교 측이 논증력 못지않게 독해력도 중시하기 때문이야. 요즘 학생들이 독해력이 약하다는 것을 눈치 챈 학교 측이 요약 능력을 통해 변별력을 확보하려는 전략이 작용하고 있어. 텍스트 제시문 외에도 표 그림 사진 등 다양한 자료를 주고 이들에 대한 해석 능력까지 보고 있거든. 또 한 가지 장점은 요약은 정답이 어느 정도 있기 때문에 채점이 무지 편하다는 거야. 논술 시험에서는 단계별 채점을 해. 그 이유는 채점 기간은 짧고 그만큼 채점해야 할 분량은 많기 때문이지. 그 채점은 잘 쓴 글을 고르기 방식이 아니라 못쓴 글을 버리기 방식이야. 1차적으로 걸러지는 대상은 분량이야. 몰라도 백지를 내는 것보다 아는 것처럼 많이 쓰는 것이 유리한 거지. 그 다음에 걸러내는 기준이 바로 정답이 있는 요약 시험이야. 이 두 가지만 채워도 합격의 가능성을 최소한 4배 이상으로 높일 수 있다고 해.

요약하기를 잘 하려면 평소 다양한 분야의 글을 읽고 중심 문장을 찾아내며 요약해 보는 습관을 기르는 것이 중요하단다. 요약하기에 가장 좋은 소재는 신문의 칼럼이나 교과서에 실린 비문학 장르의 작품들이야. 몇 가지 원칙들이 있어. 단락별로 글을 보는 습관을 들이고 각 단락에서 중심 문장과 보조 문장을 구분할 줄 아는 눈을 키워 읽으면서 중심 문장에 밑줄을 그을 것. 그리고 키워드에는 동그라미 표시를 할 것. 원고지에 옮길 때에는 보조 문장에 집착하지 말고 곁가지는 과감하게 생략한 뒤 키워드와 중심 문장만을 쓰면 돼. 자수가 모자라면 그때는 보조 문장 중에서 중요하다고 생각하는 것들을 순서대로 채워 넣을 것. 단어의 치환도 중요한데 그 이유는 어느 학교나 제시문의 문장을 그대로 옮기는 것은 감점 처리를 하고 있기 때문이야. 제시문의 문장을 자신의 문장으로 바꾸는 연습을 해야겠지. 이는 같은 뜻을 지닌 다른 말로 바꾸는 훈련이 되는데 요약 훈련을 하면 독해력은 물론이고, 어휘력도 자동으로 늘어난단다.

테스트 외에 다양한 이미지들이 논술 제시문으로 나온다고 했잖아? 독해 능력을 '업그레이드' 하기 위해서 영화를 요약해 보는 건 어떨까? 원전 텍스트 없는 영화 줄거리를 요약해 보기가 쉬운 일은 아닐 거야. 내용을 떠올리면서 기억에 의존해야 하기 때문에 제시문을 수시로 보면서 요약하기보다 더 어렵겠지. 따라서 컴퓨터로 영화를 보면서 대사를 적어야 할 필요도 생길 거야. 경우에 따라서는 인터넷에서 대사집이나 시나리오를 다운로드해 보면서 대조하는 것도 필요할지 모르고. 이 경우 요약하기는 4번의 육하원칙에 답하기와 비슷해져. 요약에 선행되어야 할 것은 장면 분석 능력을 키우는 거야. 우선 등장인물을 축으로 그가 등장하는 주요 장면들을 떠올리는 거야. 대개 갈등이 드러나는 장면이겠지. 그 장면에서 드러나는 문제는 무엇이고 키워드는 무엇인지 파

악해 봐. 그 다음에는 키워드가 어떻게 전개되는지 살펴 봐. 이때 등장
인물은 무슨 주장을 하고 있고 그 주장을 뒷받침하기 위해 제시하고 있
는 근거는 무엇인지 따져보는 게 필요해. 아울러 등장인물이 어떤 관점
에 서 있는지, 등장인물을 통해 감독은 무엇을 말하고자 하는 건지, 등
장인물의 대화의 밑바탕에 깔려 있는 가정은 무엇인지 등을 생각해 보
는 거야. 주요 장면을 이런 식으로 분석하고 제시문 요약할 때 키워드와
중심 문장만 갖고 하듯이 영화 역시 키워드와 중심 문장(주요 등장인물을 통
해 감독이 하고자 하는 말)을 연결하면 요약이 되겠지. 제시문 요약하기보다
당연히 어려울 수밖에 없지. 처음에는 어렵지만 하면 할수록 독해력이
늘어난다는 느낌을 받을 수 있을 거야.

쌤이 시범을 보일 게. 모두 6개의 에피소드 중에서 쌤은 사랑의 본
질이 희생이라는 점을 가장 잘 드러내는 에피소드로 임수경(윤진서 분)과
유정훈(정경호 분) 커플의 사랑을 고른 바 있어. 먼저 갈등이 드러나는 장
면들을 떠올려 봐. 두 커플은 다른 커플에 비해 많은 대화를 나누지는
않아. 감독은 영상으로 처리하고 있거든. 그럴 때에는 대사가 아니라 등
장인물들의 표정을 떠올리려고 해 봐. 자살을 시도한 후 정신 병원에 입
원한 정훈에게 수경이 다가서고 이를 정훈은 거부하는 장면이 떠오를
거야. 수경의 안쓰러운 표정, 연민으로 가득한 표정과 정훈의 냉소적이
면서도 싸늘한 표정을 대비해 봐. 계속해서 거부하다 어느 순간 정훈은
수경에게 마음을 열게 되고 수경은 신과의 약속, 저 사람이 다시 살아나
면 자신은 신에게 귀의하겠다는 말을 지키기 위해 수녀원으로 달려가
지. 수경의 안쓰러운 표정은 안도감으로 바뀌고 정훈의 냉소적인 얼굴

은 열정적이면서도 안타까운 모습으로 바뀌어가지. 다음은 쌤이 200자 내외로 요약해 본 거야.

> 수경의 사랑은 전형적인 자기희생적 사랑이다. 수경은 스타의 자리에서 밀려난 정훈의 마음의 병을 치유하기 위해 헌신적으로 간호한다. 정훈은 처음에는 수경의 사랑을 거부했지만 수경의 기도와 수경의 자기 고백을 통해 마음의 문을 열게 된다. 정훈이 생의 의지를 되찾자 수경은 신과의 약속을 지키기 위해 수녀가 되기로 결심한다. 감독은 수경이의 기도를 통해 사랑에는 이타적인 본성, 희생정신이 있다는 것을 강조하고 있다.

이런 식으로 나머지 에피소드들도 대사와 장면들을 연결하면서 기억을 떠올려 봐. 먼저 키워드를 만들고 그 키워드가 영화에서 어떻게 전개되는지 설명하고 감독이 키워드를 통해 무엇을 말하고 있는지 의견을 쓰면 영화 요약하기는 끝이야.

07 서론 써보기

'가부장제의 문제점' 이란 주제로 논술문을 쓸 때
영화 '가족의 탄생' 을 인용하면서 서론 써보기(200자)

글의 도입부인 서론에 대해서 알아볼까? 너희들이 가장 어려워하는 것이 서론이야. 글을 어떻게 시작해야 할지 모르겠다는 거지. 첫 문장을 시작하기 위해 원고지 수백 장을 구겨버리는 소설가들도 숱하다고 해. 사람에게도 첫 인상이 중요하듯이 서론은 글 전체의 인상을 좌우하기 때문에 그만큼 신경이 쓰이는 법이지. 초보자들은 결론을 미리 생각하고 서론을 나중에 쓰는 방법도 추천하고 싶어. 방향을 잡아 놓으면 그만큼 글을 쓰기가 편해지지 않겠니? 결론에서 전망이나 해결책 대안 등을 정해 놓고 본론과 서론 역순으로 글을 쓰다보면 서론에서 쓸 거리들이 생각나기도 하지.

대개 서론을 인상적으로 쓰기 위해서 논술 학원들은 시사 이슈를 인용하거나 책이나 영화 등 주제와 관련된 내용을 언급하라고 하지. 실제 학생들도 많이들 그렇게 해. 문제는 사례가 논제와 적합한가, 아닌가의 여부야. 읽는 사람이 공감할 수 있어야 이런 방식의 서론 쓰기가 효과적인 거지. 아니면 호기심을 불러일으키는 전략도 좋아. "도대체 이게 무슨 관계가 있을까?"라는 궁금증을 유발하면 읽는 사람은 본론과 결론에서 좀 더 집중할 수 있겠지. 그만큼 인상적인 서론 쓰기가 어려운 법이야. 또 한 가지 문제는 너무 흔한 사례로 서론을 쓰거나 교수들도 잘 모르는 마니아성 작품들을 인용할 때 발생할 수 있어. 예를 들면, 문명 충돌이란 논제가 나올 때 탈레반 인질 사건은 당연히 누구에게나 떠오를 것이고 한국 사회 갈등이란 주제가 나오면 이랜드 비정규직 문제 정도는 웬만하면 언급할 수 있겠지. 이런 글들이 계속 나올 경우 교수님들은 짜증을 내게 될지도 몰라. 그리고 자기도 모르는 작품들을 서론에서 인용할 경우, 동감 능력이나 글에 대한 관심이나 주목도가 그만큼 떨어지겠지. 서론에서 영화를 인용하려면 둘 사이에서 줄타기를 잘 해야해. 이번 과제는 영화 '가족의 탄생' 을 가부장제의 문제점을 다룬 논제(실제 대학 논술 시험에서 자주 나오고 있단다)에서 어떻게 활용할 수 있는지 실제 학생이 써 본 글을 보여주려고 해.

영화 '가족의 탄생' 에서 등장하는 가족들은 서로 상하관계를 또렷하게 보여주지 않는다. 그들은 핏줄과 결혼이라는 전통적인 방식이 아니라 예상 외의 방식으로 만나 서로 어울려 살다 가족이 된 케이스이다. 그렇기 때문에 그들은 누구 한 사람에게 가족의 생계를 책임지도록 하지 않는다. 가족 구성원 모두가 가정을 책임지기 때문에 오히려 서로의 권리는 존중되고 가족 구성원들의 부담감도 줄게 된다. 과연 전통적인 가장의 역할이 필요한 것일까?

                                                                                      -준수

좋은 서론이야. 준수에게는 '가족의 탄생'이 이 논제와 어떻게 연결이 되는지를 서론에서 증명해야 할 의무가 있겠지. 가부장제의 문제점이라는 논제에서 가장의 책임과 권한 문제는 누구나 공감할 수 있는 거잖아? 그런 면에서 아주 적절했다고 보여. 문제는 교수님 중에서 '가족의 탄생'이란 영화를 본 분들이 그리 많지 않을 거라는 걱정이지. 이럴 때는 그냥 밋밋하게 시작하지 말고 앞에 수식어를 붙여 포장하는 방법이 도움이 될 거야. 예를 들면 "2007년도 대종상 영화제 작품상을 수상한" 정도가 좋겠지. 대종상 작품상 수상작이라는 권위는 내가 보지 않은 영화일지라도 좋은 영화라는 인상을 줄 수 있잖아? 마지막 문장을 의문문으로 하면서 내가 앞으로 이 주제에 대해서 본격적인 논증을 하겠다는 자세를 보인 점이 특히 좋았어.

08 본론 써보기 ① : 원인 규명하기

'가난은 사회 책임인가, 개인 책임인가' 라는 주제로 논술문 쓸 때

영화 '행복을 찾아서' 를 보고 가난의 원인을 규명하는 본론 한 단락 써보기(300자)

본론은 본격적인 논증이 이루어지는 곳이야. 주장과 근거 쌍으로 구성되지. 대개 서론—본론—결론의 구성비는 1대 3대 1이 좋다고 하는데 정해진 원칙은 아냐. 탄력적으로 적용해야 붕어빵이라는 소리를 안 들을 수 있겠지.

본론에서는 일단 제시문에 대한 분석이 필요하지. 제시문에 대한 분석이 끝나면 자신의 주장을 명쾌하게 드러내고 주장에 대한 근거를 제시하면서 예상되는 반론에 적절하게 대응해야 하는데 사실 말이 쉽지 어려울 거야. 더군다나 단락 나누기에 익숙하지 않은 너희들은 어디서 끊고 어디서 글을 시작해야 하는지 난감할 거야. 처음부터 한 편의 완성된 본론을 쓰려고 하지 마. 단계별로 끊어서 써보는 게 좋아. 예를 들어 본론을 3단락으로 쓸 경우, 하나는 제시문을 분석하는 단락으로 활용하고 한 단락은 원인이나 문제점 분석에 치중하고 마지막 단락에서는 해결책을 쓰는 거지. 제시문 분석하기에는 영화를 활용하는 것이 어렵고 원인이나 문제점 분석하거나 해결책을 쓸 때 영화는 좋은 사례가 될 수 있어. 학생들이 쓴 글을 갖고 같이 고민해 보자.

'가난은 사회적인 문제인가 개인적인 문제인가? 라는 주제로 논술

문을 쓸 때 본론에서 가난의 원인에 대한 분석을 한 단락 쓸 수 있어. 그
때 영화 '행복을 찾아서' 만큼 적절한 사례는 찾아보기 힘들 거야. 이 친
구는 어떻게 썼나 볼까?

> 가난이 100% 사회적 책임일 순 없다. 어느 사회에서나 부자가 되기 위해서는 개인의
> 노력이 필수이기 때문이다. 하지만 주어진 환경에서 기인하는 영향을 무시할 순 없을
> 것이다. 영화 '행복을 찾아서' 의 크리스 가드너의 경우, 가난한 집에서 자랐고 사회는
> 그를 갖가지 세금으로 고달프게 했을 뿐이다. 전적으로 그의 가난이 사회의 책임이라고
> 할 수는 없지만 사회적으로 그에게 가난을 탈출할 수 있는 기회가 적게 주어진 것은 사
> 실이다. 그는 백인 남성보다 기회가 덜 주어졌기 때문에 더 많이 노력해야 했고 더 많이
> 좌절해야 했다. 이것이 가난에 개인보다 사회의 책임이 더 크다는 사실을 보여준다.
>
> —희수

신쌤의 분석과 조언

결국 희수의 주장은 가난이 사회적 책임이 크다는 것으로 보여. 주장을
뒷받침하기 위해 영화 '행복을 찾아서' 를 사례로 들었고 그런데 영화를
보지 않은 사람은 막연하다는 인상을 받을 것 같아. "갖가지 세금으로
고달프게 했다" 정도인데 조금 더 이를 구체적으로 표현했으면 더 실감
났을 것이고 그만큼 설득당할 가능성도 높겠지. 물론 분량 관계상 쉽지
는 않았겠지만 밑줄 친 문장은 군더더기 같거든. 이 문장들을 빼버리면
실감나게 인용할 수 있는 영화 안의 사례를 쓸 여지가 생겼을지도 몰라.

기본적인 생계유지도 안 되는 가난한 사람들의 통장에서 돈이 입금되자마자 바로 세금부터 떼어 내는 정부의 모습 말이야. 백인남성보다 어떻게 기회가 덜 주어졌는지 구체적으로 써주었으면 더 좋았을 것 같아. 인턴 과정에서 크리스 가드너는 회사 사람들로부터 차별을 많이 당하잖아? 그걸 써주었더라면 더 좋았을 것으로 보여.

09 본론 써보기 ②: 영화에서 우리 사회 문제점 찾기

인권 관련 논제가 나왔을 때 영화 '용서 받지 못한 자'를 본론에
인용하며 우리 사회의 문제점에 대해 써보기(400자)

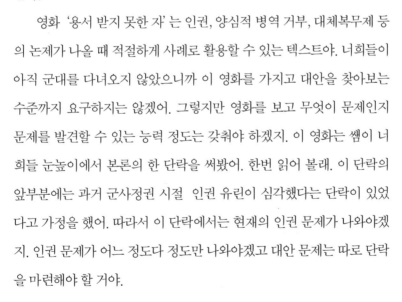

본론에서는 원인과 함께 뭐가 문제인지 문제의식을 극명하게 드러
낼 필요가 있어. 우리 사회의 문제점을 과감하게 지적하고 적극적으로
대안을 제시할 수 있는 공격적인 자세가 중요한 거지. 그런 점에서 한국
영화들이 우리 사회의 문제를 다루고 있기 때문에 본론에서 활용하기에
좋아. 젊은 감독들이 만든 리얼리즘 계열의 영화들이 특히 도움이 될 것
같아.

영화 '용서 받지 못한 자'는 인권, 양심적 병역 거부, 대체복무제 등
의 논제가 나올 때 적절하게 사례로 활용할 수 있는 텍스트야. 너희들이
아직 군대를 다녀오지 않았으니까 이 영화를 가지고 대안을 찾아보는
수준까지 요구하지는 않겠어. 그렇지만 영화를 보고 무엇이 문제인지
문제를 발견할 수 있는 능력 정도는 갖춰야 하겠지. 이 영화는 쌤이 너
희들 눈높이에서 본론의 한 단락을 써봤어. 한번 읽어 볼래. 이 단락의
앞부분에는 과거 군사정권 시절 인권 유린이 심각했다는 단락이 있었
다고 가정을 했어. 따라서 이 단락에서는 현재의 인권 문제가 나와야겠
지. 인권 문제가 어느 정도다 정도만 나와야겠고 대안 문제는 따로 단락
을 마련해야 할 거야.

용서받지 못한 자(2005) | 장르: 드라마 | 감독: 윤종빈

한국 사회에서 국가의 이름으로 개인에게 가해지는 폭력과 인권 침해의 역사는 이처럼 뿌리 깊다 하겠다. 군사 정권이 막을 내리고 국민의 정부 말기에 국가 인권 위원회가 출범하면서 우리 사회에서 공개적으로 자행되던 인권 유린이 많이 줄어든 것이 사실이다. 하지만 군대에서는 여전히 비공개적인 인권 침해가 진행되고 있다. 영화 '용서받지 못한 자'를 보면 '신세대 군대'에서도 단체 기합이나 노골적인 구타가 아직 남아 있고 사병들의 개인으로서의 인권은 무시되고 있는 것으로 드러난다. 점호 시 팬티를 검사하는 장면이나 고참이 후배의 개인적인 편지를 뺏어 크게 읽는 장면 등이 그렇다. 병영 사건 사고가 주기적으로 터지고 있는 것을 보더라도 영화 속에 드러난 내용들이 과장이라고 보기는 어려울 것이다.

10 본론 써보기 ③ : 대안 써보기

'사회적 갈등의 해법은 공존'이라는 주제로 논술문 쓸 때

'엑스맨 3'를 대안으로 인용해 본론 한 단락 써 보기(500자)

엑스맨 – 최후의 전쟁(2006) | 장르: 액션 | 판타지 | SF | 감독: 브렛 래트너

　　1600자 글의 경우, 서론－본론－결론의 이상적인 비율이 1대 3대 1이라고 했잖아? 본론이 세 단락이면 세 가지 방식이 가능하겠지. 원인과 문제점이 나왔다면 뭐가 남았을까? 바로 대안 혹은 해결책이겠지. 이번에는 대안 단락을 써보자. 대안은 구체적으로 쓰면 좋은데 너희들에게는 그게 어려울 거야. 전문가도 아니고 그 문제에 관해 심도 있게 고민해 본 것도 아니기 때문이겠지. 전문가가 아니란 변명은 통할지 몰라. 하지만 그 문제에 관해서 고민해 보지 않아 쓸 게 없다는 학생은 절대 용서 받기 어려워. 출제자와 채점자들은 그 문제에 대한 학생들의 고민을 꼭 들어보고 싶어 하거든. 고민의 질과 수준은 결국 대안으로 드러나는 거야. 대안을 본론 마지막 단락과 결론에 나눠서 써야 할 경우도 있어. 그럴 때는 본론 마지막 단락에서는 구체적인 대안을 쓰고 결론에서는 추상적이거나 근본적인 방향을 제시하는 선에서 멈추면 되지 않을까 싶어.

　　사회적 갈등이나 소수자 차별, 문명 충돌, 오리엔탈리즘이나 문화 상대주의 등의 이슈가 나올 때 영화 '엑스맨'을 인용하면 적잖은 도움이 될 거야. 다양성이 공존하는 사회는 사비에 박사처럼 소통하려는 노

력으로 가능해진다는 거지. 차이를 차이로서 인정하면서도 같아지지 않으려는 화이부동의 자세가 적절한 문제해결책인 셈이야. 글을 읽을 때 본론 첫 단락에서는 사회적 갈등의 원인은 소통의 부재에 있다는 내용이 있다고 생각해 줘. 본론 두 번째 단락에서는 그 문제점은 사회적 갈등의 심화와 양극화와 국민 통합의 저하로 드러난다고 쓸 수 있겠지. 본론 세 번째 단락에서는 대안으로 적극적인 소통, 화이부동의 자세가 필요하다는 주장이 가능할 거야. 그것이 말로 끝나지 않고 현실에서 힘을 얻으려면 사회적 강자에서 '화이부동'을 실현하는 그룹이 나와야 하지 않을까? 이번에도 쌤이 써봤어.

소통의 부재가 양극화와 국민 통합의 저하를 불러 온다면 어떤 식으로든 극복해야 할 것이다. 그 해답은 '화이부동'의 자세가 될 수 있다. 화이부동이란 서로 조화를 이루려고 하지만 어느 한 쪽으로 동화되지는 않는 관계를 말한다. 힘의 균형이 이루어질 때나 가능하지 사회가 강자와 약자로 나뉠 경우, 화이부동이 실현되기는 그만큼 어렵다. 그러기 위해서는 중간자적 존재가 사회적 강자 쪽에서 나와 끊임없이 소통의 다리를 놓아주어야 한다. 영화 '엑스맨'을 예로 들면 엄청난 능력을 지니고 있어 인간을 멸종시킬 수 있는 돌연변이 집단에서 중도 세력이 나왔다. 인간과 돌연변이 사이의 증오와 갈등을 종식시키고자 노력했던 사비에 박사와 엑스맨들이었다. 그들은 인간을 공격하는 돌연변이들을 힘으로써 막는 동시에 비스트 같은 인물을 대표자로 인간들의 의회에 진출시키는 등 당근과 채찍을 함께 썼다. 강자에게는 힘을 보여주고 약자에게는 신뢰를 보여 준 것이다. 화이부동이 말로 끝나지 않고 현실을 움직이는 게임의 규칙으로 자리 잡으려면 사회적 강자 그룹에서 양심적 소수 그룹이 나와야 한다.

11 결론 써 보기 : 본질적 가치 강조하기

사형제도 폐지를 촉구하는 논술문의 본론을 보고
'우행시'를 인용하며 적절한 결론을 채워 보자(300자)

우리들의 행복한 시간(2006) | 장르 : 드라마 | 감독 : 송해성

서론 쓰기가 힘들다고 결론 쓰기는 쉬울까? 절대 그렇지 않아. 쓰다 보면 결론에서 할 말을 본론에서 다 해버려 정작 결론에서는 쓸 게 없는 경우가 너무 많아. 이미 대안을 본론 마지막 단락에서 썼다면 결론에서는 전망을 하거나 지금까지 내용을 요약하면서 강조하거나 원론적인 이야기를 하는 수준에서 끝낼 수밖에 없겠지. 서론에서 한 이야기를 다시 언급하는 수미쌍관의 기법도 많이 사용해. 그때는 단순 반복이 아니라 좀 더 심화된 형태로 발전시키는 게 좋아.

이번에 쌤이 내준 과제는 사형제도의 폐지를 촉구하는 글의 본론을 보고 적당한 결론을 유추해서 써보는 거야. 제시문은 동국대 황남기 겸임 교수의 책 《우리가 경험한 논술》(새빛인베스트먼트 펴냄)에서 인용했어.

> 인간의 생명은 무엇과도 바꿀 수 없는 고귀한 것이다. 따라서 죄가 없는 자에 대하여 사형을 선고하고 집행하는 것은 생명권 침해이다. 사형제도가 허용이 되려면 죄가 없는 자에 대한 사형 선고가 없어야 한다. 그러나 인간이 재판하는 한 인간은 전지전능한 신이 아니므로 오판이 있을 수밖에 없고, 오판에 의한 사형선고가 있을 수 있으므로 사형제도는 폐지되어야 한다. 김대중 대통령은 제5공화국 당시 법원에서 사형을 선고받았

으나 최근에 법원에서 다시 무죄판결이 나온 바 있다. 제5공화국 당시의 법원의 판결이 오판이었다는 것이다.

조선시대에도 억울한 사형 집행이 수없이 많았고 성리학과 배치되는 천주교를 믿는다는 이유만으로 사형이 집행되었다. 대한민국이 건국된 이래 정치적 이유로 많은 정치적 인사들이 사형 선고를 받았다. 제1공화국 당시 조봉암 씨를 비롯하여 유신 시대에는 이철, 유인태 씨 등이 사형선고를 받았는데 지금에 와서 보면 사형선고가 잘못되었다는 것이 일반적 견해이다. 정치적, 종교적인 이유로 아직도 사회적 약자에 대한 사형선고가 있을 수 있다. 따라서 사형제도는 폐지되어야 한다.

저자는 사형제도의 폐지를 주장하면서 많은 근거를 들지 않고 한 가지 논거에 집중하고 있어, 바로 오판 가능성이지. 논거를 나열하는 게 아니라 다양한 각도에서 논증하고 있는데 너희들도 이런 자세를 본받아야 할 거야. 논거가 많을수록 좋은 게 아니라 깊을수록 좋은 법이거든. 저자의 주장을 요약하면 법관도 사람이기에 오판할 수 있고, 실제 사례로도 사형이 집행된 이후에 오판임이 밝혀지거나 정치적인 이유로 사형제도가 악용된 경우가 많다는 거야. 본론에서 구체적으로 예리하게 비판했다면 결론에서는 비판의 칼날을 잠시 거두고 호흡을 고르면서 여운을 남기는 자세가 좋을 거야. 보편적인 차원으로 끌고 나오면 사형제도는 인간의 존엄과 생명권을 침해한다는 거지. 영화 '우리들의 행복한 시간'은 오판─윤수는 실제 죽이지도 않은 사람을 죽였다고 고백한 죄로 사형을 선고받았으니까─의 사례로서 활용할 수도 있고 영화가 주는 메시지, 소통을 통한 인간 존엄성의 회복이라는 본질적 가치를 강조하면서 결론으로 사용할 수도 있어. 쌤은 후자를 택했어. 어떻게 결론을 냈을까? 예상되는 반론을 인정하고 반격을 취하는 방식을 택했지.

혹자는 오판의 가능성은 극히 예외적인 일인데 그것을 가지고 사형제 폐지를 주장하는 것은 무리라고 지적한다. 정치적인 이유로 사형선고가 내려지는 것도 민주화 시대에서는 이미 옛 이야기라고 볼 수도 있다. 하지만 사형제를 유지해야 할 현실적인 필요가 있다고 해서 사회가 피해자와 그 가족의 복수를 대신 해주는 허용된 살인이라는 사형제의 본질이 바뀌는 것은 아니다. 모든 살인은 생명의 존엄성이라는 인간의 기본적 가치를 훼손한다. 사형제를 찬성하는 사람이 영화 '우리들의 행복한 시간'의 윤수와 유정의 소통을 보고 사형제 폐지론자로 돌아선다는 것은 인간에게 복수보다는 사랑이 더 필요한 가치라는 것을 말해 주는 것은 아닐까?

통합논술 형식에 적응하자

3 단 계

　　예전의 논술 시험이 '논술하시오'라는 술어로 끝났다면 요즘 통합 논술은 다양한 동사가 활용되고 있어. 분석하시오. 설명하시오. 비판하시오. 대안을 제시하시오 등등 다양하지. 따라서 다양한 형식의 글쓰기에 익숙해질 필요가 있어. 이번에는 조금 더 긴 글에 도전해 보자. 이른바 문제 유형별 글쓰기 연습이야. 이번에는 지난 번보다 조금 더 긴 600자에서 800자 내외의 글들을 써볼 거야.

12 찬반형 논술

동일한 사물과 사건일지라도 그에 대한 표현은 다양할 수 있다.

'왕의 남자'를 보면 연산은 타고난 폭군으로 볼 수도 있고, 성군의 자질을

가졌지만 여러 안좋은 상황이 맞물려 폭군이 된 것으로 볼 수도 있다.

여러분은 두 입장 중 어느 쪽에 찬성하는지, 입장을 밝히고

그 근거를 원고지 600자 내외로 논술하시오.

왕의 남자(2005) | 장르: 드라마 | 감독: 이준익

이 유형은 제시문이나 논제에서 주어진 주제에 대한 자신의 찬성 혹은 반대 입장을 밝히고 자신의 주장을 설득력 있게 논증하라는 문제야. 문제가 이렇게 나온다면 내 입장부터 정하고 봐야겠지. 이런 논제에선 양시론이나 양비론의 입장을 택해서는 안 돼. 제3의 입장을 채택하지 말고 찬성 혹은 반대의 입장을 분명히 밝히라고 요구하는 학교가 많아. 두 의견의 장점을 수용해 제3의 견해를 내놓는다면 창의적이라는 평가를 받겠지만 채점이 힘들기 때문에 일부 대학 측은 그것을 꺼려하는 거야. 실제 제3의 견해를 종합적으로 내놓을 수 있으려면 많이 알고 많이 생각하고 많이 써봐야 한단다.

찬반형 논술을 잘 하려면 이항대립적 사고를 평소 연습해야 해. 한 사안을 놓고 두 개의 대립되는 견해를 검토하고 각각의 견해가 가진 긍정적 부정적 측면이 무엇인지 객관적으로 바라보려는 노력을 해야 하거든. 찬반형 논제에서 가장 중요한 것은 내 입장을 분명히 밝히되 감정에 치우치지 않고 객관적이고 논리적이라는 인상을 끝까지 풍겨야 한다는

거야. '왕의 남자'에 관한 위 과제를 한 남학생이 어떻게 썼는지 볼까?

사람은 태어날 때 선천적으로 착하다는 성선설을 난 믿고 있다. 갓 태어난 아기가 악하다는 것은 상상도 하기 어렵다. 아기는 울고 화를 내는 것처럼 보이지만 이것은 아기의 감정표현이 떨어지기 때문이다. 그런 아기가 커서 착하게 될지, 나쁘게 될지는 그 아이의 환경에 놓인 거라고 생각된다.

연산군은 어린 시절 어머니가 사약을 받고 죽었다. 그는 너무 어려서 기억을 못하고 성군이라 불리는 아버지와 까다로운 할머니 손에서 자라왔다. 이 얼마나 스트레스 받는 상황인가? 나는 성군이 아닌 아버지, 살아계시는 어머니 손에서 자라도 스트레스가 넘치는데 연산군은 오죽했을까? 그렇게 연산군은 스트레스를 받으면서 커서 왕이 되었지만, 조정 신하들은 그를 가만두지 않았다. 그러던 차에 자신의 어머니가 어떻게 죽음을 당했는지 알고 난 후 그 분노가 얼마나 컸을지 충분히 짐작할 수 있다. 몇몇 잘못된 중신들을 죽인 것은 잘한 일이라 생각된다. 하지만 그가 그렇게 많은 사람을 죽인 것은 분명 잘못된 행동이다.

그가 조선을 건국한 이성계나 고려의 왕건처럼 자유롭고 덜 속박된 환경에서 자랐다면, 아니면 그를 지지하거나 도와주며 애정으로 감싸주던 어머니가 있었다면 최소한 성군은 아니어도 폭군은 되지 않았을까 생각된다.

―준범

신쌤의 분석과 조언

준범이 글을 재미있게 읽었어. 서론―본론―결론 구성도 좋았고 서론의 갓 태어난 아기나 결론의 이성계나 왕건 같은 역사적 사례도 적절했어.

전반적으로 글을 재미있게 흥미진진하게 이끌어 갔어. 다만 자신의 입장을 분명히 밝히라고 했는데 그런 문장이 없었다는 게 걸려. 연산은 타고난 폭군이 아니라는 주장을 하고 있음이 글 속에서 자연스럽게 드러나기는 하는데 처음 부분이나 글 후반부에서 분명히 태도를 밝히는 게 더 좋았을 것 같아. 결론에서 어머니가 옆에 있었으면 결코 폭군이 되지 않았을 거라는 주장은 설득력도 충분하고.

　　연산이 타고난 폭군이 아니라 환경 때문에 폭군이 되었다면 그 근거들을 본론에서 써주어야겠지. 스트레스와 어머니의 죽음을 알고 난 후 인간으로서 당연히 느껴야 할 분노를 들었어. 하지만 정말 그럴까? 조선시대 왕비 중에서 연산군의 어머니였던 폐비 윤씨처럼 왕의 사약을 받고 죽은 경우가 더러 있었거든. 숙종의 아들인 경종은 사약을 받고 죽은 장희빈의 아들이지만 경종이 연산군처럼 폭군이 된 건 아니잖아? 어머니의 죽음을 알고 분노할 수 있지만 그런 상황에서 모든 임금이 폭군이 되는 건 아냐. 마찬가지로 세자의 자리는 누가 되어도 스트레스를 받을 수 있는 자리인데 연산처럼 다 폭군이 된 건 아니잖아? 이런 것들이 준범의 주장에 대한 예상되는 반론이겠지. 이렇게 충분히 예상되는 반론에 대해서 준범이가 방어하는 문장을 썼더라면 더 좋았을 것이라는 생각이 들어. 그리고 몇몇 중신들을 죽인 것은 잘했다는 식의 평가는 논리적이라기보다는 감정적이라는 느낌도 든다.

13 비판형 논술

"각자에게는 사회에서 주어진 역할이 있다"는 공자의 글을 읽고
그의 관점에서 슈렉의 행동을 비판해 보기(600자 내외)

슈렉 3(2007) | 장르: 애니메이션 | 코미디 | 가족 | 감독: 크리스 밀러, 라맨 허

내 입장이 아니라 다른 사람의 관점에서 비판해 보기야. 대개 제시
문을 논거로 활용하여 다른 제시문에 대해 비판해 보는 방식으로 쓰도
록 요구해. 요즘 들어 이런 형식의 논술문제들이 많이 출제되고 있어.
방향을 확실하게 잡아 주기 때문에 쓰기도 편하고 채점하기도 쉬워서
대학들이 선호하고 있어. 중요한 건 제시문의 입장을 정확히 파악해서
그 관점에 맞춰 비판을 해야 하는 거지. 예를 들어서 사형제 폐지론자의
입장에서 비판하라면 자신은 사형제 찬성 입장이라고 하더라도 글은 평
소 소신과 반대로 써야 하는 거야. 가장 먼저 할 일은 제시문을 꼼꼼하
게 읽어 관점을 정확히 간파하고 그 관점에서 다른 제시문을 비판할 경
우, 비판할 수 있는 대목과 근거를 정리해야겠지.

제시문은 각자에게 주어진 역할을 충실히 수행함으로써 조화롭고
안정된 사회를 이룩할 수 있다는 내용의 글이야. 공자는 나라를 다스리
는 근본이 인륜에 기반한 질서에 있다고 본 거지. 노나라 소공 말년에
공자가 제나라에 갔을 때의 문답이야. 읽고 이 제시문의 관점, 즉 공자
의 관점에서 '슈렉' 3에 드러난 슈렉의 행동을 비판해야 해. 왕 자리를
포기한 슈렉은 사회에서 각자에게 주어진 역할을 거부한 셈이거든. 그

에 대해 비판을 하면 되는 거지. 이번에도 쌤이 써봤어.

<제시문>

제나라 경공이 정치에 대해서 공 선생님께 물었다.

공 선생님께서 대답하셨다.

"군주는 군주다워야 하고, 신하는 신하다워야 하며, 아비는 아비다워야 하고, 자식은 자식다워야 합니다."

경공께서 말씀하셨다.

"좋은 말씀이오. 진실로 군주가 군주답지 못하고 신하가 신하답지 못하며 아비가 아비답지 못하고 자식이 자식답지 못하면 비록 곡식이 있다 한들 내가 어찌 먹을 수 있겠습니까?"

《논어》〈안연〉편 중에서

쌤의 글

제시문에서 드러난 공자의 입장은 각자에게 주어진 역할을 충실히 해야 사회가 유지될 수 있다는 것이다. 아버지는 아버지로서, 아들은 아들로서, 왕은 왕으로서, 신하는 신하로서의 역할이 있고 그 역할에 충실하는 것이 본인과 사회 모두에게 이익이 된다는 견해. 공자는 이를 오륜으로 표현했다.

이 관점에서 선왕이 죽고 왕위를 계승해야 할 슈렉이 그 자리를 외면하고 다른 인물을 대신 왕의 자리에 앉히는 행동을 어떻게 평가해야 할까? 슈렉이 왕 자리를 포기한 이유는 왕이 자신의 자리가 아니라고 판단했기 때문이다. 그에게는 자유가 필요했는데 왕이라는 자리에서는 자유가 아니라 구속과 속박이 따라올 것이라는 판단이 작용했다. 슈렉의 입장을 개인적으로는 충분히 이해할 수 있다. 하지만 사회적으로는 받아들이기 어렵다. 개인적인 이유로 공식적인 자리를 거부하는 것은 일종의 책임 회피다. 영화를 보면 겁나게 먼 왕국 사람들은 슈렉이 왕이 되기를 바랐던 것으로 보인다. 그에게서 성군과 개혁의 가능성을 보았기 때문인 것으로 풀이된다. 선왕 시절에 축적된 사회적 모순들도 적지 않았을 것이다. 그런 기대를 저버리고 아서처럼 유약한 인물을 왕에 앉힌 뒤 자신은 인생을 즐기겠다는 태도는 무책임한 행동이라고 볼 수 있다.

슈렉이 왕을 포기한 것은 본인에게는 행복일지 모른다. 하지만 사회 전체적으로는 많은 사람들을 실망시킨 슈렉의 행동은 분명 비판받아야 한다.

14 분석형 논술

영화 '괴물'에 대한 신쌤의 글과 싸이코 짱가의 《이순신의 리더십과 한국인》을 읽고 한국인의 특성에 대해서 분석해 보라(800자 내외)

괴물(2006) | 장르: 모험 | 액션 | 스릴러 | 감독: 봉준호

제시문

그것이 인간 일반에 해당되는 것이든, 아니면 민족주의적 사고든 간에 한국인 혹은 한국문화 고유의 특성이 있다면 그것이 무엇일까?

나는 이 질문에 대한 대답을 한국인의 장단점을 가장 잘 이해하고 활용한 인물, 이순신 장군에게서 찾을 수 있다고 본다. 이순신 장군은 한국인을 움직여서 불멸의 업적을 남긴 최고의 리더라 할 수 있다. 그는 17번의 주요 해전에서 단 한 번도 지지 않았다. 그 해전 중에는 12척 대 300여 척의 도저히 믿을 수 없는 명량대첩도 포함된다. 그가 이끄는 조선 수군은 그 어떤 상황에서도 무적이었고, 동시대의 그 어떤 해군조직보다도 강력했다. 그런 그가 한국인을 어떻게 파악했는지는 한국인의 전통적 특성과 연결되어 있을 것이다.

첫째, 한국인은 원거리 대면을 선호한다.

이순신은 절대로 부하들이 직접 적과 마주치지 않게 했다. 실제로 당시 전투 기록을 보면 조선군은 성 안에서 활을 쏠 때는 강했으나 직접 적과 마주치는 전투에서는 거의 언제나 졌다. 조선군의 무기체제에는 활만 있을 뿐 창이 아예 없는 경우도 많았다. 즉, 조선군은 먼 거리에서 쏘기에 능했고, 적과 마주보고 육박전을 펼칠 각오는 절대로 되어 있지 않았다. 이순신 역시 거의 모든 해전을 원거리 포격전으로 해결했다. 일본의 해전

은 육박전을 지향하는데, 그들의 장기인 육박전을 할 기회를 아예 주지 않은 것이다.

둘째, 한국인은 카리스마에 약하다.

임진왜란 때 전사를 보면 앞서 말했듯 전면 격투전을 벌이면 조선군은 대부분 졌으나, 신기하게도 사상자는 별로 없다. 말 그대로 그저 사라져 버렸다. 즉, 조선군은 직접 적과 대면하면 싸우기보다는 그냥 도망쳤다. 예외는 곽재우나 권율 같은 강한 카리스마를 가진 지휘관이 있을 때뿐이다. 이런 명장의 지휘하에서 조선군은 그 누구보다도 악착같이 싸워 이겼다. 하지만 이 경우에도 만약 지휘관이 죽으면 다시 원래 모습으로 돌아가 모두 도망쳤다. 원균이 죽었다는 칠천량 전투에서도 사실 주요 장수들은 모두 죽지 않고 도망쳤다가 이순신이 부임하자 다시 기어 나왔다. 이순신은 이런 사실을 알았기에 노량해전에서도 자신의 전사 사실을 알리지 말라고 당부했다. 그가 사라지는 순간, 천하무적 조선수군이 순식간에 종이호랑이로 전락할 수 있음을 알았기 때문이다. 히딩크가 사라진 한국축구이 무기력처럼 밀이다.

셋째, 한국인은 이기적이고 실리적이다.

앞서 조선군이 질 것 같으면 다 도망가 버리곤 했다는 이야기를 했다. 그렇다면 그들은 왜 그랬을까? 그들은 어쩌면 전쟁의 목적 같은 것을 공유하지 못했을지도 모른다. (영화 '태극기 휘날리며'에서처럼) 그들은 자기들이 내세우는 깃발을 믿지 않았다. 그들은 체면은 중시했으나 명분은 목숨을 걸 만큼 중요하지 않았다. "명분이고 명예고 내가 죽으면 다 무슨 소용인가?" 이것이 그들의 모토였다. 한국인은 애초부터 이기주의자이자 실리주의자였는지도 모른다. 이순신은 자기 부하들이 자신의 목숨과 자신의 가족의 안전을 자기 군의 안전이나 승리보다 더 중시한다는 것을 알았다. 그래서 그는 부하를 믿지 않았다. 대신 그는 부하들을 늘 닦달했다. 그는 부하를 엄하게 처벌하고, 확실하게 포상했다. 훈련만큼이나 이 상벌체계의 유지에 최선을 다했다. 이 시스템을 통해서 이기적이고 실리적인 부하들을 움직일 수 있었다.

덧붙여, 이 시스템을 거꾸로 이용한 이들도 많다. 선조가 대표적인 인물. 그가 임진왜란 내내 저지른 일이라고는 몰래 도망가기와 전공을 세운 이들 역적으로 몰아 죽이기뿐이었다. 그 덕분에 단 한 번도 제대로 이겨본 적이 없는 원균이 수군통제사까지 되는 말도 안 되는 일도 벌어지고, 그 원균이 당대 최강 조선수군을 단 한 큐에 말아먹어 버리는 블랙코미디가 벌어졌다. 어쩌면 이런 인간들이 위에서 오래 오래 군림한 탓에 한국인이 더 실리적이 되었는지도 모르겠다. 어쨌든, 당시 유성룡이 선조의 미친 짓을 어느 정도라도 제어를 해주지 않았더라면 조선은 그때 끝장났을 것이다.(중략)《싸이코 짱가의 영화 속 심리학》(메가트랜드 펴냄) 중에서

너희들은 분석하기에 의외로 약점을 보이더라. '괴물'에 대한 쌤의 글과 장근영 박사의 이순신론을 비교 대조하고 공통점과 차이점을 찾아낸 뒤 이를 바탕으로 한국인의 특성에 대해서 분석하라고 했는데 그 조건을 지키면서 글을 쓴 친구가 한 명도 없었어. 쌤은 현대의 한국인을 분석했고 장 박사는 과거의 한국인을 분석했지. 분량상 전체를 인용하지는 않았지만 장 박사는 글의 후반부에서 이순신이 파악한 한국인의 특성이 지금까지도 고스란히 이어져 오고 있다고 했어. 쌤과 장 박사의 글 중에서 한국은 가족을 중시하고 실리적이라는 건 공통점이고 노블리스 오블리제에 무조건 야유를 보낸다는 것과 카리스마에 약하다는 건 동일한 대상을 다르게 보는 관점의 차이에 해당하겠지. 물론 원균 같은 사람이 결국에는 우리 사회에서 살아남았기 때문에 국민이 지도층에 대해서 냉소적이 되었다는 분석도 가능해. 그럴 경우에는 차이점이 아니

라 공통점이 되겠지. 원거리 대면을 좋아한다는 것과 제도와 정부에 대한 불신이 강하다는 건 신쌤과 장 박사의 글에서 각기 드러난 주장이야. 둘의 연관성은 없어 보여. 그런데 이렇게 볼 수도 있지 않을까? 관리나 공무원과 직접적인 접촉을 해본 결과, 무시를 당하고 차별을 당했기 때문에 국민들은 공무원과 원거리 대면을 선호하게 됐고 그것이 다른 관계에도 영향을 미쳤다고 분석할 수도 있어. 시각을 달리하면 전혀 관계 없는 것들 간의 관계가 눈에 보이게 되는 거지. 이런 내용들이 글에 들어가 주고 분석한 내용에 대한 자신의 의견이 들어가야 했는데 그것을 지킨 학생들이 거의 없었어.

한 여학생이 분석은 부족했지만 두 사람의 글에는 없는 창의적인 사례도 들고 대안도 제시하면서 나름대로 고민한 흔적을 내보였어. 그 글을 인용할 게.

김소경 학생의 글

나는 신쌤과 장 박사의 글에서 한국인의 방정식을 세울 수 있다는 생각이다. 내가 생각하는 한국인은 이중적이다. 이기적이지만 개인주의적이지는 않다. 자신의 의견이 중요하다고 생각되면 그것을 들어줄 다른 사람들을 필요로 하기 때문이다. 예를 들면 한국인은 자신의 목소리를 높이기 위해 가장 먼저 하는 일은 인터넷에 자신의 의견을 쓰는 것이다. 그런데 인터넷에서는 적극적으로 자신의 의사를 표현하다가도 막상 멍석을 깔아주면 목소리는 작아진다. 장 박사의 표현을 빌면, 한국인은 직접 대면보다는 원거리 대면을 선호하기 때문이리라. 한국인들이 목소리를 크게 내는 경우는 일본과의 독도 영유권 분쟁, 중국과의 동북공정 마찰 등 개인으로서가 아니라 국민의 이름으로 목소리를 내야 할 때이다. 아니면 자신의 의견과 같은 사람끼리 모여 만든 이익단체에서 목소리를 크게 낸다. 이런 면에서 한국인들은 혼자이기보다는 공동체이길 원한다고 봐야 할 것이다. 그러면 한국인들은 이기적이거나 가족밖에 모른다는 장 박사와 신쌤의 주장은 틀린 것인가? 그렇지 않다. 집단으로 목소리를 내는 것이 대세이고 실리적이기 때문에 그럴 가능성이 높다. 철저하게 실리를 따지는 정신이 강한 집단, 목소리가 큰 집단, 다수에 끼려는 의지로 표현되는 것이다. 두 사람의 주장 중에서 내가 가장 크게 공감하는 것이 바로 한국인은 실리적이라는 주장이었다. 이런 사실은 너무나도 쉽게 확인할 수 있다. 한국인들 대부분이 대형마트에서 1+1 행사 등에 쉽게 넘어가는 것을 보면 덤, 싼 가격, 공짜 등을 특히 좋아한다는 사실을 알 수 있다. 명분이란 말은 사극에서나 볼 수 있고 현대를 배경으로 한 드라마에서는 들어본 기억이 가물가물하다.

하지만 나는 너무 한국인들이 실리를 찾는 것 같아 걱정이 된다. 실리를 쫓다보면 그 유통기한은 너무나 짧아질 수밖에 없다. 원거리 대면보다는 직접 만나서 같이 말할 수 있는 나라, 개인이 잘 되어서 나라도 잘 될 수 있는 대한민국이 되기를 바란다.

신쌤의 분석과 조언

좋은 글이었어. 그런데 시네마 통합 논술인데 영화 '괴물'을 전혀 언급하지 않았다는 게 아쉽네. 다음 부분은 쌤이 맥락을 보고 결론 뒷부분에 추가한 내용이야. 다음과 같은 내용이 추가된다면 완벽한 시네마 통합 논술이 될 수 있지 않을까?

한국인에게는 그런 자질이 충분하다. 영화 '괴물'을 보면 현서의 휴대전화 한 통화에 온 가족이 현서가 살아 있다는 희망을 걸고 그녀를 구하기 위해 노력하는 모습이 그려진다. 과거에는 가족뿐 아니라 공동체 중 한 명이 안 좋은 일을 당하면 공동체의 구성원들이 어려움에 빠진 사람을 위험을 무릅쓰고라도 구하려고 했다. 사람은 누구나 어려운 일을 당할 수 있다. 위기에 빠진 사람들을 챙겨야 자기가 언젠가 같은 위기에 처할 때 도움을 받을 수 있지 않겠는가?

15 조건형 논술

주제 : '공포에 대처하는 세 가지 자세'라는 주제로 '동화',
'저항', '도피'란 단어를 반드시 사용해 한 편의 글을 완성해 보시오.
반드시 '판의 미로'를 언급할 것(800자 내외)

조건형 논술이란 키워드를 던져 주고 그 키워드를 반드시 사용해서 한 편의 글을 완성하는 논술을 말해. 정시에서는 이런 논술 시험 형태가 드물었고 서강대 수시에서 이런 유형의 문제가 선을 보이기도 했지. 인식에 관련된 동서양 철학자의 5개 명언을 주고 그중에 하나는 반드시 인용하라는 2005년도 서울대 정시 논술고사도 넓게 보면 이 유형에 포함시킬 수 있어. 이런 글은 분명한 기준을 제공함으로써 채점하기 편하면서도 창의적인 발상 능력도 볼 수 있다는 점에서 상위권 대학들이 자주 채택할 것으로 보여져. 주제 없이 키워드만 던져 주는 경우도 있고, 주제와 키워드를 동시에 던져 주는 경우가 있지. 어느 정도 논지의 범위를 정해 줄 수 있다는 점에서 대학들은 전자보다는 후자 방식을 선호할 것 같아. 쌤은 후자의 방식을 영화 '판의 미로'에 접목시켜 보았어. 다음 글은 쌤과 함께 이 영화로 논술 수업을 해본 고1 여학생의 글이야. 이 학생은 우리들이 공포를 느끼는 대상을 권력이나 재산으로 잡은 것이 참신하다고 생각돼. 글을 읽어 볼래?

편의 미로 – 오필리아와 세 개의 열쇠(2006) | 장르 : 판타지/드라마 | 감독 : 길예르모 델 토로

인간들은 어리석고도 비굴한 동물 같다. 좀만 더 좋은 대학을 나오든 조금 더 힘이 세든

알고 보면 다 거기서 거기지만 서로 권력이니 재산이니 자기가 더 많이 갖겠다고 발악을 하는 것을 보면 말이다. 나 역시 나도 모르는 사이에 그 권력 싸움에 참여하고 있다. 싸움이란 것에서는 항상 일시적인 승자가 있기 마련이다. 승자는 승자다운 모범을 실천해야 하는데 문제는 그들이 전혀 그런 태도를 보여주지 않는다는 점이다.

승자들은 겸손한 척하면서 속마음이 어떻든 다른 사람들로부터 부러움을 받기 원하며 그를 넘어서 사람들이 그에게 공포심을 느끼고 복종하길 원한다.

이들 즉 승자보다 능력이 뛰어나지 못한 사람은 그 승자가 다른 승자를 만나 그에게 굴복할 때까지 승자와 그의 부하가 조성한 공포에 동화되거나 저항하거나 도피한다. 이는 특정한 사람한테 해당되는 일일 뿐만 아니라 한 사회 구성원 모두에게 피할 수 없는 선택이자 현상이다. 그러한 현상은 남녀노소를 불문하고 나타난다. '판의 미로'에서 보듯이 군인들이 오자 적극적으로 살아남으려고 협력했던 마을 유지들은 그들 혹은 그들의 힘에 동화하려고 한다. 하지만, 마을로부터 산으로 두망간 사람들처럼 저항하는 방법도 있다. 혹은 어린 오필리아처럼 무섭거나 감당할 수 없는 현실로부터 도피하는 방법이 있다. 이 세 가지가 섞여 있는 경우도 있을 것이다. 아마 다수는 때로는 협력하며 때로는 맞서 싸웠을 것이다.

도피를 선택한 주인공 오필리아를 우리는 어떻게 받아들여야 할까? 오필리아가 현실로부터 도피하려면 무언가 집중하거나 빠질 수 있는 대상이 필요했다. 오필리아의 경우는 자신만의 환상에 기대어 현실로부터 도피하고 결국에는 그녀만의 환생에서 마지막(죽음)을 맞이한다. 부모를 모두 잃은 오필리아에게는 죽음이 더 행복했을 수도 있다. 따라서 오필리아의 행동을 도피라고 비난하기보다는 연민의 정을 느끼는 것이 맞다. 당신이라면 어떻게 하겠는가? 당신이 이길 수 없는 것에 동화하겠는가? 혹은 용기를 갖고 저항하겠는가? 아니면 그저 도피해 버리겠는가?

―민주

권력과 재산을 누구나 갖고 싶어 하고 누구나 부러워하기 때문에 그것에 대한 공포가 생긴다는 민주의 지적은 타당해. 권력과 재산 자체에 대한 공포는 그것을 가진 사람에 대한 공포로 연결되기 쉽지. 그런데 민주말대로 힘에 대한 공포는 영원한 게 아냐. 더 센 힘을 가진 사람을 만날경우 이전 대상에 대한 공포는 더 큰 힘에게로 옮겨지기 때문이지. 일단공포와 권력을 연결해서 둘의 관계를 파악하려고 한 시도가 좋았어.

민주는 권력=공포를 동등하게 보고 있고 공포에 대한 대처를 권력에 대한 대처로 바꿔서 논의를 전개하고 있어. 권력에 참여해서 단 맛을보느냐, 잘못된 권력에 저항하느냐, 아니면 권력을 외면하고 자신만의세계에 갇혀 사느냐 등 세 가지 대응이 가능하겠지. 이 단락에서 민주는논제에서 요구하는 형식적인 조건들을 분명히 만족시켰어.

민주는 도피를 선택한 오필리아의 행동을 그 상황에서 어쩔 수 없는 선택이었다고 보고 있지. 민주 글 중에서 가장 마음에 든 대목이 오필리아의 행동을 도피라고 불러선 안 되고 그런 현실을 제공한 어른들을 비판하며 그녀에게 연민을 느껴야 한다고 강조한 대목이야. 충분히설득력 있는 주장이었어. 마지막 문장의 질문은 읽는 이를 반성하게 만드는 힘 같은 게 느껴져 좋았어. 하지만 세상을 보는 민주의 시각이 약간 어두워 보이는 게 마음에 걸려. 세상 모든 것에는 밝은 면과 어두운면이 공존하고 있다는 점을 꼭 들려주고 싶어.

16 설득형 논술

영화 '매트릭스'에는 '빨간 약과 파란 약'이 나온다.

빨간 약과 파란 약을 놓고 네오는 갈등하고 있다.

사이퍼는 파란 약을 모피어스는 빨간 약을 먹으라고 네오를 설득하려고 한다.

각각의 입장에서 설득하는 글을 동시에 써보자(각각 300자)

매트릭스(1999) | 장르: SF | 액션 | 감독: 앤디 워쇼스키, 래리 워쇼스키

논술은 논리적인 글인 동시에 설득적인 글이야. 따라서 설득형 논술이라고 따로 이름을 붙일 것 없이 모든 논술은 설득형 논술이 되는 거지. 물론 예외도 있어. 통합논술 시대가 열리면서 설명형 논술이라는 것이 새로 등장했거든. "~에 대해 설명하시오"라는 술어로 끝나는 논제들이 그에 해당하지. 이럴 경우 자신의 주장은 들어가지 않고 담담하게 사실을 기술해 나가는 신문기사와 비슷해질거야. 이런 유형의 문제는 인문계 논술에서는 드물고 자연계 논술에서 자주 등장하는 편이야. 인문계 논술은 대부분이 설득형 논술이라고 생각하면 돼. 설득형 논술은 읽는 사람을 강하게 의식하고 쓰는 글이야. 이 글을 읽는 사람이 내 주장에 넘어갈까, 나와는 전혀 상관없는 사람이 내 글을 읽고 내 주장에 동의해 줄 수 있으려면 어떤 논거들을 어떻게 배치하는 게 좋은가를 고민하면서 써야겠지. 모든 글에는 독자가 있어. 독자를 고려하지 않고 쓰는 글은 설득력이 떨어질 수밖에 없는 거야. 논술문의 경우엔 독자들이 대학교수야. 그들은 너희들보다 훨씬 아는 게 많고 생각도 깊겠지. 일반적으로 대학교수들은 학생 글에서 지나치게 교조적이거나 현학적이거나

계도적인 냄새를 아주 싫어한대. 건방져 보이는 건 그만큼 위험한 거지. 그들은 학생다운 글, 배경지식은 부족해도 패기가 넘치는 글, 자기주장이 확실한 글을 좋아한다는 거야. 인용에 의존하기보다는 자신의 경험을 과감하게 사례로 드는 글이 높은 점수를 받을 가능성이 높다고 해. 이런 점들을 염두에 두고 실제 설득형 논술에 도전해 보자.

설득형 논술을 잘 하려면 다양한 입장과 논거를 연결시키는 훈련을 평소에 해봐야 해. 그러기 위해서는 한 사안에 대해서 두 편의 글을 써보는 게 좋아. 입장을 바꿔서 글을 써보라는 요구는 중앙대에서 특히 좋아하는 형식의 논술 시험이야. 민사고에서 학생들 토론 지도를 할 때 많이 사용하는 기법이기도 하지. 설득형 논술에 강해지려면 나의 입장을 정리하는 것만큼 상대의 입장을 잘 분석할 줄 알아야 해. 때에 따라서는 누구 입장에서 어떤 주장을 설득적으로 전개하라고 못을 박을 수도 있거든. 평소에 나와는 다른 생각을 갖고 있는 사람들의 글을 많이 읽어 두는 것이 설득형 논술을 잘 할 수 있는 비결이 될 거야. 영화 '매트릭스' 수업 때 쌤이 빨간 약과 파란 약에 얽힌 진실에 관해 이야기해 주었잖아? 너희들도 사이퍼 입장과 모피어스 입장에서 글을 써볼래? 쌤과 수업한 친구들은 단 한 명의 예외도 없이 자신은 사이퍼처럼 파란 약, 매트릭스의 세계를 선택하겠다고 했어. 그런데 글을 써보니까 많은 학생들이 사이퍼보다는 모피어스의 주장에서 좀 더 설득력을 갖추는 것 있지? 너희들은 어떨까? 모피어스의 입장이 되어 네오를 설득하는 남학생의 글과 사이퍼의 입장에서 네오를 설득하는 여학생의 글을 비교해 볼래?

모피어스의 입장에서 쓴 남학생의 글

네오야, 어서 빨간 약을 먹고 세상을 구하자. 너도 봤다시피 만약 파란 약을 먹는다면 너는 기계에게 에너지를 공급해 주는 건전지에 불과해져. 너는 매트릭스 안에서 편안하게 삶을 살수도 있어. 하지만 그것은 가상의 현실이고, 너는 이미 진짜 현실을 목격했잖니? 평생 동안 가상세계에서 아무 의미 없이 살다 죽고 싶니? 그냥 기계에만 에너지를 제공하다가? 물론 현실은 가혹해. 맛있는 스테이크 대신 맛없는 꿀꿀이죽을 먹고 살아야 돼. 하지만 너를 여태까지 써먹은 기계가 짜증나지도 않니? 원망스럽지 않니? 또한 스미스 요원에게 무기력하게 당하는 모습도 이제 진저리가 나지 않니? 그렇게만 당하지 말고 내가 도와줄 테니 이 시스템을 없애자. 가상보다는 현실이 중요한 거야. 그러니 어서 빨간 약 먹고 그들에게 복수하자.

―승민

신쌤의 분석과 조언

대부분의 학생들이 모피어스의 입장에서 네오를 설득할 때 든 논거는 삶의 의미와 진실의 중요성이었어. 천편일률적이라는 느낌이 들었지. 그런데 승민이의 강점은 복수의 욕망을 설득 논거로 삼은 점이야. 승민이 말대로 맛없는 꿀꿀이죽을 먹더라도 나를 지금까지 지배해 온 기계에 저항하고 싶은 욕구가 네오뿐 아니라 모든 인간에게 있을지 몰라. 스테이크 맛과 유명세에 대한 욕망도 간절하겠지만 복수에 대한 욕망도 그만큼 강렬하지 않을까? 저항과 복수라는 키워드를 끄집어 낸 승민이의 전략이 참신하다고 보여.

사이퍼의 입장에서 쓴 여학생의 글

네오, 난 사이퍼야. 넌 날 이해할 수 없다고 말 하겠지만 내 이야기를 들어 봐. 빨간 약이 우리에게 진실을 가르쳐 줄 수는 있겠지. 우린 빨간 약 덕분에 가상현실에서 벗어날 수 있었어. 본래의 모습을 찾았고 진정한 자유를 얻었지. 하지만 난 진실과 자유를 만끽하면서 하루하루를 보낸 게 아니라 매일매일 지쳐가는 나를 발견했어. 빨간 약을 먹고 살아가는 세상은 건조하고 메마른 곳이야. 음식을 먹는 이유는 생존하기 위해서고 우리는 오로지 해방이라는 한 가지 목표를 위해 살아가. 매트릭스 안은 진실이 아냐. 그건 나도 알아. 하지만 나는 그 속에서 행복해질 수 있었어. 그것이 다 거짓이라 해도 좋아. 맛있는 음식을 먹고 감미로운 악기 연주를 들으며 유명해질 수 있는 매트릭스가 나는 더 좋아. 진실 그 자체도 중요하지만 중요한 건 그 진실 안에서 행복해질 수 있느냐, 없느냐가 아닐까? 모든 인간은 행복해지기 위해서 사는 것 아니니? "모르는 게 약"이라는 나의 말을 너도 언젠가는 이해할 때가 올 거야.

—선주

신쌤의 분석과 조언

사이퍼의 입장에서 학생들은 쾌락의 소중함을 강조했지. 그리고 모피어스는 거짓말쟁이라고 인신공격하는 친구도 있었어. 그런데 선주는 쾌락에서 한 걸음 더 나아가 행복추구권이라는, 반대 입장에서도 거부하기 힘든 논거를 들고 왔어. 모든 인간은 행복을 추구할 권리가 있으니까. 진실이 아무리 중요해도 행복만큼 중요하지는 않으니까. 하지만 이 글을 네오가 읽는다면 네오는 다음과 같이 답장을 해줄 것 같아. "사이퍼, 너의 입장은 충분히 이해해. 나도 네가 너의 행복을 위해 우리 친구들을 무참하게 죽이지만 않았다면 너를 용서할 수 있었을 거야. 네 말대로 행복은 너무나 소중하니까, 하지만 행복은 모두에게 똑같은 모습은 아냐. 나에게는 맛없는 꿀꿀이죽이더라도 내가 선택해서 내 의지로 먹을 수 있다면 그게 바로 행복이야. 현실에서 내가 사랑하는 트리니티와 함께 먹을 수 있는 꿀꿀이죽이 내게 있다면 나는 그 자체로 행복해."

17 변론형 논술

영화 '바이센테니얼 맨'의 주인공 로봇 앤드류를 인간으로 봐야 할까,

로봇으로 봐야 할까? 변호사 입장에서 앤드류를 인간으로 봐야 한다고 변론해 보고

검사의 입장에서 그를 로봇으로 봐야 한다고 변호해 보자(각각 400자)

설득형 논술에서 한 걸음 더 나아간 것이 바로 변론형 논술이야. 쉽게 말하면 내가 변호사가 되었다고 생각해서 피의자를 변호하거나 내가 검사의 입장이 되어서 피의자를 몰아세우는 글을 써보는 거야. 아마 로스쿨이 개원하고 로스쿨 입학을 위해 논술 시험이 치러진다면 이런 형식의 논술문 쓰기가 대세로 정착하겠지. 변론형 논술은 아니지만 2004년도 고려대 정시 논술 고사에서 검사와 변호사가 대립되는 주장을 펼치는 제시문이 쓰인 적이 있었어. 제시문을 관통하는 공통된 주제는 사실과 해석이었는데 어떻게 갈릴 것 같니? 검사는 당연히 객관적인 사실, 증거를 강조하겠고 변호사는 상대적인 해석을 옹호하겠지. 서구의 법정 드라마 같은 것을 보면 재판에서 검사와 변호사는 최선의 변론으로 판사와 배심원들을 설득하려고 해. 검사는 국가의 대표자로서 피고의 죄를 밝히고 법령에 맞는 형량을 부과하려고 하지. 변호사는 피고인들의 변호를 맡아 피고의 권리를 보호하고 형량을 낮추려고 노력하지. 인간적으로 호소하면서 선처를 부탁하거나 억울한 누명일 경우 범죄의 진실을 밝혀 무죄를 증명하기 위해 최선을 다해. 검사의 입장보다는 변호사의 입장에서 글을 써보는 게 논술에 더 도움이 될 거라는 생각이 들어.

바이센테니얼 맨(1999) | 장르: SF | 드라마 | 감독: 크리스 콜럼버스

상대적으로 변호사들이 불리한 편이니까 변호사의 입장에서 글 써보는 게 논거 훈련에 더 도움이 될 거라는 생각이야. 하지만 이번 주제는 검사보다 변호사의 논지 전개가 쉬운 편이야. 영화나 원작에서 감독과 원작자가 앤드류를 인간으로 봐야 한다고 입장을 확실히 정해서 그래. 이번에는 너희들이 어려워 할 것 같아 쌤이 예시 답안을 써봤어.

"앤드류는 인간이다"

존경하는 재판장님, 앤드류는 비록 로봇이지만 이미 로봇의 기능 그 이상을 뛰어넘고 있습니다. 그의 능력은 인간과 다를 바 없으며, 오히려 더 뛰어납니다. 또한 인간보다도 더 인간적인 심성으로 그를 데려온 마틴 가족의 일원이 됩니다. 앤드류 마틴, 그는 창조적인 예술 활동으로 많은 인간들의 찬사를 받았습니다. 그리고 뛰어난 사고와 지적 능력으로 과학과 인류의 진보에 큰 공헌을 했습니다. 그는 인간을 사랑할 줄 알고, 사회에 헌신할 줄 알며, 세계와 우주에 대해 고민합니다. 세상 그 누구보다도 자기 자신을 아끼고 사랑합니다. 스스로 누구이며 무엇인지를 끊임없이 탐구하는 앤드류의 열정을 재판장님께서는 느끼실 수 없으십니까? 나를 알고 확인하는 것, 그리고 지속적으로 노력하고 개발하여 보다 완전한 존재로 거듭나는 것. 앤드류는 그것을 몸소 실천하고 있습니다. 그것이 바로 앤드류가 자기이해적 존재, 즉 정체성을 지닌 인간임을 말해 주는 사실입니다. 지시된 동작만을 반복하고 시스템에 의해 작동되는 로봇이라고 앤드류를 단정 짓지 말아주십시오. 그는 스스로의 자유를 얻고 자신의 권리를 보호하고자 노력하였으며 자신의 존재 근원을 모색하고 탐구하고 정의내리고자 했던, 그리고 그 누구보다도 인간이기를 원했던, 참된 존재였습니다. 앤드류 마틴, 이제 그를 인간과 동일한 존재로서, 우리의 친구로 받아들여 주십시오.

예 시 답 안

"앤드류는 인간이 될 수 없다"

존경하는 재판장님, 앤드류 마틴의 경이롭고 존경스럽기까지 한 능력과 인간 사회에 대한 크나큰 공로에는 저도 박수를 보내고 싶습니다. 앤드류는 인간이 로봇에 갖는 이기적인 태도에 경고를 보냈고, 로봇의 권리 신장을 높이는 데 큰 기여를 했습니다. 그러나 재판장님, 그가 자신의 존재를 탐구하고 그 해답을 내리려 했다면, 그는 자신이 로봇이라는 명징한 정의를 외면할 수도 없고 부인해서도 안 됩니다. 그는 인간에 의해 고안되고 생산된, 누가 뭐라 해도 부정할 수 없는 로봇입니다. 인간이 되고자 옷을 입고, 책을 읽고, 유기질 몸을 갖고, 죽음을 선택하는 앤드류의 모습이야말로 그가 인간이 아니라는 사실만을 우리에게 알려 줄 따름입니다. 재판장님, 우주엔 우주 고유의 질서가 있습니다. 로봇이 인간으로 바뀔 수 있다면, 그것은 우주 자연의 섭리를 거스르는 것과 다를 바가 없지 않겠습니까? 우리는 우리를 닮은 로봇을 만들 수는 있지만 우주 자연의 섭리를 만들 수는 없습니다. 앤드류 마틴은 인간이 되기를 꿈꾼 로봇일 뿐입니다.

4단계

실전 논술에 도전하자

　마지막 단계에 왔어. 영화를 활용한 실전 논술에 도전해 보는 거야. 우선 영화 「가타카」를 논술 모의고사 시험에 써본 학생이 어떤 평가를 받았는지 알아보자. 너희들 쌤 말을 100% 믿니? 영화를 논술 시험에서 활용하면 정말 교수님들이 좋아할까? 책 안 읽고 영화만 봤다고 낮은 점수 주는 게 아닐까? 이런 걱정이 들지 몰라. 하지만 그럴 필요 없어. 그것을 증명해 줄게.

18 논술 모의고사에서 영화를 활용한 실제 사례
2001학년도 성균관대 논술 모의고사 문제 학생 글과 학교 측 평가 분석하기

아래 글들은 인간에 관한 과학적 탐구가 인간의 행동이 지향해야 할 바를 제시해 줄 것인지 하는 문제에 관련해 부정적인 입장에서 긍정적인 입장으로 옮겨가는 현대의 사상적 추이를 순차적으로 반영하고 있다. 이 글들을 읽고, 이러한 추이의 결과와 관련지어, 마지막 글에서 언급되는 "진화과정을 스스로 조정 통제할 수 있는 가능성"에 대한 자신의 견해를 논술해 보시오. (1200자)

※ 제시문이 모두 5개가 쓰였는데 분량이 너무 길어 뺐어. 학교 측이 공개한 모범 답안과 첨삭 평가만 인용할게. 글자 굵기가 그대로인 글이 학생 글이고 굵게 처리된 글이 학교 측의 첨삭이야.

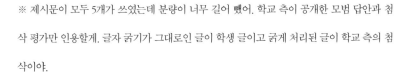

(A)　　　　　얼마 전 인간의 게놈 지도 초안이 발표됐다. 게놈 지도의 완성은 '제2의 창세기'라고 불릴 만큼 의미 있는 사건이다. 인간의 유전 정보를 이용해 수명 연장, 불치병이나 유전병 같은 질병 치료를 할 날도 멀지 않았다는 전망이다. 이러한 생명 공학의 발전이 인간의 자기 인식과 인류의 진화 과정에 어떠한 의미를 갖는지 논의해 보도록 하자. (학생의 글)

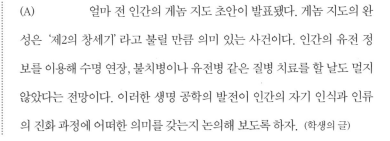

(A)   논술문의 도입 부분이란 점이 분명하게 드러난 글이다. 그러나 이미 논술문은 논의를 전제로 하는 글쓰기이므로 '~을 논의해 보도록 하자'는 표현은 격식적인 느낌을 준다. (학교 측의 첨삭)

(B)   과학이 발전하기 전의 과거는 신이 인간을 지배하기 이전의 세상이었다. 그 당시에는 인간의 본질을 인간의 지능이나 능력보다는 직관과 의지적인 측면에서 파악했다. 그리고 인간의 본질뿐만 아니라 모든 것을 알고 있는 신을 믿고 인류의 운명도 그러한 절대자만이 알고 바꿀 수 있다고 여겼다. 그런데 과학이 발달함에 따라 인간의 본질을 과학적 지식을 통해 파악하려고 했다. 그리고 현대에 발전한 생명공학과 유전 정보를 이용해 인간본질 파악뿐만 아니라 인간의 진화 과정도 결정할 수 있다고 여기게 되었다.

(B)   제시된 논제에 따르면 '인간에 관한 과학적 탐구가 인간의 행동이 지향해야 할 바를 제시해 줄 것인지 하는 문제'에 관해 '부정적인 입장에서부터 긍정적인 입장으로 옮겨가는 사상적 추이'를 순차적으로 반영하고 있는데, 이 논술문은 신화적 사유와 경험적 사유의 대비로써 사상적 추이를 요약했다. 논술문의 전체 맥락에는 크게 어긋나지 않지만 자칫 논제 파악이 잘못된 것으로 비춰질 수 있다.

(C)   하지만 이러한 인식에는 많은 문제점이 있다. 우선 유전정보가 인간의 외모나 유전 질환 같은 것들을 파악하는 데 유용한 것은 사실이다. 하지만 사람의 성격, 행동은 유전적 요인보다는 주위 환경이나 교육

정도 자신의 의지에 따라 결정되는 것이다. 인간이지만 동물 사이에서 자라난 아이가 인간의 행동이 아닌 동물의 행동을 하는 것은 바로 그러한 이유에서다.

(C)　　　'이러한 인식에는 ~'은 현대적 인식을 말하는 것이지만, B단락은 두 가지 사상적 추이를 기술했으므로 '인간에 관한 과학적 탐구에 대한 현대의 긍정적 입장에는 ~'으로 지시어를 분명하게 밝힐 필요가 있다.
한 단락 내에 '하지만'이라는 접속어가 두 번 사용된 것은 바람직하지 않다. 반론의 근거인 '환경결정론'적 사고 역시 하나의 주장에 지나지 않으므로 '~결정되는 것이다'라는 단정어법을 피하여 '결정될 수도 있다'라고 하는 것이 좋을 것이다.

(D)　　　다른 문제점은 개개인의 유전정보를 통해 인간을 분류하고 차별해 인간의 존엄성을 손상시키는 결과를 가져 올 수도 있다는 것이다. 이러한 문제점은 영화 '가타카'에 잘 드러나 있다. 이 영화의 배경은 유전공학이 발달한 미래 사회인데 유전적으로 우수한 인간과 열등한 인간으로 계층화한 세상이다. 아이들은 유전자 조작으로 태어나기 전부터 운명이 결정되어 있고 그 운명에 맞는 유전의 특성이 주어진다. 그 사회 속에서는 유전적으로 뛰어난 인간을 완벽하다고 보고 완벽함만을 추구한다. 이 영화의 주인공은 유전자 조작이 아닌 부모의 사랑으로 태어난 '열등한' 존재이다. 하지만 자신의 열정과 의지로 꿈을 이룬다. 인간을 유전적 특징으로 파악해서는 안 되는 것이다. 영화 '쥬라기 공원'을 보면 아주 작은 변화로 엄청나게 다른 결과를 가져올 수 있는 자연을 인간이 통제하려 하는 일이 얼마나 허황된 꿈인지 알 수 있다.

(D)　　　　　C단락과 병렬적인 대등한 단락인데 분량이 C에 비해 과다하다. 영화 '가타카'를 근거로 삼은 것은 매우 참신하나, 영화 역시 하나의 허구적 제작물이므로 영화 자체의 내용보다는 영화가 지향하는 의미나 연출자의 의도가 무엇인지를 통해 주장을 뒷받침하는 것이 바람직하다. 근거로 삼은 '쥬라기 공원'은 인간탐구에 대한 내용이 아닐 뿐만 아니라 논거 자체를 둘 다 '영화'로 든 것은 참신성을 떨어뜨린다.

(E)　　　　　과학적인 탐구와 지식을 통해 인간 본질을 완전히 파악할 수 있다거나 진화 과정을 조정할 수 있다는 생각은 잘못된 것이다. 과학적 지식과 윤리적 측면, 인간의 의지를 함께 고려하는 것이 올바른 인간 진화로 가는 길이다.

(E)　　　　　C와 D를 통해 논제의 주장에 반박한 내용을 요약적으로 정리했다. 무난한 결론이다.

신쌤의 분석과 조언

이 학생은 100점 만점에 95점이라는 최고점을 얻었어. 학교 측은 논제 파악이 정확했고, 이에 따라 글의 전개가 자연스럽게 이루어졌다고 평가했어. 특히 "논거의 적절성이 돋보이는 답안이라고 생각된다"고 강조한 점에서 영화를 논거로 활용한 전략이 적중했다고 봐야겠지. 다만 학교 측의 지적대로 한 단락에 두 편의 논거를 모두 영화로 채우는 건 조금 그렇고 영화를 하나 인용했으면 책을 하나 인용하는 식으로 번갈아 가면서 사용하는 게 좋을 것 같아.

19 기출 문제 풀어 보기 (1000자 단문형)

'천하장사 마돈나'를 활용해 숙명여대 2006
정시 논술고사 문제(인문계/자연계 공통) 써 보기

1. (가)와 (나)는 우리나라의 출생 성비(性比) 변화와 관련된 자료다. (나)의 신문 기사를
    참고하여 (가)의 통계 자료가 의미하는 바를 해석하고, 이와 같은 성비 불균형 현상이
    나타난 원인과 이를 해소할 수 있는 방안에 대하여 논술하시오.

    ※ 유의 사항 : 분량은 1,000자 내외로 쓸 것(±100자 허용)

(가) 우리나라 출산 순위별 출생 성비 (단위 : 여아 100명당 남아 수)

연도	전체	첫째 자녀	둘째 자녀	셋째 자녀	넷째 자녀 이상
1980	105.3	106.0	106.5	106.9	110.2
1985	109.4	106.0	107.8	129.2	146.8
1990	116.5	108.5	117.0	188.8	209.2
1995	113.2	105.8	111.7	177.2	203.9
2000	110.2	106.2	107.4	141.7	167.5
2004	108.2	105.2	106.2	132.0	138.4

— 《인구 동태 통계 연보》(통계청 펴냄)

천하장사 마돈나(2006) | 장르: 코미디 | 드라마 | 감독: 이해영, 이해준

(나) "태아 성감별 의사 첫 구속"

임신부의 부탁을 받고 태아의 성을 감별해 알려 준 산부인과 의사와 조산사 등 18명이 검찰에 적발됐다. 서울지검 특수 2부는 한 차례에 30~50만 원씩을 받고 7명의 임신부에게 태아 성감별을 해 준 혐의로 산부인과 원장 오모씨 등 4명을 구속했다고 1일 발표했다.

또 16명의 임신부로부터 80~1백50만 원을 받고 성감별을 해준 혐의를 받고 있는 조산사 권모씨도 구속됐다. 검찰은 다른 의사 3명은 불구속 기소하고, 2명은 벌금 5백만 원에 약식 기소하였으며, 8명은 보건복지부에 비위 사실을 통보했다.

1987년 태아 성감별 의료 행위가 법률로 금지되고 1994년 개정 의료법에 따라 처벌이 강화된 이후에 태아 성감별을 해준 의사가 구속된 것은 이번이 처음이다. 검찰 관계자는 성감별을 통한 중절 수술이 만연돼 남녀의 성비가 심하게 왜곡되는 등 문제가 있다는 판단에 따라 수사했다고 말했다. —《○○일보 1996. 10. 2.》

논제 분석과 제시문 해설

고령화 사회 저출산 시대를 맞아 우리 사회 남녀 성비 불균형의 원인과 그 해소방안을 찾아보라는 주문이야. 논제를 받아보면 제일 먼저 할 일이 써야 할 내용들을 순서대로 정리하는 거지. 우선 이 논제는 기사에서 드러난 몇 가지 팩트(사실)를 실마리로 삼아 표를 해석해야 해. 표는 무엇을 말할까? 어떤 추세, 흐름을 보여주는 법인데 왜 이런 흐름을 보이고 있는지 기사에서 그 원인을 찾으라는 거야. 글의 절반 정도를 차지할 거야. 후반부에선 자신의 의견을 써야 해. 해소 방안, 바로 대안을 써야지.

표를 살펴볼 때 유의해야 할 것은 두 가지야. 하나는 연도별 추세이고 다른 하나는 출산 순위별 추세야. 표를 보면 1990년까지는 그 격차가 심하게 벌어지고 있어. 90년의 경우 116.5명으로 남아가 16.5명이 많아. 그러다 95년 113.2명으로 조금 줄었고 2004년은 108.2명으로 세계 평균인 107명과 비슷해졌어. 출산 순위별 추세도 많이 개선되고 있어. 90년도만 해도 셋째 자녀가 남아인 경우는 무려 188.8명이었거든. 거의 두 배지. 이 수치도 2004년에는 132명으로 대폭 줄었어. 우리 사회 남아 선호 현상이 두드러지게 감소하고 있다는 결론을 내릴 수 있겠지. 그 이유를 제시문 (나)에서 추리를 해야 하는데 기사를 요약하면 87년에 태아 성감별 의료 행위가 법률로 금지되고 94년 개정 의료법에 따라 처벌이 강화되면서 96년 처음으로 구속자가 발생했다는 거야. 처벌의 강화가 영향을 미쳤을 수도 있다는 거지. 통합 논술의 기본은 제시문 간의 연관 관계를 파악하는 거야. 하지만 표만 갖고 우리 사회 남아 선호 현상은 사라졌다고 결론을 내리기는 이르지 않을까? 다른 이유도 있을 수 있잖아? 남자 아이, 여자 아이를 구별하지 않고 아이를 적게 난 출산율 저하의 결과일 수도 있지. 기사에서는 강제적인 법 시행의 결과라고 볼 수 있지만 출산율 저하라는 보이지 않는 행간을 읽을 수도 있어야 해. 대안은 문제의 변죽을 울리는 게 아니라 발본색원을 해야 하는데 가장 좋은 대안은 우리의 의식을 바꾸자는 거야. 남아선호 사상은 그 사회의 남녀 평등 지수와 상관이 있다는 거지. 가정 내 의식이 변화하고 사회도 그에 발맞춰 변화해야 하는데 영화 '천하장사 마돈나'는 좋은 사례가 될 수 있는 거지.

(가)는 우리나라 출산 순위별 출생 성비 추이를 5년 단위로 보여 주고 있다. 이 표를 보면 우리 사회의 성비불균형 현상이 심각한 문제임을 알 수 있다. 한 가지 위안이라면 1990년대까지 남녀 성비의 격차가 크게 벌어지다 1995년 이후부터는 그 격차가 조금씩 감소하고 있다는 점이다. 이유는 (나)의 신문기사를 통해 추정할 수 있다. 이는 1994년 개정된 의료법에 따라 태아 성감별 의료 행위에 대한 처벌이 강화된 결과로 풀이된다.

이와 같은 성비 불균형 현상이 우리나라에서 두드러진 까닭은 무엇일까? 그 이유는 뿌리 깊은 남존여비 의식 때문이다. 조선시대 중반 성리학이 한국 사회 지배 이념으로 자리를 확고하게 잡으면서 신분제 질서가 공고해졌다. 신분제는 아버지가 집안의 중심인 가부장제를 기반으로 하고 있으며 그 결과 여자는 가족과 남자에 종속된 존재로 격하됐다. 남성만이 가문의 혈통을 이을 수 있었고 남성들이 가문의 재산을 물려받을 수 있었기 때문에 자연스럽게 남존여비 질서가 굳어졌다. 관습적이었던 가부장제는 일제가 호주제로 법적인 힘을 부여했다.

해방 후 산업화 시기에도 남성이 생산노동을 담당하고 여성이 가사 노동과 육아를 담당하는 식으로 노동의 분업이 이루어지면서 여성의 사회참여 기회는 봉쇄됐다. 이런 맥락에서 자연스럽게 아들을 딸보다 선호하는 현상이 자리 잡은 것이다. 이를 바로잡기 위해서는 사회적 차원에서 노력이 절실하다. 남녀 차별적인 호주제는 철폐됐지만 여성의 사회 진출은 여전히 미흡하다. 기혼 여성에 대한 직장에서의 차별과 기술직 연구직 등 주요 업종에서 여성들의 참여를 막고 있는 유리 천창이 존재한다. 이것들을 완전히 걷어 내야 한다.

  근본적으로는 우리 의식 구조 속에 깊이 자리 잡고 있는 남녀 차별 의식을 깨야 한다. 가부장제라는 가족 질서의 권위로부터 파생된 사회적 편견은 의외로 완강하다. 예를 들면 영화 '천하장사 마돈나' 의 주인공 오동구가 성전환 수술을 받아 여성으로 인정받으려면 자신의 아들을 딸로 인정하겠다는 마초 아버지의 동의를 받아 법원에 제출해야 한다. 실제 딸이 되기를 원하는 아들을 남자로 만들겠다며 군대에 보내 버린 아버지도 있었다고 한다. '남자' 라는 존재에 부여되는 프리미엄을 이 사회가 제거해야 동구 아버지 같은 인물도 생각을 바꿀 수 있을 것이다.

20 한 편의 완성된 논술문 써보기 (1600자 장문형)

쌤은 '비열한 거리' 처럼 교육적으로 의미 있는 영화는

18금 영화일지라도 청소년들이 볼 수 있어야 한다고 주장했다.

이 글에 드러난 쌤의 논증을 분석하고 쌤의 주장에 대한 반론의 글을

서론·본론·결론 형식을 갖춘 완성된 논술문 형태로 써 보자 (원고지 1600자)

비열한 거리(2006) | 장르: 범죄 | 액션 | 느와르 | 감독: 유하

지금은 1600자(고려대), 1800자(연세대), 2500자(서울대)처럼 긴 글을 쓰는 논술 시험이 사라지는 추세야. 통합논술 시대에는 아무리 길어도 1000자 이상의 글은 학교 측이 요구하지 않는 분위기거든. 하지만 호흡이 긴 글을 써보는 연습도 게을리해서는 안 돼. 단문을 4번 정도 써보았다면 한 번 정도는 장문을 써보는 게 좋아. 자기주장을 논리적으로 펼 수 있으려면 어느 정도 분량이 필요해. 짧은 글에서는 글을 논리정연하게 풀어가는 능력보다 핵심을 명쾌하게 압축하는 능력이 더 필요할 거야. 3부에서 살펴봤듯이 대부분의 통합논술에서는 설명하거나 분석하거나 비교하거나 비판하거나 대안을 제시하는 등 한 가지 활동만 하면 되거든. 하지만 1600자 이상의 긴 글에서는 이런 단위적 행동들 몇 개를 통합적으로 해야 하기 때문에 훨씬 글쓰기가 힘들어. 하지만 쓰고 나면 많은 것을 얻을 수 있어. 글이 무엇인지, 논리가 무엇인지 감을 확실하게 잡으면서 자연스럽게 글의 구성력을 다질 수 있게 되는 거야. 대학입학 때까지는 짧은 글을 잘 써야 하지만 대학에 들어가면 사정은 달라. 리포트를 내거나 고시를 치를 때도 긴 글을 써야 한단다. 군이 통합논술

이 아니라도 미리 대학과정을 선행 학습한다 생각하고 이번 과제를 수행해 주기 바란다.

쌤이 내준 논제는 두 가지야. ① 쌤의 논증을 분석하고 ② 쌤의 주장에 대한 반론을 쓰는 거야. 조건은 서론-본론-결론이라는 완전한 글의 구성을 갖추는 거지.

논증을 분석하기 위해서 어떻게 하면 좋을까? 표를 만들어 보자. 쌤이 쓴 '비열한 거리'와 조폭 시스템이란 글을 다시 읽고 채워 봐. 질문은 실제 쌤이 이 영화에 대해서 너희 고등학생 제자들과 대화를 나누었던 내용이야. 후일담을 말하자면, 너희들이 이 영화를 보는 건 아직 사회적 공감대가 형성돼 있지 않다는 판단에서 수업 교재로 채택하지는 못했어. 그래서 쌤이 너희들 눈높이에서 예시 답안을 써보았단다. 반론을 하려면 저자의 주장에 질문을 던져 보고 질문에 구체적인 근거라는 살을 붙이는 게 좋아.

	신쌤의 목소리	질문
최종 주장	작품성이 뛰어나고 교육적으로 의미가 있다면 18세 이상 관람 가 영화를 고 1~2학생들도 관람할 수 있어야 한다.	
근거 1	중요한 건 선정과 폭력의 수위가 아니라 '폭력에서 무엇을 느끼고 배우냐'이다.	어린 나이에 받을 정서적 충격도 고려해야 하지 않나요?
근거 2	조폭이 주인공이라고 다른 영화에 비해서 차별을 받는 것은 부당하다.	조폭이 주인공으로 나온 '두사부일체'는 청소년이 볼 수 있잖아요?

	신쌤의 목소리	질문
근거 3	실제 더 폭력적인 영화가 18세가 아니라 12세 이상 관람 가 판정을 받은 적이 있다.	전쟁이나 학살 같은 역사 속의 폭력과 사회의 비열한 조폭의 폭력을 동일선상에 비교할 수 없지 않을까요?
숨은 전제	고등학생들은 사회와 세상에 관해 어른들이 숨기려고 하는 것들에 대해서 알 필요가 있다.	고등학생들이 세상에 관해 일찍 알게 됨으로써 잃을 것도 생각해 봐야 하지 않을까요?

예 시 답 안

쌤은 '비열한 거리'와 조폭 시스템이란 글에서 교육적으로 의미 있는 영화는 18세 관람 가 판정을 받았더라도 고 1~고 2 학생들도 관람할 수 있어야 한다고 주장하고 있다. 중요한 것은 폭력과 선정으로부터 '무엇을 배우고 무엇을 느끼냐'이지, '얼마나 야하고 얼마나 잔인한가'가 기준이 되어서는 안 된다는 주장이다. 하지만 나는 다음과 같은 이유로 쌤의 주장에 동의하지 않는다.

쌤이 자신의 주장을 뒷받침하기 위해 든 근거는 모두 3가지이다. 첫 번째 논거는 사실이라기보다는 의견에 가깝다. 앞서 말한 폭력의 내용이 형식보다 중요하다는 주장이다. 쌤의 주장이 설득력을 얻으려면 폭력 영화를 보는 학생들이 교육적으로 의미 있는 폭력과 그렇지 못한 폭력을 구분할 줄 안다는 전제가 필요하다. 하지만 현실은 그렇지 않다. 대부분의 고등학생들, 특히 학년이 내려갈수록 그들에게는 좋은 폭력과 나쁜 폭력을 구분할 능력이 없다. 도대체 무엇이 교육적으로 좋은 영화인지, 폭력 영화중에서 무엇을 가려서 보고 무엇을 넘어가야 하는지 모르는 상태에서 자극적이고 선정적인 장면에 노출된 청소년들에게 생기는 반응은 두 가지일 것이다. 극단적 혐오감이든지, 아니면 모방 본능일 것이다. 둘 다 청소년에게는 부정적일 수밖에 없다. 쌤은 학생들에게 당연히 생길 수 있는 정서적 충격이라는 점을 간과한 것이다.

쌤은 조폭이 주인공인 영화는 무조건 금기시하는 것은 문제가 있다고 주장하고 있다. 특히 '비열한 거리' 처럼 조폭을 미화한 게 아니라 조폭들조차 자신에게 혐오감을 느끼게 하는 영화는 청소년들에게 오히려 관람을 권장해야 한다고 주장한다. 하지만 쌤의 주장은 사실 관계에서 틀렸다. 조폭이 주인공이라고 모든 영화가 청소년 관람 불가인 것은 아니다. '두사부일체' 같은 코미디 영화가 그렇지 않은가? 차별이란 논리는 지극히 쌤의 개인적인 소견일 뿐이다. '비열한 거리' 를 만든 유하 감독이 자신의 영화를 청소년이 보지 못한다고 불만을 토로했다는 기사를 어디서도 본 적이 없다.

세 번째 근거는 두 번째 근거에서 파생되는 것으로 보인다. 쌤은 '화려한 휴가' 를 예로 들어 과거 군사 독재 시절의 국가가 저지른 폭력은 청소년들이 봐도 되고 조폭들의 비열한 폭력은 청소년들이 봐서는 안 된다는 것은 정치적이라는 주장을 하고 있다. 하지만 쌤은 둘 사이에는 명백한 차이가 있다는 점을 무시하고 있다. '화려한 휴가' 는 역사적 사실에 기반을 둔 영화이다. 우리가 전쟁을 다룬 영화나 다큐멘터리를 일부 폭력적인 장면에도 불구하고 봐야 하는 이유는 역사적 사실에서 배우는 교훈이 워낙 크기 때문이다. 다시는 저런 일이 벌어져서는 안 된다는 역사적 교훈을 얻을 수 있다. 하지만 '비열한 거리'에서 폭력은 허구적 폭력이기 때문에 학생들의 반응은 다르다. 게임을 하듯이 가볍게 넘길 수 있는 것이다. 그래서 더 위험한 것이다.

마지막으로 쌤의 숨은 전제를 반박하고 싶다. 쌤은 아마 세상이 '비열한 거리'처럼 살벌하고 삭막한 곳이니 고등학생들도 일찍 깨닫고 그에 대처하라는 동기로 이런 글을 쓴 것 같다. 충분히 의미가 있는 주장이다. 하지만 쌤에게 나는 이런 질문을 던지고 싶다. 고등학생들이 세상에 대해 일찍 알게 됨으로써 잃는 것도 분명 있지 않겠느냐고? 세상에 대해서 잘 모르는 것도 청소년이 누려야 할 특권 아니겠냐는 것이다.